雲を紡ぐ／目次

雲を紡ぐ

第一章　六月　光と風の布

ドア一枚へだてたキッチンから、テレビのローカルニュースの声が聞こえてきた。

都内では紫陽花《あじさい》が見頃になっているらしい。

冷房を強くきかせた部屋で、山崎美緒《やまざきみお》はベッドに座って壁にもたれる。

高校に行かなくなって、もう一ヶ月になる。

ゴールデンウイークが終わると、学校に行けなくなった。朝が来ても起きられない。無理に起きると目まいがする。それでも我慢して通学しようとすると、電車のなかで腹痛がおき、トイレに行きたくなった。満員電車のなかでの便意は立っていられないほどつらくて恥ずかしく、それ以来、電車に乗るのが怖い。

冷房の風が当たっているせいか、身体《からだ》が冷えてきた。

足元に置いた赤いショールに美緒は手を伸ばす。頭からすっぽりとかぶって腹の前で交差させると、身体の強《こわ》ばりがゆっくりと解けていった。

マントのように身体を包みこむこのショールは、生後一ヶ月の初宮参りのときに、父方の祖父母がつくってくれたものだ。十七年たっても鮮烈な赤は色褪《あ》せず、手触りはたいそう柔《やわ》らかい。

小さく息を吐き、美緒は壁の時計を見上げる。

午前十時半。

都内の私立中学で英語の教師をしている母は毎朝七時に家を出る。神奈川県にある電機メーカーの研究所で働く父の出社は六時半だ。

学校に行かなくなってからは、父母が出勤したあと部屋からキッチンに出て、一人で朝食を取っている。ところが今日はいつまでたっても母が出かけない。

「おなか……すいた」

あいづちを打つように腹が鳴った。

たまらなくなって部屋を出ると、母がキッチンでテレビを見ていた。いつもは髪をきれいに束ねているのに、今日はおろしたままで化粧もしていない。

おそるおそる「おはよう」と声をかけた。我に返った様子で母がテレビから目を離し、ごはんを食べるかと聞いた。

いい、と美緒は首を横に振る。

「自分でやるから。お母さん……どうしたの？」

「お母さんだって美緒と一緒。学校に行きたくない日があるのよ」

力のない母の声に戸惑いながら、美緒は食パンにイチゴジャムを塗《ぬ》る。口に押し込めるようにして食べ、急いで部屋へ戻ろうとすると「あのね」と母が言った。

「今日、横浜のお祖母ちゃんが来るから。もうそろそろ」

えっ？　とつぶやき、美緒は時計を見る。

「あいさつ、したほうがいい？」

「好きにして」

横浜に住む祖母は今は退職しているが、母と同じく英語の教師で、長年、中学校で生活指導をしていた。挨拶《あいさつ》をしたら、どうしてこんな時間に家にいるのかときっと問い詰められる。

「じゃあ……私、部屋にいていい？」

「だから言ってるでしょう、好きにすればいいって。お母さんが何を言ったところで、美緒は聞いてくれないでしょ」

そんなことないよ。

そう言いたいが、声にならない。

テレビに視線を戻した母の背を、美緒は見つめる。

母の言うとおりにできなかったこともある。でも、いつも努力はしてきた。小学校の受験は失敗したが、中学校は母が望んだ中高一貫の私立女子校に入った。不登校だって、本当は去年の秋から学校に行きたくなかったのだ。

視線を感じたのか、母が振り返った。

あわてて部屋に戻り、美緒はベッドに寝転がる。赤いショールをつかんで、再び頭からかぶって目を閉じた。

何年たっても古びぬこのショールは魔法の布だ。このなかにいると、時間が止まる気がする。

薄く目を開け、美緒はショールの隅に縫い付けられた「山崎工藝舎《やまざきこうげいしゃ》」のタグに触れる。

山崎工藝舎とは父方の祖父が営《いとな》む染織工房で、岩手県盛岡市にある。ところが父は祖父と仲が悪く、結婚式にも呼ばなかったという。

それでも初孫の美緒が生まれたときには連絡をして、初宮参りの日に祖父と祖母はこのショールを持って東京に来てくれた。

そのときの写真を見るとなごやかで、父と祖父の仲が悪かったようには感じられない。なかでも好きなのは神社の境内《けいだい》で、祖父が赤いショールにくるまった初孫を抱き、祖母が嬉しそうに小さな顔をのぞきこんでいる写真だ。

学校でうまくやれなくてもあの写真を思うと、心が少しだけ軽くなる。自分が生まれたことをこんなに喜んでくれた人がいたのだと思うと、まだ大丈夫だと思えてくる。

ショールから顔を出し、スマートフォンに美緒は手を伸ばす。

もう一枚好きな写真がある。祖父の工房、山崎工藝舎の窓から見えるという風景だ。

絵本に出てくる風景のようで、スマホの待ち受け画面にしている。

腹這《はらば》いになり、スマホの画面を眺めた。

明るい日差しのなか、緑の草原で羊たちがのんびりと草を食べている。羊の足元にはクローバーの白い花が咲き、草原の向こうには木立《こだち》が広がっていた。岩手の森の奥にある、羊のための小さな牧場だ。

インターネットにあったこの写真は、岩手県の名産について書かれたブログで見つけた。

山崎工藝舎は手作業で羊毛から糸を紡《つむ》ぎ、ホームスパンと呼ばれる布を織り上げている工房だ。なかでも祖父、山崎紘治郎《こうじろう》が手がける「紘のホームスパン」は「光を染め、風を織る」布として、昭和の時代に大人気だったらしい。

そのブログでは宮沢賢治《みやざわけんじ》の言葉を引用し、この工房の風景を「きれいにすきとおった風」と「桃いろのうつくしい朝の日光」に満ちた、まさに「理想郷」、「イーハトーブ」であると書いていた。

それなのに父はそんなふるさとの話を一切せず、家族を連れていったこともない。

スマホを元の場所に戻すと、美緒は枕に顔を伏《ふ》せた。

通勤に時間がかかる父は、朝が早くて帰りも遅い。週末はずっと寝ており、顔を合わせても会話が続かない。

それでも森の牧場の写真を思うと、祖父の工房のことを聞いてみたくなる。

(なんてこと言うの!)

母の声がした。その鋭《するど》さに驚き、美緒は枕から顔を上げる。

祖母の声が聞こえてきた。

(だからね、真紀《まき》、今の若い子はみんなそう。それがご時世なのよ)

あわてて時計を見ると十二時を過ぎている。

考えごとをしているうちに寝入ってしまった。しかも寝ている間に祖母が来て、すっかり母と話しこんでいる。

祖母の高い声が響いてきた。

(納得できなくてもね、折り合いをつけていかないと)

(お母さんまで、そういうことを言う?)

母が祖母を「お母さん」と呼ぶのを聞くと変な気分になる。甘えているような、大人ではないような、聞いてはいけない会話を聞いてしまった気分だ。しかも「若い子」と祖母が言っていたから、話の内容は間違いなく孫の自分のことだ。

ベッドで寝返りをうち、美緒は身を丸める。

トイレに行きたくなってきた。

ベッドから降り、美緒はドアに耳を当てる。祖母のおさえた声が聞こえてきた。

(昔はね、私が現役の頃よ、子どものあだ名のなかには、そりゃあひどいものがあった。デブだのチビだの。でもね、それにくらべれば、美緒のあだ名はずいぶん可愛らしいじ

ゃないの）

太ももをすりあわせ、美緒はその場で足踏みをする。今すぐトイレへ駆《か》け出したい。でもこんな話の最中に出ていけない。

奥歯をかみしめてドアにもたれると、去年の夏のことがよみがえった。

中学時代から所属している合唱部のイベントの打ち合わせで、同じクラスの部員の家に集まることになった。暑い日だったので、サンダルを履《は》いていこうとすると、母に止められた。よその家を訪問するとき、裸足《はだし》はマナー違反だという。

しかしストッキングはいやだし、靴下やフットカバーもサンダルには似合わない。するとと、母は靴下を履いてローファーで行くか、どうしてもサンダルで行きたいのなら、フットカバーを持っていき、玄関先で履かせてもらうようにと言った。

同級生の家に着き、玄関の隅でフットカバーを履いていると、「ちょっと」と彼女が顔をしかめた。

「美緒はなんで、そこで靴下、履いてんの？　私んちが汚いってこと？」

「えっ？　違うよ」

て、いうか、と先輩が笑った。

「汚いのは山崎の足のほうってことでしょ。山崎って、もしかしてアビー？　脂足？」

脂足ってなんですか、と誰かが聞いた。その声に先輩が答える。

る。


「あぶらぎっしゅな足。超クサイんだよ」

「そうじゃない……と思うけど」

小声で反論すると、誰かが笑う声が聞こえた。馬鹿にされた気がして、あわてて続ける。

「あの、うちの母が、よそのお宅に上がるときに裸足はだめだって」

「やっぱ、それ、アビーだからじゃないの？」

そのとき曖昧《あいまい》に笑った顔が、眉《まゆ》が下がって面白かったようだ。それ以来、「アビー」と呼ばれるようになり、笑い方や戸惑いがちな口調を真似され、からかわれるようになった。

不愉快だが、笑ってやり過ごした。いやだと言ったら、部活でもクラスでも一人になってしまう。これ以上からかわれないよう、笑い方に気を遣《つか》って半年我慢をすれば、クラス替えもある。

しかし高二のクラス替えの発表を見ると、アビーとからかう同級生と再び同じクラスになっていた。もう一年この生活が続くのかと思うと、学校に行くのがつらくなってきた。

不登校になったきっかけを母に何度も聞かれ、二週間前にこの話をうちあけたところ、母はすぐに、いじめではないかと学校に相談した。ところが事情を聞かれた同級生や合唱部の先輩たちは、脂足のことではなく、アビーという愛称を持つ、アメリカのロックミュージシャンと声が似ているからだと言った。

美緒自身もアビーと呼ばれ、満更でもない様子で笑っていたという教師の言葉もあり、いじめの事実はないというのが学校の見解だ。母は憤慨《ふんがい》し、あの学校もずいぶんレベルが落ちたものだと父に言ったが、それはたぶんレベルの問題ではない。母には言えないが、実は小学生のときから「笑い方がキモイ」と言われていた。理由はわかっている。

人の視線が怖い。いつだって相手の顔色をうかがってしまう。嫌われないように常に笑顔を作っていたら、顔に笑いが貼り付いてしまった。それがきっと不自然で気持ち悪いのだ。

結局、おかしいのは私――。


再び強く尿意がこみあげ、ドアに額《ひたい》を付けると、母の声が響いてきた。

突き放すように「結局ね」と言っている。

(美緒は気が弱いから、相手もなめてかかってくるの。曖昧な笑いでごまかさないで、もっと強くならないと。あの笑い方、本当、あの人そっくり)

(夫に対して、あの人って冷たい言い方ね)

祖母がため息をついている気配がした。

結局、と母が今度は力をこめて言った。

(ことなかれ主義なのよ。娘に無関心。女の子のことはさっぱりわからないって、私に

全部丸投げ。今、会社がそれどころじゃないからって)

(広志《ひろし》さんの会社が買収されるって噂、本当?)

(知らない、何も言わないし。会社を言い訳にして逃げてるだけよ、家のことから)

(男ってそんなものよ。どこも一緒。パパだって生きてた頃は……)

我慢しきれず、美緒は部屋を飛び出した。

話を途中でやめ、祖母が振り返る。紺色のスーツの衿《えり》に真珠《しんじゅ》のブローチを着けた姿は、卒業式の校長先生のようだ。

「おばあちゃん、ごめん、私、ちょっと、あの……トイレ!」

用を足して出てくると、ハンドバッグを手にした祖母が近づいてきた。

「ねえ、美緒ちゃん、身体は大丈夫なの? お母さんから話は聞いたけど」

「……なんとか、大丈夫」

「それならお散歩しない? 今日はお祖母ちゃんがお昼もお夕飯も作ってあげる。だから買い出しにつきあってくれないかな?」

「私、あまり……外へは行きたくないっていうか……」

困っちゃうな、と祖母がやさしく微笑《ほほえ》んだ。

「お祖母ちゃんだけじゃ、荷物持ちきれない」

「お母さんは?」

何も言わずに母が部屋に戻っていった。母の素っ気《そけ》なさを補うように、祖母が笑った。

「美緒ちゃんたら、髪がボサボサ。きれいにして外へ行こうよ。閉じこもってばかりじゃ、身体にカビが生えてきちゃう」

「えっ、うん。じゃあ……行こうかな」

外出するのか、スーツに着替えた母が歩いてきた。すれ違いざまに「お祖母ちゃんの言うことなら聞くんだ」とぼそりとつぶやいた。

そういうわけじゃないよ……。

言えない言葉がのどにつかえて苦しい。目を閉じると、緑の草原と羊たちの姿が心に浮かんだ。

行ってみたい、楽になりたい。ここではないどこかへ――。

昼過ぎのスーパーは大人と幼児ばかりで、十代の子はいない。学校をさぼっているのが一目瞭然で、顔が下を向いてしまう。

買い物を終えると、お茶を飲まないかと祖母に誘われた。いやだと言えず、祖母と二人で駅前のカフェに入った。

身体を沈めるようにしてソファに座ると、祖母が微笑んだ。

「ああ、らくちん。言っては悪いけど、美緒ちゃんちは潤《うるお》いみたいなものに欠けてるわよね。あれではお父さんも落ち着かないでしょう。美緒ちゃんの不登校も本当のところは」

真紀、と言いかけて、「お母さん」と祖母が言い直した。

「お母さんにも少しは原因があるんじゃないかって、お祖母ちゃんはにらんでる。でもね、今回のあのアビー？　あの件はお祖母ちゃんだって同じことを言いますよ」

おばあちゃん、と小声で美緒は祖母を制する。

「その話、もういい……」

よくありません、と祖母が首を横に振る。

「あのあだ名のことが美緒ちゃんにとって、一番気にかかっているんじゃない？」

「そうだけど……こんなところで話してほしくないっていうか」

不服そうに、祖母がテーブルに届いたアイスコーヒーを口にした。

しかし、すぐにストローから唇を離すと、顔の表情を和《やわ》らげた。

「美緒ちゃんは繊細《せんさい》だから、傷つきやすいのね。お母さんは気が強いから、言いにくいことがいっぱいあるでしょう。心配事があるなら、お祖母ちゃんに言ってごらん」

「別に、ない」

そういう祖母も母以上に気が強い。そのうえ話し出すと止まらない。

家に帰りたい。そう思った。家というより、部屋のベッドに戻って、あのショールにくるまっていたい。

ねえ、美緒ちゃん、と祖母の口調が毅然《きぜん》としたものになった。

「強くなろう。ね？　強くなろうよ。世間に出たら、世の中にはもっとつらいことが、いっぱいあるよ。今、ここでひきこもってしまったら、これから先、ずっと出られなくなってしまう」

わかってる、と祖母が何度もうなずく。

「こうしてお祖母ちゃんとお買い物に出てこられるから大丈夫。美緒ちゃんは大丈夫。まずは一時間、二時間でもいい。学校に行ってみよう」

通学しようとするとお腹がくだる。その話を口にするのも恥ずかしい。母はどこまで祖母に伝えたのだろう？

わかった？　と念を押すように祖母がほほえんだ。

「じゃあね、まずは早寝早起きして、人間らしい生活をしよう。美緒ちゃんの部屋は、お祖母ちゃん、外から見てすぐにわかった。昼間からあんな分厚いカーテンを閉めっぱなしでとじこもっていたら気分が落ち込んでしまう。それからね、あの肌着を着てくれた？」

「えっ？　肌着？」

先週、祖母はオーガニックコットンと絹《きぬ》の肌着をたくさん送ってきた。心と身体が安らぐのだという。しかし、へそまで隠れる大きなショーツが好きではなく、封《ふう》を開けたきりだ。

「その言い方じゃ、着てないのね。身体にいいから着てみて。天然素材は心を癒《い》やすから」

「じゃあ羊の毛も身体にいい？」

祖母が口をすぼめて、アイスコーヒーに挿《さ》したストローを吸った。

「ああ、あの赤いショールね。美緒ちゃん、いつもあれにくるまってるって、お母さんが言ってた。つまりあれは美緒ちゃんのセキュリティブランケットってわけね」

「あのショールはホームス……」

知ってますよ、と祖母が言葉をさえぎる。

「ホームスパン、山崎工藝舎のね。あれは、あちらのお祖母ちゃんが最後に織った布だから。美緒ちゃんが放したくないのもわかるけど」

「最後に織った布って？」

父方の祖母は美緒が生まれた年に亡くなっている。祖母が気まずそうな顔をした。

「そのあたりのこと、お祖母ちゃんは詳しくは知らない。お父さんの家のことだから。でもああいうことがあったから、美緒ちゃんのお父さんは岩手に帰らないでしょう」

「え？　どういうこと……」

祖母が一気にストローでアイスコーヒーを吸い上げた。

「美緒ちゃん、あのね、今、大事なのはお父さんの家のことじゃない。セキュリティブランケットの話。『スヌーピー』にライナスって男の子がいるでしょう」

「いつも毛布を持ってる子、だよね」

そう、と祖母がグラスをテーブルに戻した。

「つまりあれ。あの毛布がないと安心できない、自立できないという状態。お母さんも心配してる。美緒ちゃん、いつまでもショールひっかぶって、亀みたいになってちゃだめよ」

「亀って……。ひどい、私、亀なんかじゃない」

「もののたとえよ」

美緒ちゃん、と祖母が声をひそめた。

「お母さんは今、大変なの。だからせめて美緒ちゃんだけでも力になってあげて」

「何が大変なの？　もしかして離婚……とか？」

離婚？　と祖母が意外そうに聞き返したあと、小さなため息をついた。

「仕事のことよ」

祖母が不機嫌そうな顔になり、あまり話さなくなった。気まずく思いながら、店を出て家へと向かう。

どうして自分は相手を不機嫌にさせてしまうのだろう。祖母との会話を一語、一語思い出してみるが、どこが悪かったのかわからない。

マンションに入ると、集合ポストの前で祖母が足を止めた。

５０８号室、山崎家のポストに紙が貼られている。紙の中央には赤い字で「教師失格」とあった。角張った文字には、ところどころインクがたまり、血がにじんでいるかのようだ。

祖母が駆け寄り、「教師失格」の紙を剝《は》がした。

「美緒ちゃん、ポストの鍵の番号はいくつ」

祖母の剣幕に押され、鍵の番号を伝えた。扉を開けると、半角と全角の文字がまじった赤字で「タヒね」と印刷された紙が大量に落ちてきた。祖母がその紙を手早く拾い、買い物袋にすべて突っ込んでいく。

「何それ？　おばあちゃん、見せて」

黙ったまま、祖母がエレベーターに乗り込んだ。

「おばあちゃん。教師失格って何？　なんで『死ね』とか書いてあるの」

祖母が大きく目を見開くと、買い物袋に視線を落とした。

「そういう意味なの、『タヒね』って」

「ネットではそう書く……らしい、けど」

「美緒ちゃんも今どきの子ね」

祖母が唇を引き結ぶ。

不穏《ふおん》な空気とともに、エレベーターは上昇していった。

祖母が来た翌週の水曜の朝、美緒は父と一緒に家を出た。

マンションの一階に降りると、いつも集合ポストを見てしまう。

ポストにいたずらをされた翌日、父と母は防犯カメラの映像を確認した。しかし犯人は防犯装置のことを見越しており、帽子やマスクなどで念入りに顔を隠して、性別すらわからないようにしていた。

マンションの管理組合からは警察に相談することをすすめられたが、母はただのいたずらだと押し通した。父はそれが不服で、その日以来二人は何度も言い争っている。

母は担任しているクラスの子どもや親とのトラブルを抱えており、いたずらはそれに関わるものだ。

インターネットで検索すると、母の勤務先の学校についての匿名《とくめい》の掲示板があった。そこで母は真紀という名前をもじって、真菌《まきん》やマキンタという隠語で呼ばれ、実の娘が引きこもっているくせに、どの面《つら》さげて親に教育を語るのかと笑われていた。

母が忌《い》み嫌われていることに衝撃を受けたが、それ以上に驚いたのは、娘の自分も真菌子と呼ばれ、高校の不登校だけではなく、小学校入試の失敗まで書かれていたことだ。

いよいよ外に出るのが怖くなった。インターネットでの中傷について知っているのか知らないのか、母はそれについて何も言わない。

しかし月曜の夜、帰宅した母の目の下の隈《くま》が化粧で隠しきれぬほど濃《こ》くなり、それをネットでからかわれているのを読んだとき、このままではいけないと思った。

祖母の言うとおり二時間、いや、一時間でもいい。とにかく学校に行って、これ以上、足を引っ張らないようにしなければ、母が壊れてしまう。

学校に行こうと思っていることを母に伝えると、水曜日の今日から、父が出社時間を遅らせ、車で学校へ送ってくれることになった。

一階の奥にある屋内駐車場に着くと、父は黙って車に乗り込んだ。おそるおそる助手席に美緒は座る。

エンジンをかけながら、父が大きなあくびをした。それがため息のように聞こえ、思わず下を向く。

道路に車を出した父が、「大丈夫か」と聞いた。

「たぶん……」

「たぶん、か」

父が再びあくびをする。いたたまれなくなり、膝《ひざ》に置いた手を握る。

学校への送迎を父は面倒に思っている。

今、ここで「やっぱり、行かない」と言えば、どうなるのだろう?

父はいつも通りに電車で会社に行ける。自分も気が楽だ。

しかし、家を出たときの、母の表情を思い出す。

いってきます、と声をかけると、モップをかけていた母が顔を上げた。唇を真一文字に結び、思いつめたような顔をしていた。床を拭《ふ》くというより、やりばのない気持ちを床にこすりつけていたみたいだ。

ワイパーの音が車内に響いた。

渋滞を心配して早めに出たのに、道はどこもすいていた。そのおかげで七時過ぎには学校に到着してしまった。

「ちょっと早すぎたな」

腕時計を見ながら、父が低い声で言う。不機嫌そうで、落ち着かない。

「どうする？　車で待つか」

「もう行く」

美緒、と呼びかけたあと、父がぽつりと言った。

「無理するな」

父がワイパーを止めると、車内は静かになった。

美緒、と父の声があらたまった。

「美緒はさ、将来、何をしたいんだ？」

えっ？　と美緒は口ごもる。

「なんで、そんな、いきなり……」

「大学はどこに行きたいとか、将来、何をしたいとか、思っていることがあるだろう？」

「まだ、何も……」

「何も決めてないのか」

怒られているようでつらくなり、美緒はドアに手を掛ける。

「お父さん、もう、行く。もう行くから、ごめんなさい」

車を降りて振り返ると、父が険《けわ》しい顔をしていた。お礼を言っていなかったことに気付き、美緒は小刻《こきざ》みに頭を下げる。

遠ざかっていく車を見送ると、下腹が痛み出した。

「おはよう」と明るい声がする。副担任の若い女の先生が横断歩道を渡ってきた。

「早いね、山崎さん。よかった、学校に来られるようになって。今日は修学旅行の説明会があるよ。班も分けるし」

「えっ？　自由行動の？」

自分でもわかるほどにはっきり、戸惑った声が出た。

腹に手を当てながら、美緒はゆっくりと昇降口に向かう。上履きに履き替え、のろのろと誰もいない教室へ入った。

席に座ると、下腹の痛みがさらにひどくなってきた。

修学旅行のことをすっかり忘れていたし、行きたくもない。しかも自由行動の班を今日、決めるとは。どこの班にも入れてもらえず、ぽつんと一人、余っている姿が今から目に浮かぶ。

耳鳴りのように雨音が響いてきた。木製の椅子の冷たさが腹を突き上げる。

トイレに行こうとして立ち上がり、美緒は机に手を突く。ぎゅるぎゅると腹が鳴り出した。

こんな音を同級生に聞かれたら……。それだけじゃない。授業の最中に何度もトイレに行ったら、脂足どころかもっとひどい下ネタ系のあだ名をつけられ、SNSで晒《さら》し者にされてしまう。

カバンをつかみ、前屈《まえかが》みになって教室を出た。トイレに行っても腹痛はおさまらない。校門を出て駅へ向かうと、目の前にバスが停まった。歩くのがつらくて、そのバスに乗り込む。

転がるようにして空席に座り、膝に置いたカバンに顔を伏せる。

雨が激しくバスを打つ音が聞こえてきた。


家に帰ると、母は出勤していた。熱心に磨《みが》いたのか、廊下が鈍《にぶ》く光っている。

部屋のドアを開けると、ここも掃除をしたのか、床がきれいになっていた。今朝、脱いだパジャマも畳《たた》まれ、ベッドの上に置かれている。

勝手にさわらないでほしい。そう思いながらベッドに座ろうとしたとき、いつもと様子が違うことに気が付いた。

赤いショールがない。

いやな予感がした。小学生のとき、大事にしていたおもちゃのアクセサリーを母に捨てられたことがある。あのときも学校から帰ると、こんなふうに部屋が整然と片付けられていた。

ひととおり探してから、母のスマホにショールについての連絡を送ってみる。二十分後に母から電話がかかってきた。

電話の向こうからざわめきが聞こえる。休み時間のようだ。

「お母さん、私のショールがない。どこ？」

(ショールがないのに気付いたってことは、美緒はもう帰ってきたのね)

答えづらくて黙っていると、母の声の勢いが強くなった。

(お母さんね、美緒にはもう、卒業してほしい)

「何を卒業するの」

(いつまで赤ちゃん返りしてるの？　そろそろ卒業しようよ)

「だから何から卒業するの？　もしかして捨てた？　ねえ、また捨てたの？　私のショール」

(聞いて、美緒。だから)

「また捨てたの？　私の大事なもの」

母が何かを言っているが電話を切り、ゴミ集積所へ走った。ゴミはすでに回収されていた。家のベランダに不燃ゴミや瓶《びん》、カン類を分別していたのを思い出し、駆け戻って調べる。そこにも赤いショールはない。

昔、おもちゃのアクセサリーを捨てられたとき、父が清掃局に問い合わせてくれた。そのとき知った。どれほど大事なものでも、ひとたびゴミとして回収されたら、取り戻すことは不可能だ。

部屋に戻り、ベッドに身を投げ出す。母が卒業してほしいのはショールだけじゃない。もしかしたら、この家からも、家族からも「卒業」してほしいのかもしれない。

ぼんやりとスマホを眺める。緑の草原と羊たちの写真が目に入ってきた。

弾《はじ》かれたように立ち上がり、ナップザックとボストンバッグに身の回りのものを詰《つ》めた。お年玉を貯金してきた口座のカードを財布に入れ、盛岡までの新幹線の料金を検索する。

母が生活費を仕分けしている財布のことを思い出し、リビングの戸棚を開けた。一万円札が四枚入っていたので、三枚を手にする。

「ごめん……少しもらってくね」

マンションを出たところで、再びスマホを見る。

暗い雨空の下、草原に咲くクローバーは白い星々のように輝いて見えた。

東北新幹線の盛岡駅で降り、ローカル線に乗り換えて四駅目、滝沢駅で降りたら、そこから先は車か自転車か徒歩――。

インターネットで検索した山崎工藝舎への行き方を、これまでずっと頭のなかでシミュレーションしてきた。

文章にすると簡単な道のりだが、実践してみると思ったより遠い。

東京駅で新幹線に乗ったときは、興奮して頭に血が上っていた。上野駅に近づいたところで不安になってきて、腹が痛くなってきた。トイレにこもりながら、大宮駅に着いたら降りて家に帰ろうかと考えた。ところが座席に戻ると、朝が早かったせいか、背もたれの心地良さに寝入ってしまった。

車内アナウンスの声に目覚めると、大宮駅はすでに過ぎていた。あと少しで仙台駅に到着するという。

驚きのあまり、ぽかんと口が開いた。あわてて口に手を当てると、大それたことをした実感が湧《わ》き、今度は怖くなってきた。

しかし、続いて聞こえてきたアナウンスで、次の駅が盛岡だとわかると、今度は安心した。毎日、スマホでその駅名を眺めていたからだ。

ここまで来たら、羊がいる緑の草原を見てみたい。

午後三時近くに到着した盛岡駅は大きく、行き交《か》う人の数も多かった。

スマホに表示される地図を見ながら、美緒は駅の構内をひたすら歩く。次に乗る路線は「いわて銀河鉄道」という名前だ。

しばらく歩くと、青地に白の文字で路線名の表示が上がっていた。深みのある青色がとても幻想的で、思わず名前を口にしていた。

「銀河鉄道……」

こんな美しい名前の鉄道が実際にあるなんて。夢のなかにいるようで、家を飛び出したことも幻のように思えてくる。

夢かもしれない、と電車の席に座り、美緒は考える。そんな思いきったことが自分にできるなんて。それに電車に乗ると、トイレに行きたくなるのに今はまったく大丈夫だ。

電車はしばらく町のなかを走っていたが、すぐに緑が多くなった。

「次は滝沢、楽園の森」というアナウンスに、美緒はスマホを見る。

祖父の家、山崎工藝舎の最寄り駅だ。

楽園の森と聞こえたけれど、調べてみると「学園の杜《もり》」だった。

この駅から山崎工藝舎までは徒歩で四十分。再びスマホをたよりに、ひたすら道を進む。

十五分ほど歩くと、民家がまばらになってきた。

二十分ほど歩いて山の中に入ると、人も車も見かけなくなった。三十分を越えたところで道は舗装されていない林道に変わった。

不安が急に濃くなり、足が重くなってきた。

地図を確認すると、この先は一本道だった。スマホをバッグに入れ、美緒は空を見上げる。

盛岡に着いたときは小雨《こさめ》が降っていたが、今はすっかり晴れ上がり、青空がのぞいていた。

道の両脇には木がうっそうと生い茂り、緑の葉の先から透明なしずくがぽたぽたと落ちている。

雨上がりの森をさらに進むと、カーブの先で木立が途切れ、牧場のような平地が見えた。思わず駆け出したが、平地を目前にして足を止めた。

「あれっ？」

牧草もクローバーの花もない。背の高い雑草が揺れているだけだ。そのうえ、あちこちに棘《とげ》だらけの藪《やぶ》が茂っている。

この先に本当に工房があるのだろうか。

奥へ進むと、緑のつるを絡《から》ませた丸竹があちこちに立っていた。畑のようだが、雑草も生えている。

行き過ぎようとして、美緒は足を止める。

前方の草むらに黒いニット帽をかぶった男がかがんでいた。古びたカーキ色のトレンチコートにゴーグルをつけ、草むらでしきりと手を動かしている。

数年前、通学路に変質者が出たことを思い出した。トレンチコートの下は全裸《ぜんら》で、女子生徒が来ると前をはだける男だ。

走って通り過ぎようとしたとき、やわらかな土に足をとられた。

あっ、と声が出たと同時に転び、美緒は草地に手をつく。

ゴーグルの男が立ち上がった。がっしりとした背の高い男だ。

ゆっくりと、男が近づいてきた。一足ごとに鈴のような音が響き、青草の匂いが濃くなる。

逃げたいが、足に力が入らない。

「あのう……すみません……あの」

うろたえながらも必死で美緒は男に声をかける。

大男が立ち止まり、美緒の前に片膝をついた。

後ろ手をついて美緒はあとずさる。

「私、あの……山崎、工藝舎に来た……」

「山崎工藝舎」

男がつぶやく。よく通る低い声だ。

「オラホダ」

「オラ、ホダ？」

大男が地面を指差した。

「ここ？　ここってこと？　じゃあ山崎、山崎紘治郎さんっていう人……」

コウジロ？　と大男が聞き返すと、ぼそりと言った。

「ワダシダ」

「えっ？」

男が頭を傾けると、黒いニット帽を取り、ゴーグルをはずした。

「私だ、と言ったのだよ」

その声の穏やかさに、手をついたまま、美緒は見上げる。

はるか遠く、男の背後に大きな山裾《やますそ》が広がっていた。

先月から娘の美緒が高校に行かなくなった。妻の真紀とは、娘が思春期を迎えた頃から、うまくいっていない。

マンションの一階にある駐車場に車を置き、山崎広志は家に向かう。

十二年前に購入した３ＬＤＫのマンションは娘には個室があるが、残り二部屋は夫婦の寝室と物置代わりの五畳だ。家に帰っても居場所がなく、暗い顔でひきこもっている娘と、けわしい形相《ぎょうそう》の妻に向き合うのがつらい。

仕事が忙しければよかったのに。

大学院を出てから二十年近く、準大手の電機メーカーで家電製品の開発にたずさわってきた。入社してしばらくはヒット商品も出て多忙だったが、しだいに会社が業績不振に陥《おちい》り、八年前には大手に吸収合併された。

その折に多くの同僚が会社を去っていった。しかし、幸運なことに合併先から請《こ》われ、新しい職場でも変わらず自分は仕事を続けることができた。ところが、その合併先も近年は業績不振で、家電部門から撤退するという噂が流れている。

今年に入ってから仕事も減り、定時で会社を出ている。しかし、家に帰りづらくて、この二ヶ月は一つ手前の駅で電車を降り、ドトールで八時前まで時間をつぶしてきた。

ところが昨夜、不登校中の娘の美緒が学校に行くと言い出した。

美緒が不登校になったきっかけは、部活やクラスでの人間関係の悪化が理由だ。しばらくの間は親にも言わず我慢していたが、最後はそのストレスで、朝、電車に乗ると腹を下すようになり、学校に行けなくなった。

父親である自分もストレスがたまると腹が下る。娘のその体質は間違いなく自分譲《ゆず》りだ。

親の欲目かもしれないが、美緒は若い頃の妻に似た、黒目がちな瞳が愛らしい、清楚《せいそ》な娘だ。そんな我が子が万が一、電車のなかで粗相《そそう》をしてしまったら——考えるだけで心が痛み、なんとかしてやりたくなる。

そこで美緒が再び学校生活に慣れるまで、車で送り届けることを妻の真紀に提案した。ところが、真紀は甘やかしすぎだという。そこから口論になったが互いに譲らない。

なかば真紀の意見を無視して、今朝は眠いのをこらえ、美緒を学校まで車で送り届けた。すると学校が近づくにつれ、美緒が背中を丸めて、身を小さくしていく。

どうしてもいやならば無理をしなくていい。そう思って話しかけたが、今度は逃げるようにして車から出ていった。

いやがられているのかと最初は思った。車を出すと、バックミラーのなかで、何度も美緒が頭を下げている。

いやがるというより怖がられている。怖がって、ひどくおびえていた。

自分の何が、娘を怖がらせているのだろう？

思い当たる節《ふし》はないが、美緒が通学に慣れるまでは車で通勤するつもりだ。しばらくの間、帰りに隣駅のドトールへは寄れない。

代わりにファミリーレストランで時間をつぶすことも考えたが、娘のことが気にかかる。結局、どこにも寄らずに家に帰ってきて、現在、六時二十八分。

真紀が帰っているかどうか、微妙な時間だ。

落ち着かない気持ちでエレベーターに乗り、玄関の前に立つ。

軽く息を整えてから、ドアを開けた。

「ただいま」

返事がないので奥へ進み、娘の部屋をノックする。

「美緒、帰ったよ」

ドアの向こうは静かなままだ。

「学校、どうだった？」

いないのだろうか。

「開けるよ」

ドアを開け、そっと室内をのぞく。娘はいない。学校で温かく迎えられ、もしかしたら部活にも顔を出せたのかもしれない。それなら車で送り届けたかいがある。

冷蔵庫から発泡酒を出し、リビングのソファに腰掛けた。プルタブを開けながら何気なく窓際に目をやると、部屋干しの洗濯物が目に入ってきた。

軽くため息をつき、広志はサイドテーブルに発泡酒を置く。

この家では早く帰ってきた者が洗濯物を取り込み、炊飯器で米を炊《た》くというルールがある。

気付かぬふりをしようと思ったが、帰ってきた真紀が苛立《いらだ》たしげに洗濯物を片付ける姿を見るのもいたたまれない。

カゴを手にして、物干しスタンドの前に立つ。ところが美緒の下着が目に入ってきて、再びため息が出た。

年頃の娘が帰ってきて、自分の下着が父親に畳まれているのを見たら、どう思うだろう。

娘が思春期に入ってから、身の置き場に困るようになった。

はっきりとそれを感じたのは、美緒が小学五年生のとき、真紀がキッズ用のブラジャーを買ってきた日のことだ。買い物から帰ってきた真紀が、美緒は背は伸びないのに、胸ばかりがどんどん発達していくと嘆いた。

「女の子っぽくて、いいじゃないか」と言ったところ、「あなた、そんな目で娘の身体を見てるの?」と汚《けが》らわしそうな顔をされた。

軽い気持ちで言ったのに。

それ以来、妻や娘とどう接したらいいのかわからなくなった。

外はすっかり暗くなっている。なぜか中途半端に開いているカーテンに手を伸ばすと、窓に自分の顔が映《うつ》っていた。

四十歳を越えたあたりから、顔立ちが急に父親に似てきた。

染織工房を主宰《しゅさい》していた父、山崎紘治郎は仕事場にこもっていることが多く、一人息子の自分とは会話がほとんどなかった。そんな父に反発して家業を継がず、東京の大学に進学し、まったく別の道を歩んだが、気が付けば自分も父と同じ。家族と心が通わないでいる。

洗濯物を片付けるのをあきらめ、広志はカーテンを閉めた。代わりに台所に行き、米を研《と》ぐ。

玄関のドアが開く音がして、真紀が台所に入ってきた。

「ただいま。今日は早いのね。美緒はいる?」

「いない」

スーパーの袋をテーブルに置くと、真紀が美緒の部屋のドアを開けた。

「おかしいのよ。昼間からずっと電話しているんだけど、出ないの」

炊飯器に内釜をセットすると、腹が立ってきた。この炊飯器は自社製品のなかでも最上位モデルだ。タイマーも充実しているのだから、朝にセットしていけばいいものを、米の吸水時間が長いと味が落ちると言って、真紀は夕方に研ぐのを譲らない。

真紀が美緒の部屋に入っていった。その背に広志は声をかける。

「なあ、これからさ、炊飯器はやっぱりタイマーを使わないか。今までは美緒が炊いてたんだろうけど、あの子も学校に行くようになったんだし」

「どこに行ったんだろう？」

美緒の部屋から急ぎ足で出てきた真紀が、風呂場やトイレをのぞいている。

「おい、真紀、聞いてる？」

「聞いてる。悪いけど、買ってきたものを冷蔵庫に入れてくれない？」

真紀の様子を不審に思いながら、広志は買い物袋の中身を冷蔵庫に移す。野菜や総菜にまじって、美緒の好物のチョコクロワッサンが三個入っていた。家族三人の数にほっとしていると、真紀の声がした。

「本当にどうしたんだろう？　どこに行ってるのかな」

「部活にでも顔を出してるんじゃないのか」

「そんなはずない」

きっぱりとした口調で真紀が台所に入ってきた。

「なんでわかるんだ？」

「あの子、朝、すぐに家に帰ってきたの。それで……電話で私と口論になって」

「なんだ、帰ってきてたのか。何を喧嘩《けんか》したんだ」

真紀が一瞬、ためらった顔をした。

「親を試すのはもうやめてほしいって美緒に言っただけ。赤ちゃん返りして、ショールにくるまっていないで、ちゃんと現実を見ようよって」

「そこでなんでショールが出てくるんだ？」

取り上げたの、と真紀が髪をかき上げた。

「ペンダントのときと同じ。あの子はまた何かに依存して、現実から逃げようとしてる。私、あの布をかぶっている美緒を見るのが怖くて」

「怖いって、どうしてだよ」

「私が知っている美緒ではなく、まったく別の子がいるみたい。身体はここにあるのに、心は別のところにあるみたいで。……いつまでも布に逃げ場を求めていてはだめだと思うのね。そこから出て、現実と向き合わなければ」

「そんなに追いつめるなよ。今日だって学校に行こうとしたじゃないか」

「学校に行ったと言っても」

真紀の声がしだいに昂《たか》ぶってきた。

「あなた、美緒を学校に置いてきただけでしょう」

「そういう言い方はないだろう」

洗った手を拭いた布巾《ふきん》を、広志は流し台に放り投げる。

「布巾に当たらないでよ。それなら聞くけど、あなた、車のなかで美緒と話をした？　あの子がリラックスして学校に行けるようなこと、何か言ってあげた？　あなたって気が向いたときに娘を甘やかすばかりで一貫した考えがない。言いづらいことはいつでも私に押しつけて。だから私は家でも憎まれ役なのよ」

「誰も憎んではいないよ。落ち着け、真紀」

真紀がリビングの戸棚を開け、生活費を入れている財布を出した。

「三万円……お金を持っていったみたい。ということは事故や誘拐ではないってことね」

とにかく、と真紀が財布を戸棚に突っ込んだ。

「母に電話しなきゃ」

「待て。そこでなんで、お義母《かあ》さんに電話するんだ」

何かあるたびに真紀はすぐ母親に相談をする。うんざりした思いで、真紀がスマホを出すのを見たとき、電話のベルが鳴った。固定電話の音だ。

「まさか警察？　まさか事故にでも！　ああ、美緒」

飛びつくようにして真紀が受話器を取った。

えっ、と聞き返した真紀の声が、わずかにかすれている。

「どうした、真紀。どうした？」

「ええ、あの……ご無沙汰、しています」

真紀が送話口に手を当てた。

「あなた、岩手のお義父《とう》さんから。美緒が家に来てるって」

「なんで父のところに？」

「知らない、替わって」

差し出された受話器を広志は耳に当てる。

「広志か」

受話器の向こうから、父のよく響く声がした。


畑で付いた手足の泥を落として風呂場を出ると、寝巻き代わりに持ってきたジャージの袖《そで》に美緒は腕を通す。

こんなに早く着替えることになるとは思っていなかった。

二時間前に出会ったとき、祖父は家庭菜園で作物に消毒をしていた。古びたトレンチコートはレインコートの代わり、ゴーグルは消毒の霧《きり》から目を守るためだったらしい。

作業を終えるまで玄関で待つようにと祖父に言われて奥へ進むと、横長の木造二階建ての裏手に出た。

表にまわると、「山崎工藝舎」と墨で書かれた木の看板が玄関に掲《かか》げられていた。車寄せがある玄関を中央にして左右対称に窓が並ぶつくりは、昔の学校の木造校舎のようだ。

玄関のあがりかまちに座っていると、一時間ほどで祖父が菜園から戻ってきた。そして、両親に無断でここに来たことを聞くと、こちらで連絡しておくから、まずは風呂場で泥を落とすようにと言った。

祖父の家の風呂場は青と白のタイルが貼られたレトロな雰囲気のものだったが、給湯の設備は新しい。シャワーのお湯の出し方は横浜の祖母の家と同じだった。

脱衣場に置かれた飴《あめ》色のスツールに、美緒は目を留める。

素朴なつくりの椅子だが、使い込まれた色と艶《つや》がきれいだ。この家具に限らず、祖父の家はどこか洒落《しゃれ》た雰囲気がある。

廊下に出ると、下駄箱の上にある固定電話で祖父が話していた。

通話を終えた祖父が振り返った。

「お父さんに連絡したぞ」

「家にいたんだ……」

「ずいぶん驚いていた。当然と言えば当然だが」

首にかけたタオルの両端を握り、美緒は祖父を見上げる。

温かみがある布をつくる「岩手のおじいちゃん」は背中が丸くて小柄な、にこやかなお年寄りをずっと想像していた。

しかし、祖父は父をしのぐ大男で姿勢が良く、堂々としている。目のあたりは父と似ているが眼光は鋭く、言葉も口調もためらいがない。それなのに、時折、悲しげな顔でじっと見つめてきて、視線が合うと目をそらす。

今も先に視線をそらして、首のうしろに手をやった。白髪混じりで灰色に見える髪が、濃紺のシャツによく似合っている。

「なんだ？　年を取った人間がそんなに珍しいか？」

身体がすくみ、息を吸う音だけがヒュッと出た。

「言い方が悪かったな。とがめているわけじゃないんだ。ただ、慣れていなくて」

祖父が二階を見上げた。

「上へ行くか。たいしたもてなしはできないが」

玄関ホールに面した階段を祖父が上がっていく。大人が四人ほど並んで歩けそうな幅の広さに「学校みたい」とつぶやくと、「どちらかというと病院だな」と祖父が答えた。

その言葉に急に怖くなった。

廃墟となった病院を舞台にした怪談の動画を去年の夏、部活の合宿の折に肝試《きもだめ》しで見た。映像に出ていた病院より、この建物のほうがはるかに古い。

ぎしぎしときしむ階段が急に怖くなり、足が止まった。

暗い階段の踊り場で、祖父が振り返った。

「どうした？ きしむが危なくはない。丈夫にできている」

その頭上に蜘蛛《くも》の巣が張っている。悲鳴が出そうになり、美緒は思わず両手を口に当てる。

どうした？ と再び祖父が聞いた。

「蜘蛛の巣、すごくでっかい蜘蛛の巣！」

祖父が天井を見上げた。

「これか。立派に巣をかけたな。きれいな糸だ」

「そうじゃなく。そうじゃなくて。虫、蜘蛛、苦手……怖っ！」

祖父が困惑した顔で腕を組んだ。

「蜘蛛は益虫だ。害虫を食べてくれるし、私と同業だ。そこまで言うならご退散願うが」

蜘蛛の巣を払わず、祖父は階段を上がっていく。「ご退散願う」という呪文《じゆもん》のような言葉が、蜘蛛なのか孫の自分のことを指すのかわからない。

どちらにせよ、何の連絡もせずに来たことを祖父は怒っている。

「おじいちゃん……」

祖父が再び振り返り、不可解そうな顔で見つめてきた。

「本当にごめんなさい。突然に来て」

「それはもういい」

階段を上がって左に曲がると、広いキッチンとダイニングがあった。

中央には八人がけの大きなテーブルがある。

テーブルにつくように言うと、祖父はリンゴジュースをカップに注《そそ》いで電子レンジに入れた。温めたジュースに今度は瓶の粉末を振りかけ、スプーンでかきまぜている。

出されたのはシナモンの香りがする温かいリンゴジュースだった。

甘くてとろりとした味わいに、夢中になって飲んだ。思えば家を出てから、ペットボトルの水しか飲んでいない。

スマホの着信音が鳴った。ポケットから出すと、母からだった。

出るのをためらっているうちに電話は切れた。マナーモードにして、ポケットに突っ込む。

向かいに座った祖父が、父はどうしているかとたずねた。

「元気だとは言っていたが。最近、勤め先のことでいい話を聞かないな」

「それはよくわかんない……。でも帰りは毎日遅いです」

ポケットのなかでスマホが震えた。バイブレータの振動音が、うなりをたてている。

「出なくていいのか？」

祖父がたずねたとき、電話は止まった。しかし、すぐにまた鳴った。

電源を切ろうとして、美緒は手を止める。

宝物を捨てられても、幼い頃は泣くだけだった。しかし、今なら、自分の怒りを伝えられる。

固く目を閉じ、息を吸ってから、電話に出る。

(美緒！)

母の鋭い声が鼓膜《こまく》に刺さるような勢いで響いた。

(どうして出ないの、何度も電話してるのに。どうして、こんなことを)

「お母さんこそ……」

言いかけたところで祖父と目が合い、美緒はうつむく。祖父の前で、あのショールが捨てられたことを言いたくない。

「お母さんこそ……お母さんのほうが……」

(何？　聞いてるからちゃんと説明して。ねえ、黙ってないで。……どうして何も言わずに家を出たの。どうしていつも黙るの？　美緒、聞いてる？)

どうしても言葉が出ず、通話を切った。しかしすぐに着信が来た。

両手でスマホを握りしめ、美緒はうつむく。

自分のことが、甲羅《こうら》に頭を引っ込めた亀に思えてきた。

顔を上げ、再び電話に出ようとしたとき、大きな手に止められた。

「もういい」

祖父がスマホを取り上げ、電源を切った。

「せがなくていい」

意味はわからないが、その言葉に緊張がゆるんだ。

スマホを返すと、祖父は立ち上がった。

「急がなくてもいいという意味だ。ゆっくりしていけばいい」

「でも……」

「家を飛び出すぐらいだ。それなりに事情があるんだな。さて、それなら食事を用意する間に、自分の寝床を確保してもらおうか」

祖父がキッチンから廊下に出ると、廊下の奥を指差した。

「客用の部屋もあるが、掃除がされていない。うちのスタッフ、といっても親戚だが、その子がたまに寝泊まりする部屋でいいか」

「どこでもいいです、置いてくれるなら」

「廊下にモップがあるから、気になるところは自分で掃除してくれ。二階のトイレはここだ」

祖父がトイレの戸を開けると、和式のトイレがあった。

「あっ、和式……」

「ハイテク仕様は一階にあるが、二階はこれだ。どうした？」

天井を見上げ、美緒は顔をしかめる。ここにも大きな蜘蛛の巣があった。黄色と黒の縞模様の蜘蛛が巣のなかで足を広げている。

天井を見た祖父が腕を組んだ。

「そんなに蜘蛛が苦手か」

「いい、大丈夫。見ないようにする。見ないようにするから」

祖父が階段に向かって歩いていった。その背にあわてて声をかける。

「だから、ここにいさせて」

「それはもちろんいいが、カヨ」

名前を間違えられた気がして、美緒はつぶやく。

「私、美緒です」

振り返った祖父がまじまじと顔を見たあと、目を固く閉じた。

「そうだな、美緒だ」

寝具《しんぐ》を取ってくると言って、足早に祖父は階段を降りていった。


父、山崎紘治郎は、先代から継いだホームスパンの工房を主宰する傍ら、国内外の染織品の蒐集《しゅうしゅう》と研究をしており、東京の文化人とも交流が深い。大学ではアジアの染織史について研究しており、本当は学校に残りたかった人なのだと、母、香代《かよ》は言っていた。

美緒が家出をした翌日、東北新幹線のシートにもたれ、広志は故郷のことを思う。

山崎工藝舎は滝沢市に工房兼自宅、盛岡市の中心部にショウルームと呼ばれる事務所と店舗を持っている。昨夜の電話によると、美緒が現れたのは工房兼自宅の裏にある畑だったらしい。

どうしてそんな場所に、と聞くと「スマホだ」とぶっきらぼうな返事が戻ってきた。美緒はスマホの地図アプリを頼りに、工房を訪れたのだという。

新幹線が新花巻駅を通過した。

一瞬、目に入った駅の景色に、美緒のショールを織った母のことを思い出した。

母の香代は花巻の生まれで、紘治郎より一回り年下だ。実家では羊を飼っており、幼い頃から糸を紡ぐことも織ることも得意だった。

中学卒業後に山崎工藝舎に入ると、すぐに頭角を現し、三年後には工房の主宰である紘治郎と結婚、翌年に一人息子の広志を出産している。

山崎工藝舎のホームスパンは昭和の時代、主に全国の有名デパートを巡回して、展示会で小物の販売や服地の注文を受けてきた。

そのなかでも評価が高かったのは「紘のホームスパン」という最上級の服地だった。これは主宰の紘治郎が注文者の希望に応じて色彩設計と羊毛の染めを行い、糸を紡いで織る作業は、母を筆頭にした熟練の女性職人が担当していた。しかし「紘のホームスパン」以外の製品では、母が色彩設計を行ったものも多い。

母が手がけたホームスパンのマフラーやショールは愛らしい配色に人気があり、特に女性たちに愛された。それなのに山崎工藝舎に集まる名声はすべて父、紘治郎のもので、どれほど母が力を尽くしても陰の存在のままだ。

昔はそんな父が横暴に思えた。しかし大人になった今は、工房の仕事とはそういうものだと理解している。

その母は夫、紘治郎を先生と呼んで長年敬《うやま》っていたが、美緒が生まれる二年前に仕事の方針を巡《めぐ》って対立し、別居を経て離婚してしまった。

真紀との結婚式のときはその騒動の渦中で、結局、式には母しか参列していない。

ところが初孫の美緒が生まれたことで、父母は再び一緒に作品を作り、それを携《たずさ》えて初宮参りに来た。完全に和解したようではなかったが、美緒を抱いて、二人は幸せそうに笑っていた。

父母の姿を思い出すと、鼻の奥が少しツンとした。

離婚後の母は山崎工藝舎から独立し、故郷で自分の工房を構えていた。しかし作品はほとんど売れず、失意のまま、初宮参りの半年後に世を去っている。

その通夜の席で、どうして母の創作活動を認めてやらなかったのかと、父をひどくなじってしまった。息子の非難を父は黙って受け止め、それ以来、不仲というほどでもないが、互いに距離を置いている。

新幹線の窓から大きな川が見えてきた。川岸の新緑が目に鮮やかだ。

北上川《きたかみがわ》が見えると、盛岡駅は近い。

郷里に帰るのは八年前、出張の帰りに母の墓参りに立ち寄って以来だ。

なつかしさと、かすかなよそよそしさを感じながら、駅に降り立つ。

北国の風雪に耐えられるように作られた駅舎は、屋根も壁も厚く、構内はほの暗い。しかし冬になると雪が日差しを反射して、おだやかな光があたりに満ちる。曇天《どんてん》が続く梅雨《つゆ》時の今が、きっと一番、寂しげな時期だ。

昨日、父が待ち合わせに指定したのは、駅ビルに入っているタリーズコーヒーだった。二階の喫煙席にいるという。

飲み物を持って二階に上がると、灰色の髪をした背の高い男が煙草《たばこ》を吸っていた。近づくと甘い煙の香りがする。白髪の量が増えていたが、こんな癖のある煙草を吸う男は父しかいない。

カウンターに飲み物を置き、広志は隣に座る。

「まだガラムを吸ってるんですか、この嫌煙のご時世に」

濃紺のシャツを着た父が視線を向けた。

「ここは喫煙席だ」

「喫煙者にも嫌われるでしょう、その手の香りは。副流煙ってものがあるんだから、美緒の前では吸わないでくださいよ」

父が煙草を灰皿に押しつけた。

インドネシアのこの煙草はクローブという香木《こうぼく》入りだ。幼い頃に、日本では丁字《ちょうじ》と呼ばれる香りだと教わった。工房の仕事を母に押しつけ、父がふらりと半年近くアジアを旅して帰ってきたときのことだ。

それで？　と父が口を開いた。

「それでって？」

「私の煙草に文句を付けにきたのか」

すみません、という言葉が反射的に出た。

「……年賀状ぐらいしか、連絡してなくて」

「あとは災害があったときぐらいだな。お前が連絡してくるのは」

「本当にごめん。美緒のこと、驚いたよね、急に」

ため息のように、父が長く息を吐いた。

「驚いたも何も……記憶のなかでは赤ん坊だった子どもが突然、あんな娘らしい姿になって『おじいちゃん』と言ってきても実感がわかない。昨日は、私の頭がおかしくなったのか、それともお迎えがきたのか悩んだ」

「何て言ったらいいのか。本当に申し訳ない。いろいろあって」

困惑した顔で、父がコーヒーを口にした。

「いろいろと言っても大方、学校が嫌か、親が嫌かのどちらかだろう。あれは衝動的に来たんだろうな。計画を練《ね》って家を出たなら、もう少し荷物があってよさそうだ」

「美緒は今、どこにいるんですか？」

「家にいる。連れてこようかと思ったが、その前にお前から事情を聞いておこうと思ってな」

少女たちの笑い声が響いた。制服姿の女子高生が話をしながら禁煙席に向かっている。どの子もいきいきとして楽しそうだ。

高校二年生。箸《はし》が転んでもおかしい年頃のはずなのに、どうして自分の娘は笑って過ごせないのだろうか。

父がシャツのポケットから煙草の箱を出した。吸うのかと思ったが、カウンターに置いたまま、黙ってコーヒーを飲んでいる。

こちらが話すのを待っている構えだ。気圧《けお》されながら、広志は口を開く。

「あの子は、美緒は繊細な子で。最近、学校に行っていないんだ。結構長い、もう一ヶ月以上」

「たいして長くもない。お前と会うのは何年ぶりだ」

再び少女たちの笑い声がした。

「実はいじめにあって。学校は認めてないんだけど。それで、家に引きこもるようになった。赤いショールをかぶって、部屋でじっとしてるんです」

「ショール？　この時期にか？」

父がいぶかしげな顔をした。

「初宮参りの、ほら、ホームスパンのショールを美緒に贈ってくれたでしょう」

あれか、と父が意外そうな顔をした。

「あのショールです。冷房をガンガンに効かせて、あれをかぶって部屋にこもってる。娘がそんな状態になって、教育者としての女房のプライドもずたぼろだ」

「お前はどう思ってるんだ？」

僕？　と聞いたきり、広志は黙る。

「思うところは、いろいろあるけど……」

父が煙草に火を付けた。いろいろとは何を指すのかを具体的に言うまで、口を開く気はないようだ。

「真紀は真紀なりに、一生懸命に娘のことを考えているのはわかるんです。でも美緒には美緒の世界があって……。美緒は何かを気に入ると夢中になる。昔も一時期、きらきらしたガラス、スワロフスキー？　そういう感じのペンダントをずっと眺めていたことがあって。友達とも遊ばず塾にも行かず、毎日、ペンダントを見ていたんです」

「それの何が悪い？　美しいものには見入ってしまうものだ。お前だって一時、ゲームにのめりこんでたじゃないか」

父が煙草の煙を吐いた。甘い匂いが気怠《けだる》く、あたりを包み込む。

「子どもの頃の話でしょう。それに実生活に困難を来たすほどはやらなかったよ。それで、女房が……真紀がペンダントを取り上げたんですけど、ちょっとした手違いでそれを捨ててしまって。今回も同じ。美緒がようやく学校に行くと言い出したんですが、その留守中にショールを取り上げて」

「捨てだのか?」

方言が聞こえたかと思うと、父が灰皿に煙草を強く押しつけた。

折れた煙草に、あわてて広志は持ってきた紙袋を開ける。

「まさか、ここにありますよ。ただ……美緒も勝手に捨てられたと思ったみたいで。それで家を飛び出したわけです」

袋から赤いショールを取り出し、広志はカウンターに置く。

父が布地をつかんで指で擦《こす》り合わせたあと、考えこんだ。それからショールの端を持つと、ふわりと広げた。

鮮やかな赤い布の迫力に、広志は息を呑む。

十七年が経過しているのに、いまだに燃え上がるような大胆な赤だ。しかし、毛織物特有のふっくらとした風合いが、色の強さに愛らしさを加えている。

ショールを眺めていた父が、慈《いつく》しむようにして布をなでた。

老いた手の下で、赤い布はいきいきとした光を放っている。

父の指が小さなシミに止まった。

そうか、とため息まじりに言うと、父がショールを畳み始めた。

「わかった」

「何がわかったんですか?」

手慣れた仕草でショールを畳み終えると、父が差し出した。

「広志、今日のところは一人で帰れ」

「帰れって……。体調に不安があるから、長くは預《あず》かれないって言ってたじゃないですか。どこが悪いんですか？」

「年を取ればあちこち悪いところが出てくる。事情がわかれば合点《がてん》がいった」

「何に合点がいったのか教えてよ。美緒が何か言った？」

逆だ、と父がショールを押しつけた。

「何も言わない」

「いつもそうなんです」

だからだ、と父が声を強めた。

「あまり追い詰めるな。あの子は香代と似ている」

不穏な匂いを感じ、広志はショールの赤い色を見る。

このショールを贈った半年後、母は秋田県の山中で亡くなった。染料の植物採集をしている際に崖《がけ》から転落したのだが、母を知る人のなかには、精神的に追い詰められて身を投げたのだと言う人もいる。

同じことを思い出しているのか、父と目が合った。

「ゆっくり考えさせてやれ。親と距離を置きたいから、家を飛び出したんだろう。お前たちからは連絡するな。しつこく電話をかけてくるなんて、もってのほかだ。そっとしておいてやれ」

「でも、ここに置いていくわけにはいかないよ。うちの子は一人じゃ何もできない。お父さんは孫の世話なんてできないでしょう」

「お前に連絡するようには言っておく」

「聞いてよ、お父さん。そもそも連絡を取り合えるような仲だったら、こんなことになってないって！」

「帰る」

父は立ち上がると、スマホで電話をかけ始めた。

「それなら、せめてショールを渡してやって。真紀は返すのに反対しているけど、僕は……」

あわてて紙袋にショールを入れ、広志は差し出す。

断る、と耳にスマホを当てたまま、父が突き返した。

「しつけの一環なら、夫婦で意見をまとめてから渡せ」

不機嫌そうにスマホをポケットに入れると、父が一階へ降りていった。あとを追って広志も店を出る。

父の前に水色の軽自動車が停まった。

運転席の若い男が腕を伸ばし、車内から助手席のドアを開けている。二重のまぶたがくっきりとした、精悍《せいかん》な若者だ。

「お待たせ、先生。話は終わったの？　晩飯、買っておいたよ」

「悪いな」

煙草を消した父が車に乗り込む。

見知らぬ青年が目礼《もくれい》をよこす。まるで彼のほうが父の家族のようだ。

「待って、お父さん！」

なんだ、と言いたげな顔で、父が窓を開けた。

「帰れと言っただろう。今さら家が恋しいのか」

「わかった、今日は帰ります。しばらくの間、美緒を……すみません、お願いします」

何も言わずに、父が窓を閉めた。水色の車が遠ざかっていく。

風が強く吹いてきて、煙草の残り香をさらっていった。

山崎工藝舎の二階から、窓の外に広がる山を美緒は眺める。

夕方の四時を過ぎたら、山に雲がかかり始めた。しかしこの山は大きく、頂《いただき》が雲に隠れても目の前にたっぷりと裾野が広がっている。遠くにあるようで近くにあるようにも感じられる不思議な山だ。

窓にもたれて、美緒は室内へ視線を移す。

きれいに磨いた床板のつやが心地良い。その光を見ると、今朝のことを思い出した。

——朝、起きると、二階のトイレの蜘蛛の巣が取り払われていた。階段の踊り場にあった大きな蜘蛛の巣も消えている。

祖父の「ご退散願う」という呪文は、蜘蛛に向かって言われたことがわかり、むしょうに嬉しくなった。そこで自分の部屋を掃除したあと、二階のキッチンと廊下にモップをかけた。

軽く拭いただけなのに床板につやが出た。それを見て気分が良くなり、今度は階段を磨いてみる。

祖父が階段を上がってきた。

「掃除をしているのか。自分が使うところだけでいいぞ」

「でも、泊めてもらうから。あとで一階の廊下と玄関も拭く。お風呂も掃除する」

「ありがたいが、せがなくていい」

階段を上がりきった祖父が二階を見回した。

「ずいぶんきれいになったな……。ところで今日の四時にお父さんが盛岡に来る」

モップを動かす手が止まり、頭が自然と下を向いた。

「会社を休んで来るんだ、お父さん」

「半休を取ったとか言っていたな」

いつも不機嫌な父が仕事を休んで、ここに来る。忙しい人だから、さらに機嫌が悪くなっているだろう。それを考えるだけで逃げ出したくなった。

そのときは、父がこの家に直接来ると思っていた。それが三時になると水色の軽自動車が玄関先に現れ、その車に乗って祖父は一人で出かけていった。車を運転していたのは川北太一《かわきたたいち》という名の、父の従姉《いとこ》の息子で、盛岡市内の大学に通っているそうだ。

二人が父を迎えにいくのなら、その間にやはり逃げてしまおうかと一瞬考えた。

ところが出がけに祖父が「お願いがある」と丁寧に言った。人が来たら留守だと伝えるだけでいいので、家を空《あ》けないようにしてほしいという。やむをえず外に出る場合は、鈴を身に付けるようにと言い、畑で祖父が腰につけていた鈴を渡された。「クマ除《よ》け」だそうだ。

クマがいるの？　と聞くと、「わりと普通に歩いてる」と太一がスマホを検索した。

差し出された画面は市役所からのお知らせだった。「クマに注意」とあり、目撃情報がいくつも並んでいる。

「……クマって動物園にいるものかと」

「そこにもいるけど、ここにもいるよ」

「今の時期は子グマもいるからな。あぶないぞ、注意しなさい」

あぶないと言うわりに、それほど心配する様子もなく、二人は出かけていった。

出かける直前の祖父の言葉を思い出し、美緒はため息をつく。

父と顔を合わせるのは気が重い。家に帰るのもいやだ。しかし祖父に留守を頼まれたうえ、クマがいると言われると、外に出づらい。そのうえ、あたりは暗くなってきた。風が強くなり、木立が揺れる音が響いてきた。ひときわ大きく木立が鳴ったとき、一階で大きな音がした。金属が転がっているような音だ。

続いて、ものが激しく崩れるような音がした。

「やだ……クマ？　まさか……」

部屋から顔を出し、美緒は廊下にある消火器を両手でつかむ。

以前、読んだ漫画で消火器を侵入者に浴びせて、追い払っているのを見た。きっと、クマに対しても効くだろう。

そのまま部屋に戻ろうとしたが、一階の様子も気に掛かる。

消火器を両腕で抱えて階段を降りた。

この建物は、校舎のつくりと本当によく似ている。階段を中心に左右に廊下が延び、すべての部屋は教室のようにその廊下に面している。

玄関ホールに降り、美緒は左右を見る。

玄関から入って、ホール右手のドアを開けると、二階から察するに廊下が延びていて、三部屋分のスペースがある。この一角で祖父は暮らしている。

逆側のドアに美緒は目をやる。

この向こうにもおそらく廊下があり、広いスペースがある。ただしこのドアから先は、立ち入り禁止だと言われていた。

風の音がして、家がきしみをたてた。

再び大きな音が響き、何かが落ちている。間違いなく、立ち入り禁止の区域からだ。

ドアノブに触れると、あっさりとドアが開いた。

あかりをつけてみる。二階と同じく廊下が奥へ続いている。

消火器を構えながら歩いていくと、廊下に面してドアが二つあった。

手前のドアを開けてみる。コンクリートの土間が広がり、あたりには湿気がこもっていた。

あかりをつけると、水色のたらいが六個、大きなステンレスの寸胴鍋《ずんどうなべ》が四個、土間に転がっていた。棚には他にも大小さまざまなたらいや鍋が積まれている。

風が吹き込んできた。この部屋の窓が全部開いている。

「風だ……。風で崩れたんだね、積んでたたらいが」

音の正体がわかると、肩の力が抜けた。

なんだ、とつぶやいて、消火器を土間に置き、美緒はほっと一息つく。

窓を閉めて去ろうとしたが、あたりに立ちこめる湿気に手を止める。もしかしたら空気を入れかえていたのかもしれない。

そこで、窓を少しだけ開け、床に落ちているものを棚に戻して、廊下に出た。

二階に戻ろうとして、ふと立ち止まる。

もう一枚のドアから、ひんやりとした空気がかすかに流れてくる。

そのドアを開けると、今度はエアコンの冷気が押し寄せてきた。

気味が悪くなってきたが、消火器を抱え直し、照明のスイッチを入れる。

思わず声が出た。

赤、黄、青、緑、オレンジ。天井まである棚に、濃淡が違う色の糸の束が縦に整然とならんでいる。どの色も下から上へ向かって濃くなっていき、大きな絵の具箱を見ているようだ。

青色の糸の前に立ち、美緒は棚を見上げる。薄い水色からしだいに青が濃くなっていき、最上段の棚は黒みがかった濃紺だ。

「空……。海みたい」

続いて赤系統の糸の前に立つ。淡いピンクから始まり、最上段に近づくにつれ、燃えるような赤い糸が並んでいた。

赤色にも、こんなに種類があるのか。

好奇心にかられ、美緒はさらに奥へと進む。

糸の棚の前を過ぎると、筒状に巻かれた絨毯《じゅうたん》がたくさん置いてあった。その奥の棚には大量の本とノートがぎっしりと入っている。

絨毯のコーナーを過ぎると、丸テーブルが置かれ、その上に淡い色合いのショールが数枚、広げてあった。テーブルのまわりには二脚の椅子があり、直前まで誰かが眺めていたようだ。

消火器を床に置き、美緒はショールを手に取る。「香葉の布」というタグが目に入った。

「なんて読むの？　コウヨウ？　カヨウ……ひっ！」

背後から大きな物音が響き、変な声が漏れた。続いて足音が近づいてくる。

けわしい顔で祖父が歩いてきた。

「どうしてここにいる？　立ち入るなと言っただろう」

「ごめんなさい、音がしたから……」

祖父が床に置かれた消火器を見た。

「どうして二階の消火器がこんなところに」

「目潰《つぶ》し……。下で音がしたから、それ持って降りてきた。何かいたら、これで目潰しを」

けわしい顔が少しゆるみ、祖父が消火器を手にした。

「たしかに目潰しにはなるが。その音というのは一体何だったんだ？」

「この部屋じゃなくて、隣の、コンクリートの部屋……。窓が開いていて、風で物が落ちてた」

祖父があわてた様子で部屋を出ていったが、すぐに暗い顔で戻ってきた。

「なんてことだ。戸締まりはしたつもりでいたんだが……」

椅子に腰掛けると、祖父が両手で顔を覆った。

あの、とためらいながらも、美緒は祖父に声をかける。

「お父さんは？」

「帰した」

「東京へ？　どうして？」

「帰りたかったのか？」

顔を覆っていた手を、祖父ははずした。

「帰りたいのなら、明日、東京の家まで送る。帰りたくないのなら、ここにいればいい」

「いてもいいの？」

祖父はうなずき、「座れ」というように向かいの席を指し示した。

「週に一度、お父さんに必ず連絡することを約束できるなら」

テーブルの上の「香葉の布」に美緒は目を落とす。淡いピンクやオレンジ色がフルーツのシャーベットのようできれいだ。

「でも、お父さんは忙しいし……私のこともそんなに心配してないと思う」

「何も言わなくても、親は子どものことをいつも気にかけているものだ。直接話さなくてもいい。元気でやっていることさえ伝われば」

「ＬＩＮＥでもいい？」

祖父がうなずくと、「香葉の布」を片付けようとした。

「あの……待って。その布、すごく……やさしいね。これもホームスパン？」

祖父が淡い黄色の布を手にした。

「これは紬《つむぎ》、絹だ。植物で染めている。元の色と変わってきているが、この色は丁字という植物から」

祖父が薄桃色、オレンジ、薄緑のショールをテーブルに並べた。

「これは茜《あかね》、枇杷《びわ》、よもぎから染料を取っている」

「ここは金庫？　高そうな絨毯や糸がいっぱいあるね」

「コレクションルームと呼んでいる。貴重なものはあるが、この一角に入るなと言ったのは、それが理由じゃない。隣の部屋に化学薬品があるからだ」

祖父が薄桃色のショールを手に取ると、ふわりと頭にかけてくれた。

「薬品って何に使うの？　枇杷やよもぎから染めるとき？」

「私は草木からは染めない」

頭にかけてもらった薄桃色の布に美緒は触れる。絹はすべすべしたものかと思っていたが、この布はざっくりとしている。

祖父がテーブルの上のショールを片付け始めた。

「布に興味があるのかね？」

「興味というか……ほっとします。ホームスパンのショールにくるまってると安心するの。大丈夫。まだ、大丈夫って思えて」

祖父が立ち上がり、頭からかぶっている薄桃色のショールを、ベールのように整えてくれた。

照れくさくて、ほんの少し笑ってしまった。祖父が背中を向けた。

「ホームスパンに興味があるのか。それなら、ここにいる間にショールを作ってみるといい」

「えっ、どうやって？　私、手が不器用だし、要領悪いし。今まで何もちゃんとできたことがない」

「器用か不器用かより、作りたい気持ちがあるかどうかだ。仕事としてはシンプルな作業だ。染めて紡いで織る。神話の時代から世界中のあちこちで営まれてきた、祈りにも似た手仕事だ」

祖父がたくさんの糸を収めた棚の前に行き、赤い糸の束を一つ引き出した。

「なかでも人は色にさまざまな願いを託してきた。赤い色に託すのは生命、活力、招福《しょうふく》、魔除《まよ》け。だから初宮参りの贈り物にはあの色を選んだ」

糸の束を手にした祖父が棚を見上げた。

「ずっとあの布をそばに置いてくれたんだな。楽しいときも苦しいときも、あのショールが常にお前と共にあったのだと知って、私たちはうれしい。だが大きくなった今は、自分で選べばいい」

「選ぶ？　何を選ぶの？」

「自分の色だ」

祖父の隣に並び、壁を埋め尽くすさまざまな色の糸を美緒は見上げる。ピンクもオレンジも緑も青も、ここにある色、すべてに目が惹《ひ》きつけられてしまう。

「まずは『自分の色』をひとつ選んでみろ。美緒が好きな色、美緒を表す色。託す願いは何だ？」

「考えたこともない……私の色？」

せがなくてもいい、とおだやかな声がした。

第二章　六月下旬　祖父の呪文

山崎工藝舎に来て十三日目、朝食の洗いものを終え、美緒は皿や椀《わん》を乾いた手ぬぐいで拭く。

この家の朝食はトーストに栃《とち》の木のはちみつを落とし、黒いすりごまをかけたものとカフェオレだ。祖父によると、はちみつと黒ごまは体に力をつけ、頭の動きを速めてくれるそうだ。

カフェオレを入れる、ぽってりとした鉢のような黒い椀を美緒は眺める。

この漆《うるし》の椀を洗って布で拭くと、柔らかな光沢《こうたく》が器の内側に浮かぶ。母の真珠のネックレスに浮かんだ光と似ていて、つい、見入ってしまう。

拭き上げたものを片付けるため、美緒は食器棚に向かった。扉を開けると、収納されている朱色や黒の漆のうつわにも、真珠色の光沢がふわりと浮かんでいる。

ふと思いつき、漆器の棚を背景に、スマホで鉢型の椀の写真を撮る。

祖父と約束した、父への定期の連絡が今週はまだだ。

元気です、と文字を打ったあと、「おじいちゃんちのカフェオレボウル」と添え、父に写真を送った。すぐに返事が来た。

（こちらも元気。カフェオレ？　それは粥椀。おかゆの椀だよ……）

おかゆ？　とつぶやくと、「どうした」と祖父の声がした。

「東京から連絡でも来たのか？」

そうなんだけど、と美緒はスマホをポケットに入れる。

「お父さんにカフェオレのお椀の写真を送ったら、これはおかゆ用だって」

「たしかに広志がいた頃はこれで粥を食べていたな」

祖父が黒いうつわを手に取った。

「ただカフェオレボウルとしても実に按配《あんばい》がいい。軽くて口あたりがよく、なによりも中身が冷めない。……ところで、ショールの色は決まったのか？」

「まだ……。きれいな色っていっぱいあるんだね。でも、どれも気になって。ひとつに決めづらい」

「こう考えてみたらどうだ。たとえば、自分の旗を作るとしたら何色にするか」

「えっ、旗……。あまり作ろうとは思わないかも」

横目で見ると、祖父も漆器を眺めていた。自分と同じく、漆器の色が好きなのがわかる。

もっと祖父と話してみたい。

「でも、たとえばって話だよね。おじいちゃんの旗は何色？」

私の？　と祖父が戸惑った顔をした。しかし、すぐに真剣な表情で考え始めた。

「昔と今では違うな。今は……そうだな、原毛の色にする。白でもグレーでもいい。何も染めないナチュラルな色で布をこしらえる」

「いいね。おじいちゃんの髪みたい」

困っているのか驚いているのか、それとも笑っているのか。判別のつかない表情を祖父が浮かべた。その様子にあわてて美緒は手を小さく横に振る。

「ごめんなさい、羊と一緒にして。悪い意味じゃないの、全然」

祖父が自分の髪に触れた。

「たしかに毛の色や形態は動物の一種の旗印ともいえる」

「怒ってる？　おじいちゃんがそんな呪文みたいに早口になるときは怒ってるときだよね」

怒ってない、と言うと、祖父がダンガリーシャツの袖をまくり始めた。

「驚いたときだよ。さて、ショールの原毛が届いたが見るか？　今の段階ではオモウと呼ばれるものだが」

祖父が歩き出した。あとを追って一階に降りると、立ち入り禁止の作業場に入っていく。

「ねえ、おじいちゃん。その部屋、私も入っていいの？」

「染め場の危ないものは片付けておいた。これからしばらく、ここを使うことになりそうだからな。さて、これだよ」

コンクリートの土間がある部屋の前に、胸のあたりまである大きなビニール袋が二つ置いてあった。一つは白いものが、もう一つには薄汚れた茶色のものが入っている。

祖父が理科の実験着のような服を着ると、薄汚れた色の袋を開けた。

むせかえるような臭気に美緒は鼻を押さえる。幼い頃、牛小屋でかいだ匂いと似ている。

「ねえ、おじいちゃん」

「なんだ？」

「くさい……」

「そういうものだ。オモウとは汚染の『汚』に羊毛の『毛』。つまり汚れている状態の毛だ」

「漢字はいいから、袋閉めて」

「そういうわけにはいかん」

祖父が袋に手を突っ込み、フライドポテトのような長細い塊《かたまり》をつまみあげた。上から半分はクリーム色で、あとの半分はうっすらと茶色だ。

毛の塊に顔を近づけると、強い臭気《しゅうき》が鼻を打った。思わず顔がゆがむ。

「この茶色いのってもしかしてその、羊の」

「ウンコだ」

「やっぱり！」

これはまだ軽い方だ、と言って、祖父がさらに汚毛を取りだした。

「昔は毛を洗うと、髪までウンコの匂いがしみついたが、今はそれほどでもない」

「じゅうぶんくさいです。それにウンコって言うのはやめて」

「フンもウンコも同じだ」

祖父が袋の口を閉じた。ふーっと大きく美緒は息をつく。しかし臭気はまだ残っている。軽くむせると、「そんなに嫌うな」と祖父が笑った。

「フンと言っても、激しく汚れているところは出荷の段階でのぞかれている。それより問題はあぶらだ」

あぶら？　と聞き返したら、脂足、アビーとからかわれたことがよみがえった。

「あぶらはあるが、悪いものじゃない。化粧品の原料になるぐらいだ。ただ、それを落とさないと色が染まりにくい。だから洗うわけだ」

「洗濯機的なものに入れるのかな」

「何を言っている。素手《すで》に決まっているだろう」

えーっ、とため息まじりの声が出た。フンが付いている毛を素手で洗うなんて、できればしたくない。

祖父がもうひとつの袋を開けた。

「もう一つ素材を用意した。こちらはすでに機械で洗われた毛で、スカードと呼ばれている」

祖父が袋からひとつかみの毛を出した。羊毛のイメージとぴったりと重なる、真っ白な毛だ。

触ってみるか、と聞かれて、指先で触ってみた。スカードはふんわり、ふかふかだ。

「美緒はどちらを使う？　汚毛かスカードか」

スカード、と言おうとして、美緒は考える。祖父はどうして二つの羊毛を用意したのだろう？

「おじいちゃんたちはどちらを使ってるの？」

祖父が汚毛を指差した。

「手洗いが必要なのにどうして？　だって面倒でしょ？」

上着のポケットから祖父がひとつまみの羊毛を出した。続いてスカードから同じ分量を取る。

「両手を出して、目を閉じて」

言われたとおりにすると、左右の手のひらに羊毛が載せられた。

「どっちの感触が好きだ？」

「左！」

考えるまでもなく、反射的に声が出た。もう一度手を握り、左右の羊毛の感触を確認してみる。

「やっぱり左、です」

「なぜそう思う？」

「えっ？　こっちのほうがやわらかい」

「どんなふうに？」

「どんなふうに？　どんなふうにって、難しい……」

返事に困ったが、祖父の声は柔らかい。たとえ変な答えを言っても笑われたり、叱られたりしない気がした。

「あのう……ク、クリーム？　ホイップクリームみたいな。ケーキに塗るクリームみたいにやわらか……なめらかっていうか」

「いい表現だ。それが手洗いの感触だ」

目を開け、美緒は手のひらにのっている羊毛をじっと見る。どちらも見た目は同じだ。

「何が違うの？　なんで？」

「手洗いだとすぐに細かいゴミをとりのぞけるが、機械ではそうした作業は難しい。だから長時間洗いをかけたり、薬品でゴミを溶《と》かしたりするわけだ。そうした処理をすれば、洗い上がりは多少変わってくる。それが手洗いと機械洗いの違いだ」

機械で洗ったスカードの感触もやさしい。ただ、手洗いの羊毛のなめらかさを味わうと、もっと触れていたくなる。

「じゃあ……私も手で……洗ってみよう、かな」

「無理をしなくていい」

「もう少し考えてみてもいい、ですか？」

祖父がうなずき、実験着のボタンを片手ではずしていった。その仕草が手慣れていて、妙に格好良い。

「洗い方を習ってから決めるといいだろう。ショウルームに出かける用があるから一緒に来なさい。先生を紹介する」

えーっ、と声がまた出た。

「おじいちゃんが今から教えてくれるんじゃないの？」

「実際にやってみせるのは上手な人のほうがいい。工房は今、その人が実務を継いでいる。裕子《ゆうこ》先生、太一の母親だ」

「親戚、だっけ」

「そうだよ、お父さんの従姉だ。じきに太一が迎えに来るから支度をしなさい」

先日も家に来た、大学生の川北太一はこの家の軽自動車を自由に使う代わりに、祖父に頼まれた物を届けたり、外出の折にはドライバーを務《つと》めたりしている。太くて濃い眉と大きな目に力があり、祖父と同じぐらいの背丈だが、肩幅が広くてがっしりしている。

そのせいか誰よりも圧迫感があって怖い。

あの人と一緒にしばらくいるのかと思うと、下腹が重たくなってきた。

迎えにきた太一の車に乗って三十分ほどたつと、車は盛岡市内に入り、雨足が強くなってきた。

大通りに入ると、街のあちこちにオレンジ色の花が植え込まれたバスケットが吊られていた。大きな橋の欄干《らんかん》にも赤やピンクの花が植えられたバスケットが等間隔に飾られている。

窓にもたれ、次から次へと現れる花の色を美緒は眺める。

これから向かう山崎工藝舎のショウルームは、昔は作品の展示と商談だけをする場所だった。しかし今は工房を継いだ「裕子先生」こと、川北裕子がアトリエに使いながら、商談などを行っているという。

アトリエと言うと格好いいが、あれはバアちゃんたちの集会所だ、と太一はさっき言っていた。

祖父によると、山崎工藝舎には昔は住み込みも含めて多くの従業員がいた。しかし製品の注文が減って、従業員も高齢化し、現在、ホームスパンを専業でつくっているのは裕子一人だ。

今日はそのショウルームに、海外のチームで活躍している岩手県出身のサッカー選手が婚約者と来る。彼の家族は代々、山崎工藝舎でホームスパンをあつらえてきたお得意様だ。

太一と話をしていた祖父が振り返り、青山《あおやま》というその選手を知っているかと聞いた。

「えっ、知らない……知りません」

「先生、女の子は知らないよ。サッカーなんて興味ないだろ」

「日本代表だぞ。新聞を読めばよく出ている名前だが」

「最近の子どもは新聞読まないし」

子どもじゃないです。スポーツは興味ないだけ。そう言いたいが、太一の冷めた口調が怖い。

太一がバックミラーを少し動かした。叱られているようで、思わず顔を伏せる。

「なんだか、ヒツジみたいなコだね」

「それはほめてるのか」

「見たまんまを言っただけ」

再び、下腹が重たくなってきた。

二人がまたサッカーの話をしている。青山選手は先日行われた試合で大活躍したようだ。

道が少し細くなり、前方に灯台のようなものが見えた。焦げ茶に塗られた木造建築の二階から、ガラス窓をはめこんだ塔が突き出ている。

「おじいちゃん、あれは何？」

火《ひ》の見櫓《みやぐら》だ、と祖父が答えた。

「昔はあの塔に火事を見張る番人がいたんだ。番屋と呼ばれている。今は使われていないが」

「このあたり、雰囲気が違うね」

車は火の見櫓に近付いた。祖父が塔を見上げる。

「この界隈《かいわい》は盛岡町家《もりおかまちや》と呼ばれる、店と住まいが一緒になった昔の建物が保存されている区域だ。うちのショウルームもそのひとつ。外見は古いが、リフォームはしてある。私の母方の祖父母、そのあたりになると、もう先祖というのかな。この地で商いをしていたんだ」

車は通りに面した二階建ての家の前に停まった。駐車場に車を置いてくるので、先に入っていてくれと太一が言う。

車を降りて、美緒は町並みを見回す。

狭い道の両側に焦げ茶色の木材で作られた二階建てが隙間《すきま》なく続いている。山崎工藝舎のショウルームもその隣も、一階の屋根の一部が歩道にせり出し、小さなアーケードのようになっていた。どの家も通りに面した建物の窓や扉には、等間隔で焦げ茶色の角材が縦に付けられ、目隠しがされている。

「窓の目隠しの木、きれいだね」

「あの細工は格子《こうし》というんだ、格子窓。扉に付いていると格子戸と呼ばれる」

祖父が玄関の格子戸を引くと、土間の先に広い板間があった。板間の中央にはオレンジ色の糸がかかった織機が置かれている。

織機の向こうには、黄色と薄緑の布を貼った屏風《びょうぶ》が置かれていた。その先には吹き抜けの大きな畳の部屋が広がっている。

靴箱に靴を入れながら、織機がある板間はミセ、その奥の吹き抜けはジョイという名前の部屋だと祖父が言った。

「常に居ると書いて常居《じょい》。あそこに神棚が見えるだろう」

祖父が屏風ごしに吹き抜けの一階天井近くを示した。たしかに大きな神棚がある。

「神棚を踏まないように、常居だけは二階を設《もう》けずに吹き抜けにしてある」

祖父が天井を指差し、くるりと回した。

「常居を取り囲むようにして二階がある。一部屋は私の冬の家。あとは裕子先生と太一が倉庫やインターネットの店の事務所に使っている」

「オンラインショップがあったんだ。知らなかった」

「最近、太一が始めたんだが、私にはよくわからない」

衿元に手をやり、ループタイの位置を軽く整えると、祖父が常居に入っていった。

吹き抜けの広い畳の部屋に座卓があった。そこに裕子と思われる中年の女性が一人、その向かいに若い女性と男性二人が座っている。全員が座卓に身を乗り出し、アルバムのようなものを熱心にのぞきこんでいた。

「青山さん」

祖父が声をかけると、よく似た顔の二人の男が祖父を見た。

おそらく青山選手と父親だ。父は小柄でふくよかだが、息子はスリムで大柄だ。その隣には、えくぼが可愛らしい若い女性が座っていた。

青山の父が立ち上がろうとしているのを、祖父が身振りでとどめた。

「どうぞ、そのままで。お元気そうで何よりです。ご子息様もご活躍で」

「いやいや、そんな。先生もお変わりなく」

青山の父が、息子と隣の女性を祖父に紹介している。彼女は青山の婚約者で、仙台のテレビ局に勤めているそうだ。

あれ？　と青山の父が美緒を見た。

「新しい見習いさん？　先生のところは若い人が次々来ていいね」

「でも長続きしない。みんな、すぐにやめていくんです」

玄関を背にして、座卓に祖父が座った。すぐに振り返り、自分の斜め後ろを示したので、美緒もその場所に正座をする。

左手の方角に座っている裕子が微笑んだ。肩のあたりで髪を切りそろえた、顔が小さな人だ。

先生、と裕子が祖父に呼びかけた。

「青山さんがあのジャケット、着心地がすごく良いって」

青山の父が「いいねえ」と晴れやかに笑った。

「裕子さんともさっき話してたんだけどね。去年あたりからどんどん身体になじんできた。今から冬が待ち遠しいよ。最近はどこへ行くにもジャンパー代わりに着てるんです。コンビニ行くにもヒョイと羽織ってね」

それが格好いいんです、と青山が父を見た。

「僕もそのうち、ジャケットを作りたいと思ってるんですけど」

「まずは嫁さんのコートだな。健人《けんと》はじいちゃんのがあるし。見てください、先生」

青山の父が風呂敷包みをとき、紺色のコートを取り出した。

「健人が着てるじいちゃんのオーバー。全然古びてない。まだまだ現役ですよ」

祖父がコートの生地《きじ》を軽くつかむと擦り合わせ、手のひらでそっと布の表面を触った。

「そうですね、この先もまだまだ大丈夫だ。大事に着ておられますね」

「どこに行ってもほめられるんです」

青山が立ち上がるとコートを着た。六つのボタンがついたダブルのピーコートだ。

「僕は体型が一緒なんでしょうね、じいちゃんと。このコート、肩も背中まわりもぴったり合う」

ほんとだ、と小声でつぶやいたら、祖父が振り返った。

「青山選手のおじいさまもサッカーの選手でいらしたんだ」

「知らないだろうなあ」

青山の父がなつかしそうな目をした。

「ヤンマーディーゼルや三菱重工業……まだ実業団だった時代にね。親父の試合、よく応援に行きましたよ。あの頃のことを考えると、世界のリーグに日本人、それも自分の息子が在籍しているなんて夢みたいだ」

コートを着たまま青山が座り、胸のあたりの生地を撫《な》でた。

「子どもの頃、このコートを着て、じいちゃんは僕の練習や試合を見に来てくれたんです。だから海外に行くときも一緒に持っていった。じいちゃんも世界に行きたかろうと思って」

青山がかたわらの婚約者を見た。

「だから、彼女にもそういうものを贈りたくて。思い出と一緒に、いつか子どもや孫に譲れるようなものを」

「心をこめて、調《ととの》えさせていただきます」

祖父の言葉に裕子もうなずく。祖父が婚約者にやさしくたずねた。

「色はお決まりになりましたか」

迷ってるんです、と婚約者が恥ずかしそうに、スマートフォンを出した。

「この写真が好きなんです、空の色が。飛行機に乗っているとき、明け方に見たんですけど。赤と青がまじったような……明るいピンクのような紫で」

スマホの画像を婚約者が祖父に見せた。控え目に身体を伸ばして、美緒もその画像を見る。

地平線からわきあがるようにワインレッド、紫がかったピンク、ラベンダー色の層が重なっていた。その上には透《す》き通るような青と紺色が広がっている。

「なるほど。どの層の色が一番お好きですか」

うーん、と婚約者が首をかしげた。

「紫にもピンクにも見えるところ。その部分が気に入っていたんですけど……。ここで見本を見ているうちに、青もいいかな、紺もいいかなって。……今は赤もおしゃれに思えてきて」

「こちらのイメージが候補にあがっています。付箋《ふせん》が付けてあるところ」

裕子がアルバムのような冊子《さっし》を祖父に渡した。

見本帳と表紙に書かれたその冊子を祖父がめくる。綴《と》じられているのは五センチ四方のホームスパンが貼られている厚紙だ。

裕子が机の下から同じ仕様の冊子を五点、取り出した。

「美緒ちゃん」

はい、と反射的に美緒は答える。

「付箋のあるところを出して、先生に渡して」

裕子に名前を呼ばれたのにも驚いたが、受け取った見本帳の厚さにも美緒は目を見はる。工房でこれまでつくってきた布が貼られているそうだ。

婚約者が迷っているという布の見本を祖父がじっくりと見た。それから、持ってきたノートパソコンを起《た》ち上げると、操作を始めた。

玄関の引き戸が開く音がして、太一が常居に入ってきた。

パソコンから目を離さず、祖父が「太一」と声をかける。

「八百九十から九百十三番までのファイルを」

了解、と答え、太一が軽やかに二階へ上がっていく。すぐに大判の紙を綴じたものを、両手で重そうに抱えて降りてきた。

祖父が綴じ紐をほどくと、新聞と同じサイズの厚紙の表が出てきた。

色彩設計書と紙の上部に書かれており、その下には薄い紫に染められた糸が貼ってある。この色の糸を作るための設計書のようだ。

糸の下には欄が設けられ、たくさんの数値が書きこまれていた。表の左横には赤、水色、ピンクなど、色とりどりの羊毛がひとつかみずつ貼られている。

祖父が色彩設計書に次々と目を通していく。十枚を見終えたところで、斜め後ろにいる美緒に渡した。

「美緒、並べていってくれ」

渡された設計書を一枚ずつ、慎重に美緒は畳に並べる。紙は厚いが、羊毛が貼られている部分だけ重みがあり、両手で持たないとたわんでしまう。

二十四枚の設計書を横六枚、縦四列に並べ終えると、赤や青、ラベンダー色に染まった二十四色の糸と、カラフルな羊毛のかたまりが畳を埋め尽くした。

祖父が立ち上がり、すべての設計書を見下ろした。軽く腕組みをして、考えこんでいる。

その隣に裕子と太一が立つと、青山親子と婚約者も並んだ。少し離れたところから美緒はみんなを見る。

澄んだ赤、淡いピンク、夏空の青、若葉のような薄緑。足もとに広がったさまざまな色の羊毛に、婚約者が目を細めた。

「きれい、お花畑みたい。だけど」

婚約者が不思議そうに祖父を見た。

「この設計書？　ここに貼ってある糸や羊毛って何ですか？」

祖父が畳に膝をつくと、設計書に触れた。

「私どもは絵の具のように、何色かの羊毛を混ぜて色をつくります。たとえば紫なら、羊毛を赤と青に染めて混ぜ、そこから紫の糸を紡ぐ。貼ってある羊毛は、設計書の糸をつくるために混ぜる色の羊毛です」

「どうして？　最初から紫色の染め粉？　染め液っていうんですか？　そういうのを作って、糸を浸《つ》けたほうが早くないですか？」

「ものによってはそういう染め方もいたします。ただ服地やショールの場合は……」

アイちゃん、と青山の父が婚約者に呼びかけた。

「じいちゃんのオーバー、明るいところでよーく見てごらん」

青山がコートを渡すと、婚約者がじっと見つめた。

あっ、と小さな声が上がる。

「紺かと思ったら、水色、黒、緑……茶？　もしかして黄色も入ってる？」

祖父が微笑んだ。

「複数の色の羊毛をまぜてひとつの色をつくると、遠目には一色に見えても、糸に潜《ひそ》むさまざまな色の毛が、奥行きや味わい、光を布にもたらすのです」

祖父が畳に手をつき、一枚の設計書を手にした。

「ご要望をうかがうと、この色目がお似合いかと思いますが、いかがだろう」

顔を寄せ合うようにして、みんなが設計書を見る。表には美しいラベンダー色の糸が貼ってあった。婚約者が糸に軽く触れる。

「そう、こういう感じ、好きです。やわらかい感じの……」

祖父が色彩設計書の赤い羊毛に触れた。

「これに気持ち、赤みを強くしたらどうでしょう。そうするとお顔の色にグンと映える。肌をおきれいに見せます」

ええっと、と裕子が身を乗り出して、設計書を見た。

「先生、これに少し赤みを寄せる？……だとしたら今、ちょうど混ぜ終わったばかりのものがあるわ。ご参考までに。太一、お願い」

太一が二階に上がっていき、祖父の家で見た汚毛が入っていたものと同じサイズの、大きなビニール袋を持ってきた。

口をあけると、この袋には淡いラベンダー色の羊毛が入っている。

「うわあ、フワフワ」

婚約者が歓声をあげ、羊毛に触れた。

「気持ちいい。色もきれい」

裕子が羊毛をつかんで軽く引き、指先で軽くひねる。淡いピンクにも藤《ふじ》色にも見える糸がひとすじ現れた。

「糸にすると、心持ち濃くなるんですけど。こんな感じです」

素敵！　と婚約者が興奮した声で言うと、隣の青山がうなずいた。

「いい色だね」

上品だ、と青山の父が羊毛に触れた。

「これにします。この色がいい。これが好き」

婚約者が糸を指差した。頬に血が上り、声がはずんでいる。

「それならこれをベースに色を設計しましょう。青山選手のコートと並ぶと、互いの色が響き合って、よりいっそう映えるように」

祖父が裕子に設計書を渡すと、スマホの写真を再び見た。

「いい写真だ。夜明けの光は闇を断ち割る。希望の色ですな」

希望の色という言葉に、美緒は淡いラベンダー色の羊毛を見る。

たしかにこの人によく似合う。希望の色が似合う、うつくしい人と結婚するなんて、勝利の女神と一緒になるみたいだ。

よかったな、と青山の父が息子の背中を一つ叩いた。

「じゃあ、先生、そんな感じでひとつよろしく」

「今日はお忙しいところをお運びいただいて」

青山の父が手を軽く振った。

「いやいや、こちらこそ。急ぎでつくってもらえてありがたい。式を挙げたら、アイちゃんもあっちに行くんでね、あったかいオーバー持たせて送り出したいんですよ」

青山の父の言葉に、婚約者が恥ずかしそうにうつむいた。頰にまだ残った赤みがいきいきとして、とてもきれいだ。

青山と婚約者が互いの視線を合わせて微笑んでいる。

不意に顔が熱くなり、美緒は頰に触れてみる。自分の頰も赤くなっている気がした。

青山たちの車を見送ったあと、ショウルームに入りながら裕子が言った。

「あのオーバーは香代先生の作でしょ、先生。いい織りだったもの」

答えずに、祖父が常居へ向かっていく。その背中を裕子が追う。

「青山選手のオーバーのとなりに、今回ご注文のコートが並ぶ。私と香代先生の作品が並ぶんだね。負けたくないな。しっかり務めさせてもらいます」

「大丈夫だろう」

一言だけ言うと、祖父が座卓についた。隣を指し示されたので、スカートのひだを直しながら、美緒はその席に正座をする。

「太一、お茶を頼む」

「ほうじ茶？　あ、麦茶もあるよ」

麦茶を、と一言言うと、祖父がポケットから煙草を出し、裕子を見た。

「ところで裕子、電話で話した件だが」

「ああ、それね」

黒いゴムで髪を縛りながら、裕子が祖父の向かいに座った。

「美緒ちゃん、だっけ。話はだいたい先生……お祖父ちゃんから聞いた。ようこそ。よく来たね」

裕子の言葉のはしばしには、方言なのか聞き慣れない上がり下がりがある。それがあたたかく感じられ、美緒は小さく頭を下げる。

緊張で強張っていた身体がほんの少しゆるんできた。

「で、美緒ちゃんはお祖父ちゃんの仕事を継ぐの？」

「まだ、あの……そこまでは」

継ぐも継がないも、と祖父が重々しく言った。

「うちの仕事がどういうものか知らないと、考えが及ばないだろう」

「うーん、でもね、先生、うち、今すごく忙しくて。つきっきりで指導はできないよ。ショールをつくりたいんでしょ、角巻《かくま》きぐらいのサイズを糸から紡いで。それならきちんと教えないと」

「わかってる」

「太一にまかせてもいい？　私の手が回らないときは」

ちょっと、と不機嫌そうな声がして、太一が麦茶を運んできた。盆に四つも大きなグラスを載せているのに、軽々と片手で持っている。

「なんで俺が教えるの？」

「あんた、教育学部の学生でしょ。予行練習？」

「なんの練習にもならないよ。俺は染織教室の先生になるわけじゃないもん」

三人分の麦茶を座卓に置くと、太一が自分の分を持って階段を上がろうとした。

「こら逃げるな、太一、そこ座りなさい。先生、これ見て。本当に腹が立つ」

裕子が紺色のエプロンのポケットから紙を出した。

「最近、太一に手伝いを頼むと、お金を請求されるの。馬鹿にしてる。こんな料金表を作って」

紙を手にした祖父が読み上げた。

「汚毛洗い、一時間1500円。毛ほぐし、400円。これは高いのか安いのか。どういう基準で値付けをしているんだ？」

適当、と言って、太一が階段の中段に腰掛けた。

「いい加減、電話一本で俺を呼びつけて手伝わせるのはやめて、裕子先生。俺も忙しいんだから」

「聞いた？　この憎まれ口。こういうときだけ親のことを先生って呼ぶのよ！」

座卓に置かれた料金表を美緒は見る。紙には三十近い工程が書かれて、その横に細かく時給が書いてあった。

一枚のホームスパンをつくるには、こんなにたくさんの工程があったのか。布をつくるという仕事はもっと単純なものかと思っていた。

麦茶を飲むと、夏の匂いがした。

この梅雨が終わると、一学期も終わる。そう思うと、学校に行かなくなって、ずいぶん時間がたっていることを感じた。

しばらく考えこんでいた祖父が「料金のことはともかく」と腕を組んだ。

「太一が教えるというのは、広志のことを考えるとな……」

「どうしてそこでヒロチャが出てくるの」

「あれも父親だ。親戚とはいえ、若い男が年頃の娘のそばにいたら気を揉《も》む」

「失礼だな」

頭上から太一の声がした。

「俺にも好みがあるし。第一、こんな小さな子に手を出さないよ」

小さな子、という言葉がいやで、美緒は階段を見上げる。

「あの……」

太一が視線をよこした。高いところから見下ろされると、くっきりとした二重が切れ長に見え、さらに迫力がある。

「私、高校生ですから……小さく、ないです。そんなに」

「そういう意味じゃなく」

すまないな、と祖父が肩を落とした。

「私で教えられることは教えるつもりだが、最近、気持ちに身体がついていかないんだ」

祖父が少し黙ると、座卓に置かれた見本帳に触れた。

「継ぐ、継がないの話じゃない。興味を持ってくれたから、ただ、知ってもらいたいだけだ。私の親たちや私、この子の祖母が一生かけてやってきたことを」

雨音が強くなった。見上げると、吹き抜けの天井に大きな窓がある。雨はそこに強く打ち付け、涙のように流れていく。

技あり！　と太一が柔道の審判のようなことを言った。

「抑え込みが効いている。そんなにしおらしく言ったら、裕子先生は絶対断れない」

「太一、黙っててくれないか」

「おっと、三十秒が経過、どう出る、裕子先生」

「あんたはどっちの味方なの！」

裕子の視線につられて階段を見上げると、太一が笑っていた。笑うと大きな目が細くなり、少しやさしそうだ。

わかりました、と裕子が根負けしたように言った。その目は座卓に置かれた六冊の見本帳に注がれている。

「わかった、先生。私たちがやってきたことを知ってもらいたいって気持ち、それはよくわかる。それなら、私もできるかぎりのことを」

太一が黙って立ち上がり、二階に行った。祖父がビニール袋を引き寄せると、ラベンダー色の羊毛を手に取る。

「明日の朝、汚毛を洗うと言っていたな。よし、まずはそこから教えてやってくれ。ということで、美緒。明日から入門だ」

突然に水を向けられ、美緒は祖父と裕子の顔を交互に見る。

「えっ？　入門、って？」

「本来なら見習いは毎日通うところだが、お前はまだ、こちらの生活に慣れていないからな。まずは週に二度か三度、ここに通いなさい。それでいいか、裕子」

もちろん、と裕子がうなずいた。

自分の頭ごしに話がどんどん決められていく。そのスピードについていけず、思わず祖父の上着のすそをつかんだ。

「待って、おじいちゃん、通うって、どうやって、ここに来たらいいの」

「駅から歩くか自転車だな」

「うちに使ってない自転車があるから今度持ってくる。そうと決まったら、先生、ちょっと手伝って」

裕子に呼ばれ、祖父が部屋の奥へ歩いていった。

足がしびれてきた。膝に置いた手を美緒は軽く握る。

何も言えずに正座をしていると、太一の言うとおり、自分は小さな子どもに思えてきた。

裕子のもとで見習いをする第一日目、梅雨の晴れ間がのぞいた。

朝早く起きて台所に行くと、祖父がコーヒーを淹《い》れていた。

畑で大葉を収穫してくるように頼まれ、美緒は家の裏手へ向かう。

ずっとスマホの待ち受け画面にしていた写真の牧場は現在、畑になっている。

羊を飼うのは、父が幼い頃にやめ、現在は原料の羊毛は海外から買っているそうだ。

朝日のまぶしさに目を細めて畑に入ると、緑の葉の間から白い花々がのぞいていた。

等間隔で立てられた胸の高さほどの支柱には、たくさんの豆のつるが勢いよくからみついている。

木立の間から流れてくる空気を胸いっぱいに吸ったとき、ブログで見た言葉を思い出した。

「桃いろのうつくしい朝の日光」と「きれいにすきとおった風」。

きっと、このことだ。牧場が消えても、光と風は昔のままだ。

楽しくなってきて、スマホで豆のつるの写真を撮る。「おはよう」とだけ書いて、父に送った。

すぐに返事が来たが、一体、何の写真なのかと父は不思議がっている。

スマホをポケットに突っ込み、美緒は大葉が植えられた一角にかがみこむ。

祖父に言われたとおり、数枚の葉を摘んだあと、畑の奥を流れる水路で軽く大葉を洗った。

その水路は跳び越えられるほどに幅が狭いが、清らかな水が豊かに流れている。手ですくって飲むと、指から移ったのか、水は青葉の香りがした。

手の肌がしっとりとしてきたので、顔も洗ってみる。拭くものがないので、頭を振って水を払うと、飛び散った水滴がきらめいた。

台所に戻ると、ボウルを持った祖父が不思議そうな顔をした。

「どうした？　ずいぶん髪が濡れているな」

「顔を洗ったら濡れちゃった。小川？　水路？　気持ち良くて」

「あれは岩手山《いわてさん》の伏流水だからな。それは気持ちがいいだろう」

「すごく冷たかった。あの大きな山から流れてくるの？」

「山の表面ではなく、下をくぐって地面に現れる水だ。地層で水が漉《こ》されて磨かれるから、清らかでうまい。ところで、美緒は粒のマスタードは食べられるのか？」

「ちょっとだけなら」

祖父がボウルに入れたマヨネーズに粒マスタードを少量混ぜた。

「チキンを出してくれ。骨なしのほうだ」

この家の冷蔵庫には鳥のモモのローストチキンの真空パックがたくさん入っている。温めて食べるときは骨付きで、スナップエンドウやキュウリと和《あ》えるときは、骨なしをほぐして使っている。

「何作ってるの？　おじいちゃん」

「お前の弁当だ。慣れたら自分で好きな具をはさんで作ってくれ」

「サンドイッチかな」

「まあ、よく見てろ。これはお父さんもお祖母ちゃんも大好物だったんだ」

小さく切ったローストチキンを、祖父はボウルに入れてマヨネーズで和えた。それを食パンに挟み、電気式のホットサンドメーカーに入れる。合併で今は別の社名になっているが、父が勤めている会社の製品だ。

「お父さんの会社、こういうのも作ってたんだね」

「大昔にな。壊れもせず重宝《ちようほう》しているよ。そこのスープジャーを取ってくれるか」

コンロの横にあった口径の広いステンレスボトルを渡すと、祖父はなかに入れていた湯を捨て、とろろ昆布《こんぶ》と梅干しを入れた。その上にキッチンばさみで刻んだ春雨《はるさめ》と大葉を入れ、電気ケトルから湯を注ぐ。

「あまり火を使いたくないのでな。こうしておけば昼時にはいい吸い物ができている。これも慣れたら自分で使い方を研究してくれ。いい本がある」

わかった、と答えながら、美緒は電気ケトルとホットサンドメーカーを眺める。

この家の電化製品は父の会社のものばかりだ。

弁当ができあがると、祖父に見送られて家を出た。山道を自転車で下り、静かな森のなかを走っていく。

岩手県立大学を通り過ぎ、赤信号で停まった拍子に、美緒は祖父の家の方角を振り返った。窓から眺めている山が、今日はくっきりと山頂まで見えている。

あの山に降った雨水が地下にしみ、ふもとにある祖父の家で湧き出しているのか。

「あれが岩手山……」

頂を眺めると、その山は右側の裾野は八の字のようにすらりと広がっているが、左側はゆるやかに低くなっていく。爪や瓜という字の外枠にどこか似ていた。

坂を降りていくと、滝沢駅が近づいてきた。

そこからいわて銀河鉄道に乗り、盛岡駅に向かう。今度は駅前でレンタサイクルを借りた。

スマホで地図を確認しながら、慎重に自転車を走らせる。開運橋《かいうんばし》という名前の白い鉄骨製の橋に差し掛かったとき、何気なく川の上流を見ると、再び視界いっぱいにあの山が広がっていた。

この街はどこからも岩手山が見える。

橋の下に目を向けると、緑の草で覆われた岸辺に、人が二人ほど肩を並べて歩けそうな小道が下流まで続いていた。

気持ち良さそうなその小道が気になるが、車道へ自転車を進ませる。二十分ほど走って大きな石碑の前を通り過ぎると、ショウルームに着いた。

緊張しながら、裏口に自転車を停める。建物から年配の女性たちがぞろぞろと出てきた。

おはようございます、と声をかけると、白髪の女性が驚いた顔をした。

「じゃじゃじゃ！　香代先生！」

女性たちが驚いた顔で、顔を見合わせた。

「うわ、びっくりだ。声がそっくり」

「香代先生だ、香代先生の声だよ！」

「ヒロチャの娘さんだね」

背中が丸まった女性が美緒の前に来て、しげしげと顔を見た。

「めんこいねえ。ヒロチャに似なくてよかったぁ」

「いやいや、ヒロチャもちゃんとしてれば男前だよ。なんせお父さんは紘治郎先生だ」

小柄な女性が前に出てきて、やさしい目で見た。

「お父さんは元気か？」

大勢から向けられた眼差しに落ち着かず、美緒はあわてて答える。

「はい。元気、元気です、たぶん」

「いくつになられた？」

「十……あ、父？　父の年？　父は……四十と少しです」

女性たちが再び互いの顔を見て、笑い合った。

「あの小さなヒロチャが四十を越えたなら、私らもばばあになるわけだ」

髪を薄い紫に染めた女性が美緒の手を取った。

「裕子先生に入門だって？　がんばって」

「先生がお待ちだ。ほら、早く早く」

女性たちにうながされて入ると、右手にトイレ、左手に台所があった。さらにその奥に進むと、広い座敷に机が二つ、向かい合って置かれている。奥の席に裕子が座っていた。

「おはよう、美緒ちゃん。みんな驚いていたでしょう……というか、美緒ちゃんのほうが驚いたかな。まあ、ここに座って」

はい、と答えて、美緒は裕子の向かいに座る。そこから奥を見ると、この間、祖父と来た常居が広がっていた。

細長い家だな、と美緒はあたりを見回す。

「さっきのおばあさんたち……工房のＯＧ、ですか」

「私の先輩たちね。毎朝八時半になるとここに集まって、常居でラジオ体操をして、洗い終わった毛をほぐしたり、糸を紡いだりして、一時間過ごすの」

裕子が書類に何かを書き込みながら言う。

「いつも手伝ってもらうわけでもなくて、何もないときは、ここでのんびりお茶を飲んで、ワイドショーを見てる。朝、ここに顔を出さない人は誰かが帰りに様子を見にいく。一人暮らしの人が多いから、おばあちゃんたちの安否確認も兼ねてるという感じかな」

この間、車のなかで、太一がこのショウルームを「バアちゃんたちの集会所」と言っていたのを思い出した。

裕子が書類を片付けると、美緒が座っている事務机を指差した。

「その机、美緒ちゃんが使って。荷物は机の下に置いてね。上の二つの引き出しはさっきおばあちゃんたちが片付けてくれた。美緒ちゃんが自由に使っていいよ」

スチールの机の上には電話があり、その横には小さな羊のマスコットが置いてあった。稲荷寿司《いなり》のような形の白い羊毛のかたまりに、フェルトで作られた茶色の頭と手脚がついている。

羊の下には「ようこそ」とカードが置いてあった。

「これ、私に？　かわいい！」

裕子が羊のマスコットを見た。

「みんな、美緒ちゃんが来てくれてうれしいんだよ。さて、電話や、お客様が来たときの対応は、午後に太一が教えるよ。私、今日は午後から出かけるもんでね。朝のうちに二人で汚毛を洗ってしまおう」

裕子が腕まくりをして、紺色の割烹着《かっぽうぎ》を着た。それを見て、美緒も祖父から渡された黒い割烹着を着る。

「上に着るもの、ちゃんと持ってきたんだ。紘治郎先生にぬかりはないね。……こっちが作業場」

裕子が座敷の引き戸を開けると、透明の屋根で覆われた、明るいガレージのような空間が広がった。床はコンクリートで固められ、奥には洗濯機のようなものと大きなコンロ、たくさんのたらいが置かれている。

祖父の家の一階にある、染め場と似た雰囲気だ。

裕子が大きな蓋付きのバケツを開けた。その途端、鼻が痛くなるような悪臭が広がった。この間かいだ汚毛の匂いがさらに強烈になっている。

くさい、と言いかけたが、美緒は寸前で言葉を飲み込む。

裕子は平気なのだろうか。横目で見ると、淡々とした表情でバケツのわきに屈み、なかを見ている。

「これは昨日の夜からつけてあるの。美緒ちゃん、そっちにもバケツがあるから、汚水を流して。そのあと毛をザルにあけて」

裕子に言われたとおりバケツを傾けると、茶色に濁《にご》った水が出てきた。水を切って、汚毛を大きなザルに移して裕子に渡す。濡れた汚毛はどろどろしていて、とても毛には見えない。

裕子が隅にある、膝ぐらいの高さの機械に汚毛を入れた。

「これは脱水機ね、工業用の。洗濯機でもいいけど、こっちのほうがパワフル。数秒で水が飛ぶ。ジーパンだってあっという間に脱水できちゃうよ。ここまでの手順としては前夜に、汚毛を湯にとかした洗剤につけておく」

裕子がコンロにかかっている大鍋に火を付けた。

「洗うのは常にお湯。だからその湯はここでわかす。火に薬品に熱湯、危ないものを使うから、作業場にいるときは注意して」

うなずいたら、返事は？　と言われた。

「え？　あ、はい、すみません」

「作業中は背を向けていることも多いから、大きな声で、はっきりと返事をして」

「はい！」

力をこめて言ったら、裕子がくすっと笑った。

裕子の隣に立ち、機械の操作方法を教わりながら、美緒は汚毛を脱水する。

その間に裕子がたらいに湯と水を入れ、温度計ではかった。

「洗剤の量はだいたい、洗いたい毛の三%から五%、ときには十%。そのあたりはカン……。何度もやって感覚をつかむ」

「お湯は何度ぐらいから？　熱そう……」

「うちでは最初は六十度。油を落とすときはこれぐらいの高めの温度でね。仕上げは四十度」

「最初と仕上げ？　そんなに何度も洗うんですか」

「そうだよ、すすぎもあるからね。同じ作業を何度もくり返すよ」

裕子が二つ目のたらいに湯を張ると、大きなバケツにぬるま湯と洗剤を入れた。

作業場が蒸してきた。久々の晴れ間で今日は気温が高い。大量に沸かした湯の熱気で、背中がしっとりと汗ばんできた。

裕子が風呂場用のプラスチックの椅子を二つ、たらいの横に置く。

「さあ、やろう。私のやり方を見て」

裕子がひとにぎりの汚毛を手にすると、たらいに静かに沈めた。その毛をそっと手のひらにのせると、親指で押すようにして洗う。

「揉み洗いをしてはだめ。こうして指の腹でごみや油分をやさしく押し出すように洗う。少しずつね。揉み洗いすると、フェルトになっちゃうからね」

「フェルトって、手芸で使うあの布ですか？」

「羊毛に熱と圧力をかけると、フェルトになるの。今、お湯で熱をかけているでしょ。これを揉み洗いすると圧力がかかるから、そこでフェルトが一丁あがり。そうなると糸を紡ぎづらい。場合によっては捨てなくてはいけないから、気を付けてね。今度は美緒ちゃんの番」

裕子の洗い方をまね、美緒は指の腹でひとつかみの羊毛を洗う。少しずつ羊毛の色が白くなっていき、湯のなかでやわらかく揺れた。

「いい、いいね。美緒ちゃん、上手。その調子。で、これをずっと繰り返すの。それはもう、ずっと」

裕子が隣のたらいで毛を洗い出した。それからしばらく二人で黙々と湯のなかで毛を洗った。

汗が幾筋も背中を伝っていく。顔にも玉のような汗が浮かんできた。拭きたいが、両手はたらいのなかだ。

羊毛は大きなザルに二つ分もあるのに、たらいで洗えるのは指先で扱えるごく少量。なんて膨大な量の手作業なのだろうか。

しかし手洗いの羊毛の、ホイップクリームのような感触が忘れられない。

あの手触りは、この作業から生み出されるのだ。

汚毛の汚れが溶け出し、たらいの湯の色が変わってきた。裕子が手を止めて、美緒のたらいをのぞきこむ。

「ああ、手付きが格段に良くなってきた。慣れてきたね」

「よかった……」

「そろそろ洗剤液を換えようか。ある程度汚れてきたら、新しい洗剤液に換えるのね。その目安は今ぐらいの濁り具合。覚えといて」

湯と洗剤を入れ直し、再び二人で毛を洗う。しだいにザルの汚毛が少なくなってきた。

割烹着の袖で軽く裕子が顔を拭《ぬぐ》うと、ぽつりと聞いた。

「ヒロチャは元気？」

「元気だと思います」

「思いますって？」

裕子が不思議そうな目を向けた。その視線にたじろぎながら、美緒は答える。

「あまり……父と話をしなくて。そんなに顔も合わさないし」

「ヒロチャは相変わらずだ。どうせむっつりした顔で本でも読んでるんでしょ。昔からそうだ」

本も読まずに寝ていることが多いが、それを言うのもはばかられ、美緒は言葉を濁す。

「えっと……あの、父……父はどんな感じの子だったんですか？」

うーん、と裕子がうなった。

「ゲームもしてたけど、難しい顔でとにかく、いつも本ばかり読んでた。でもそれって、山崎家の男に共通しているのかも。先生も先生のお父さんもそうだったし。ヒロチャもそう。うちの太一も同じ」

熱めの湯で一通り汚毛を洗い終えたので、今度は低めの温度の湯で洗う。黒っぽい羊毛が白くなってきて、匂いも前ほど気にならない。むしろ洗剤の甘い香りとあたたかい湯で、気持ちがほぐれてきた。

よいしょ、と小さく声をかけ、美緒は椅子に座り直す。長く座っていたせいか、お尻が痛くなってきた。

似てるなあ、と隣で裕子がつぶやく。

「今の『よいしょ』って、香代先生そっくり」

「そんなに似てますか？　祖母の声と」

「似てる。美緒ちゃんのほうが、やさしいけど」

そうですか、と言った自分の声を美緒は味わうように聞く。

「おばあちゃんの記憶はないんです。声が似てるって不思議。どんな人だったんですか？」

裕子が一瞬、手を止めた。しかしすぐに手を動かし始めた。

「勝ち気？　一本、筋が通った、とにかく気が強い人だった」

「そこはまったく似てない……」

「でも本当のところはどうだったんだろうね。最近よく思う」

毛を洗う水音が静かに響いた。

「香代先生は……紘治郎先生が東京から盛岡に戻ってきて、二、三年目？　それぐらいに山崎工藝舎に入ったって聞いてる。今の美緒ちゃんと同じぐらいの年には工房のエース、って言ったら変だけど、最年少なのに工房一の紡ぎ手、織り手になっていたって」

今の年で工房のエースになったということは、祖母は高校を出ていないのだろうか？　裕子に聞くと、祖母の時代は中学卒業後、すぐに働き出す人がたくさんいたそうだ。

「職人にとって十代って大事な時期なんだよね。アスリートと同じ。その時期に身体で覚えた技は驚異的に伸びるし、その先を支える基盤になる。で、十代の香代先生は……その頃は香代ちゃんと呼ばれていたらしいけど、紘治郎先生の要望がどんな難しいものでもビシッと織り上げてたんだって。いいコンビだったんだよ。それは結婚しちゃうわ」

へえ……と再び間の抜けた声が出た。その声も祖母に似ているのだと思うと、くすぐったい。

「でもおじいちゃんも織れるんでしょう？　どうしておじいちゃんは自分で織らないんだろう」

「紘治郎先生はひととおりなさるけど、一番の仕事は色の設計をして、染めることだから。今風にいえばプロデューサー？　いや、監督と選手という感じのほうが近かったかな。あの二人は」

「おばあちゃんもこうして毛を洗っていたのかな」

「洗ってたよ。花巻の工房で、ちょうど私、見たもの。孫の初宮参りのショールを作るんだって張り切ってた。手伝おうかと言ったけど、これは全部自分でやるって言って、それはそれは丁寧に洗ってた」

羊毛を押し洗いする指に力がこもる。自分が生まれた頃、祖母もこの作業をしていたのだ。それがあの赤いショールになり——。

捨てられたショールのことを思うと、顔が自然と下を向いてしまう。

羊毛を洗い終えると、今度は湯で洗剤をすすいだ。それからザルにあけ、裕子に見てもらいながら、脱水機にかけた。

脱水した羊毛を三個のザルに浅く広げて、風通しのよい場所に置く。

裕子が身体を反《そ》らせたあと、ぽんぽんと腰を叩いた。

「ああ、この作業は腰にくる。美緒ちゃんは若いから大丈夫だろうけど」

お昼でも食べよう、と裕子が座敷に上がった。

「何か食べにいく？　今日はご馳走しちゃう。近所に素敵なカフェがあるの」

「あ、あの……お弁当を持ってきました。おじいちゃんがホットサンドを作ってくれて」

「なつかしいなあ。先生、香代先生が根《こん》を詰めてると、いつもお昼に作ってあげてたっけ」

くすっと笑うと、裕子は軽く頭をかいた。

「それなら私は外に食べに行ってくるか。おいこら、太一や」

んああ？　と二階から不機嫌そうな声が降ってきた。

「ご飯、どうする？」

「いらねえ」

「学校、行かなくていいの？」

「今日はいいの」

「何その言い方。教職につこうって学生の言い方に思えないんだけど」

裏口で靴を履きながら、裕子が二階を見上げた。

「ああいう子だけど、気立ては悪くないんでね。怖がらないでね」

ハイ、と答えたものの、太一のぶっきらぼうな口調に身体がこわばる。

緊張しながら自分の席で弁当を広げていると、電話の横にある羊のマスコットが目に入った。

食事をする手を止め、小さな羊を握ってみる。

ふわふわとした真っ白なボディが心地良い。思わず顔がゆるんで、小さく笑ってしまった。

食事に行った裕子は、一時間ほどでショウルームに戻ってきた。帰りにテイクアウトのコーヒーを買ってきてくれたので、のんびりと二人で飲んだ。

コーヒーを飲み終えると、裕子が立ち上がった。

「さあ、張り切って午後の仕事を始めよう」

時計を見ると一時過ぎ。学校ではそろそろ午後の授業が始まる時間だ。

「まずは糸紡ぎを覚えてもらおうかな。これはすごく大事な仕事だから」

裕子が常居に小さな車輪が一つ組み込まれた木製の機械を出した。その脇に小さな机を出し、ふわふわした羊毛を置く。

「洗い上がった羊毛を紡ぐまでには、まだまだ工程があるのね。その工程をまずはすっ飛ばして、糸を紡いでみようか。なにせホームスパンっていうのは、『ホーム＝家』、『スパン＝紡ぐ』。それぞれの家庭で糸を紡いでつくった布ってのが語源だから」

裕子が丸椅子を二つ持ってくると、機械の横に置いた。そして車輪の下にあるペダルを指差した。

これを踏むと車輪が回り、その回転を繊維に伝えると、撚《よ》りがかかるのだという。

「まずはペダルを踏んでみて。なるべく速さが一定になるように」

ペダルを踏むと、軽やかな音がした。なるべく速さが一定になるよう、ほんの少しの力の入れ加減で速くなったり、遅くなったりする。なるべく均一の速さになるよう、心を集中させて踏む。

いいね、と裕子がつぶやき、腕時計をちらりと見た。

「時間がないから、糸の通し方は今度教えるよ。今日は私がササッとやる。まずは糸を紡いでみて。簡単に言うと……」

裕子が大きな糸巻きのようなものに、糸をくぐらせ、手前に引っ張ってきた。その糸の先は丸く輪に結ばれている。

「これは導きの糸って名前ね。この導きの糸の輪の部分に、この羊毛から……」

机の右手側に置かれた羊毛に、裕子の指が伸びた。そこから左手で毛を引っ張りだすと、導きの糸の輪に通す。

静かにペダルを踏むと、車輪の回転が導きの糸を通して羊毛に伝わり、撚りがかかった。

その途端、綿菓子のような羊毛が糸になった。白くてふんわりしたものが、一瞬で強そうな糸に変わるのに胸が高鳴る。

魔法のように思え、美緒は裕子の手元を見る。つまんだ指の下からするすると糸が生まれて、テンポ良く糸車に巻き取られていった。

「わかったかな？　場所を替わろうか」

裕子と席を替わり、美緒は左手で糸を引き、ペダルを踏む。ところがどんどん糸が太くなっていく。

裕子が再び腕時計を見た。

「ごめん、もう行かなきゃ。糸の太さは慣れたら安定するよ。困ったら、太一に聞いてくれる？」

裕子が階段の下に行くと、「太一」と声をかけた。

再び「んああ？」と声がする。

「美緒ちゃんの糸紡ぎを見てやってよ。頃合いを見て、干してある毛も取り込んでね。それから電話と接客の仕方。これも教えてあげて」

「俺は今、忙しいんだけど、学校に行けないほど」

「学校に行けないほど忙しいって、学生が何やってんの？ だったらうちを手伝って。いい？ ちゃんと教えるのよ、わかった？」

「んああ」と声がしたが、今度は語尾が下がっている。承諾の返事のようだ。

「ごめんね、美緒ちゃん、じゃあまたあとで」

裕子が小さく手を合わせると、あわてた様子で裏口から出ていった。

裕子が見せてくれた動きを思い出しながら、美緒は糸車のペダルを踏む。軽快な音が心地良い。ところが糸がしだいに細くなってきて、ぷつりと切れた。

「あっ、切れた……切れたらどうするの？」

手を止め、二階を見上げる。太一に教わればいいのだが、頼むのが怖い。

階段の下に行き、二階の様子をうかがう。物音がまるでしない。

思いきって、階段をあがると廊下に出た。吹き抜けの常居の周りに作られた二階の部屋は、上から見ると漢字の「回」の形に設置されている。

その一つの部屋からミシンのような音がする。太一はここにいるようだ。

すみません、と声をかけると、ふすまごしに「何?」と返事が戻ってきた。

遠いところにいる気配がするので、美緒はさらに大きく声を張る。

「すみませーん、糸が切れました。どうしたらいいですか?」

「ちょっと待ってて」

意外にも穏やかな声が戻ってきた。

「あの……下にいます」

常居に戻り、糸車の前に座る。

大きな身体を丸めるようにして、太一が階段を降りてきた。濃紺のシャツを腕まくりしながら、近づいてくる。

「どうした? 何? 糸? 席、替わって」

太一が糸車を調整すると、切れた糸を手にした。そこに新しい羊毛をつまんで絡ませると、ゆっくりとペダルを踏んで車輪を回す。

切れた箇所に新しい羊毛の繊維が絡まると一本の糸になった。

「ほら、簡単だろ。隣で見ててやるから、今度は自分でつなげてみて」

太一が糸を断ち切り、椅子から立った。入れ替わりで椅子に座り、美緒は切れた糸に、羊毛をそっと添わせる。

「ペダルを踏んで、そう、それでいいよ」

じわりとペダルを踏むと、ゆったりと車輪が回る。その動きが糸と羊毛に伝わり、一つの方向にまとまっていく。

切れた糸がつながり、新しい糸が生まれた感触が指に伝わってきた。くすぐったいような、安心するような感触だ。

うれしくなってきて、思わず顔がゆるんでしまった。

大丈夫だ、と言った太一の声がわずかにやさしい。

「切れてもつながる。切れた糸と新しい羊毛を握手させて撚りをかけるんだ。覚えた？続けて」

太一の言葉に促《うなが》され、右手の下に羊毛を置き、左手でつまみだす。

からからと軽やかな音をたてて、糸車が回り出した。

「右手、そんなに羊毛を押さえないで。添えるぐらいでいいんだよ。もっと軽くふわっと」

「ふわっとって、どれぐらいですか」

「どれぐらいって言われてもな。ちょっと触るよ、ごめん」

不機嫌そうな声がして、太一の手が右手にかぶさった。不意に触れられた大きな手にびくつき、思わず美緒は手を引っ込める。

「そんなにいやがらなくてもいいだろ。どれぐらいって聞いたから……。それにごめんって言ったのに」

すみません、とつぶやき、美緒はまた羊毛の上に手を置く。

「びっくりしただけです。どれぐらい、ですか。おさえる加減」

「適当に自分で加減して」

しばらく見ていた太一が、台所のほうに歩いていった。冷蔵庫を開ける音がして、飲みものをグラスに注ぐ気配がする。

じゃじゃじゃ、と声がして、あわてふためく気配がした。

不意に聞こえた言葉が可愛らしく、美緒はくすっと笑う。

太一が盆に二つのグラスを載せてきた。

「麦茶、机に置いとく。適当に飲んで」

太一は近づくと、手元を見た。

「そんな感じ、ああ、いい調子。他に質問ある？」

「あの……『じゃじゃじゃ』って、方言、ですか？」

太一が言ったのと同じ言葉を今朝、工房のＯＧからも聞いた。挨拶をしたとき、白髪の女性がまず最初に放った言葉だ。

方言だよ、とぶっきらぼうに太一が言う。

「たとえば、こたつで湯呑みを倒したら『じゃじゃじゃ』。さっきは台所でペットボトルを床に落として……」

「びっくりしたから『じゃじゃじゃ』？」

「そんなところ。お父さんは言わない？」

「聞いたことない」

「やだな、東京の色に染まっちゃって。紘治郎先生はあれでよく言うけどね」

祖父が言っているのも聞いたことがない。そもそもいつも冷静な祖父が驚くところが想像できない。

紡いでいる糸がしだいに細くなってきた。ペダルを踏む足をゆるめ、糸車の速度を落とすが、太くはならない。

「あの、糸がどんどん細く……」

「それは左手で引き出す量の問題だ」

太一が椅子をつかむと、背後に座った。そこから左手を糸に伸ばす。

耳の近くで声がした。

「左手、離せ。右手も。ペダルの足はそのまま踏んでて」

美緒が両手を離すと、太一が背後から糸と羊毛に手を伸ばした。美緒の代わりに左手で糸をつまみ、右手で羊毛を押さえている。

太一の邪魔をしないように身を小さくして、彼の両腕の間に美緒は納まる。背中から包み込まれているようで落ち着かない。しかしその指が繰り出す光景に目を奪われた。

まとまりなく空気をはらんでいた羊毛は、太一の骨張った指に触れると、白く美しい糸に姿を変えていった。まるで命あるもののように、羊毛は太一の指にじゃれつき、次々と身をよじらせて糸になっていく。

「生きてるみたい……」

生きてるよ、と耳元で声がした。

「羊毛は死んだ動物のものじゃない。生きている動物の毛をわけてもらうんだ。だから人の身体をやさしく包んで守ってくれる」

話をしながらも、太一の腕は繊細に動く。こちらの身体に触れないように気を付けているのが伝わってきて、それほど怖くない。

隣を見ると、彼の顔が間近にあった。

伏し目がちに糸をじっと見ている。男の人の顔をこんなに間近で見るのは初めてだ。

太一があわてて身体を離した。

「何？　どうかした？　顔が近いってか？」

手が離れたはずみで糸が切れた。あっ、と太一が声をあげる。

「ごめん、切れた。切れたどころか……ややこしいことになってる。ごめん、ちょっとどいて」

太一が手早く糸車を触って調整した。怒っているような様子に、再び怖くなる。

最初からこうして席を替わって、隣で見ていればよかった。

それでも羊毛が意志を持っているかのように糸になる光景が目に焼きついている。太一が糸を紡ぐところをもっと見ていたい。

糸をつなげて元の状態に戻すと、太一が立ち上がった。

「じゃあ、俺、上に行くから。適当にお茶とか飲んで頑張って」

怒ったように言うと、急ぎ足で太一が階段に向かっていく。

力なく椅子に座り、美緒は糸車のペダルを踏む。

また、人の気にさわることをしてしまった。

自分の表情、振る舞い、言葉。その選択がいつもうまくできない。そして、まわりを不愉快にさせてしまう。父や母がいつも不機嫌で、祖母が小言ばかり言うのも、そのせいだ。

でも、どんな顔をして、どう話せば、みんなに嫌われずにすむのだろう？

悩んでいてもペダルを踏んで手を動かすと、羊毛は糸になっていく。

気が付くと、裕子が机に置いた羊毛はすべて糸になっていた。糸車の脇に置かれた袋から新しい羊毛を出し、再び紡ぐ。

ただいま、という裕子の声に、美緒は我に返った。

常居の天窓から降り注いでいた光が朱色になっている。あたりはすっかり夕方になっていた。

「美緒ちゃん、今朝洗った毛は取り込んだ？」

「あ、まだです」

「もう、いいよ。急いで取り込んで」

はい、と答えて、美緒は手を止め、作業場に走る。

干してあった羊毛のザルに駆け寄ると、思わず声が出た。

「うわ、ふわふわ、わあ、真っ白」

ザルのなかには、純白の羊毛がこんもりと入っていた。朝見たときは、濡れてぺったりとしていたのに、太陽の熱をたっぷりと含み、綿菓子のように盛りあがっている。

手にのせると、そのやわらかさに思わず右頰に当てていた。

ああ、と思わず声がもれた。真っ白なホイップクリームのような毛の感触に、頰がとろけそうになる。

世の中にこんなに柔らかく、温かいものがあるなんて。

「汚毛、好きかも。汚毛、いいかも。こんなに柔らかくなるなら、すっごくいい」

つぶやいた自分に笑い、今度は羊毛を両頰に当てる。ほんのりと洗剤の甘い香りがして、幸せな気持ちがわき上がってきた。

羊の毛は、なんてやさしいものなのだろうか。

晴々《はればれ》した気持ちで、三つのザルを座敷に運び、裕子に声をかけた。

「裕子先生、取り込みました」

「ありがとう。太一に頼んでおいたのに、何をしてたんだろうね」

裕子が乾いた羊毛を手にした。

「まあ、いいか。ああ、これはいい毛だ」

羊毛をつまんだ裕子が満足そうに笑っている。

「あの、いい毛じゃないときもあるんですか？」

「思ったより固かったりすることはある。人と一緒で、羊も体つきや気性がそれぞれ違うから、毛にも個体差が出るのよ」

裕子が常居に行くと、羊毛が入っていたビニール袋を手にした。

「あれ、美緒ちゃん、ずいぶん紡いだね……」

大きな袋には、もうひとつかみしか毛は残っていない。

戸惑った顔で裕子は袋を見ている。

「すみません、そこからどんどん出して使ったんですけど。もしかして、そんなに出しては駄目だった、とか？」

うーん、と裕子がつぶやいた。

「いいよ。私がちゃんと言わなかったから。……糸はどんな感じ？」

「うまく紡げなくて。太さがまちまち」

紡いだ糸が巻きとられた部品を、裕子は糸車からはずした。

「最初はみんなこんなもの。はい、どうぞ」

「これ、次はどうしたら、布になるんですか？」

うーん、と再び言い、裕子が困った顔になった。

「紘治郎先生ならいいアイディアが浮かぶかも知れないけど、今回は記念にとっておくか、邪魔になるなら捨てるか」

手にした膨大な糸に美緒は目を落とす。

「えっ……捨てる？　ゴミ？　ゴミ扱い？」

「ごめん、ゴミっていうのには語弊《ごへい》があるけど、商品としての使い道はないの」

「ほぐして、また糸紡ぎの練習に使えるとか……」

「できない」

きっぱり言うと、裕子が羊毛が入った袋の口を閉めた。

「この仕事は紡ぎも染めも、すべて一発勝負。織りは少しならやり直しがきくけど」

ビニール袋に入った白い羊毛を美緒は眺める。夢中になって糸を紡いでしまったが、これも元はあの臭い毛だったのだ。

「この羊毛、裕子先生が洗ったものですよね。さっきみたいに少しずつ」

「そうだよ」

裕子が糸車を片付け始めた。

「何に使う予定のもの？　練習用とかじゃなく……」

「ここにある羊毛は全部、服地やショールに使う最上級の羊毛。練習用はない。すべてが本物」

そんな貴重な羊毛を全部、出来損ないの糸にしてしまったのか。

手にした糸が軽いのに重い。

「羊毛って、高い、ですよね。こんなに量あるし」

「値段はピンからキリまで」

「私が駄目にしてしまったこの羊毛、おいくらなんですか。ごめんなさい」

裕子が糸車を座敷の奥にある物入れに片付けた。

「いいよ、気にしなくて。本物と真剣勝負で向き合ったほうが必死になるし、上達も早い。そういう方針だから、そんなの最初から織り込み済み。ただ、下働きってのは遊びではないから」

はい、と答えたら、裕子が腕を組んだ。

「わかってる？　美緒ちゃんはもう一人で洗える？　汚毛？」

「えっ、無理。絶対無理です」

「一回聞いただけでは忘れちゃうでしょう。今日はメモやノートをまったく取ってなかったけど、覚えてる？」

たしかに何も書かずに作業をしていた。これがもし学校の授業で、テストに出る箇所だったら、真剣にノートを取っていたのに。

「すみません、うっかり」

「真剣に覚えてくれるなら、私もできるだけのことをするけど。言われたことって、記録につけないと忘れるものでしょ、違う？　学校の授業じゃないから何度も言わないよ。それから、うちに限らず新入りは十時と言われたら、十時に来るんじゃなく、三十分前には来るもの。掃除や準備があるからね」

「十時って聞いたから……」

わかってる、と裕子がうなずいた。

「九時半って言えば、ちゃんと来るコだというのはわかってる。今日も十分前にきちんと来ていたからね。でも学生ならそれでいいけど、職人は十分前じゃだめなの。上の人が時間を言ったら、何も言われなくても三十分前に来て、支度をしておく心構えがなければ。これは職人に限らず、どこの職場でも新人は同じこと」

「はい……」

「なんで笑ってるの、美緒ちゃん。何が面白いの？」

裕子の言葉に、美緒は顔に手をやる。

「えっ、嘘……笑ってました？」

裕子がため息をついた。

「薄笑いをね。今の若い人ってみんなそう。こっちが本気でものを言っても、何を熱くなってんのって感じでふわっとかわされる」

「そんなつもりじゃなくて。癖、なんです」

小声で言ったら、「癖？」と裕子がたずねた。

「私の癖……直したいんだけど」

その先を言おうとしたが、うまく言えない。でもなんとか気持ちを伝えたくて、裕子を見る。

わかった、と裕子がなだめるように言った。

「疲れたでしょ、今日はお疲れ様。もう帰っていいよ。さて、もう一人、言ってきかせなきゃいけないコがいるぞ」

太一、と裕子が二階に声をかけた。

「降りてきなさい」

「その声、怒ってる？　何かあった？」

「あったから呼んでるの！」

のっそりと太一が階段を降りてきた。迎え撃つように、裕子が階段の下に歩いていく。

「あんたね、美緒ちゃんにちゃんと教えた？　羊毛を取り込むのも忘れて。ずっと上にひきこもっていたんでしょ」

やばい、と太一が頭を搔《か》いた。

「忘れてたよ。ごめん、取り込んでくる」

太一が作業場に行こうとした。その手を裕子はつかむ。

「もう、やった。あんたね、美緒ちゃんをきちんと指導しなさいよ。妹だと思って、ちゃんと面倒を見て」

「いや、妹だと急に言われてもさ」

「責任を持って教えて。軽い気持ちで、うちの仕事をされては困るのよ」

自分のせいで太一が叱られている。

手にした糸を見ると、わくわくしながら糸を紡いだ時間を思い出した。でもその結果、極上の羊毛を台無しにしてしまった。

ぽたり、と、糸に涙が落ちた。涙は止まらず、ぽたぽたと糸の上に落ち続ける。あわてて手でぬぐうと、裕子が振り返った。

「な、なんで泣いてるの？　美緒ちゃん。私、そんなきついことを言った？」

「違います……違うんです、そうじゃなく」

太一が首のうしろを軽く掻いた。

「親子げんかにビックリしたんじゃないの？　もしくは、また言ったんだろ、古臭いこと。見習いは言われなくても、上の人が来る三十分前に来いとか。前にも言ったじゃん。それなら最初っから三十分前の時間を言ってやりなよ」

「時間のことを言っているんじゃないの。職人としての心構えを言っているの」

「そんなことを突然言われてもびっくりするよ。それからね、仕事は身体で覚えろ、見て覚えろと言われても困る。前から言ってるけど、マニュアルみたいなものを作ろうよ」

マニュアル？　と裕子が大きな声を上げる。

「紙に書かれた手順通りやればできるってものじゃないのよ！」

「だけど新しい人が続かないってのは、結局、そこのところがさ……」

「あの」

必死の思いで、美緒は太一の言葉をさえぎる。

裕子と太一の視線が集まった。

「先生のせいじゃないんです、あの」

どうして泣いているのか説明したい。でも自分でも理由がわからない。

「すみません……失礼します」

糸とバッグを抱え、美緒は裏口へ駆け出す。

「あっ、美緒ちゃん！」

裕子の声が聞こえたが、自転車を引き出し、駅に向かってやみくもに走った。

涙が止まらない。どんなにからかわれても、人前で泣いたことなどなかったのに。

開運橋のまんなかで自転車を止め、服の袖で顔をこする。

自分のことがよくわからない。心の動きに付いていけない言葉がもどかしい。それに、また逃げてしまった。

涙を拭き、肩で息をつく。山の向こうに夕闇が広がり始めていた。


翌朝、起きると顔がむくんでいた。特にまぶたの腫《は》れがひどく、目が小さく見える。

ショウルームに行くのは火曜、木曜、金曜の三日間で、水曜の今日は祖父の手伝いをする日だ。こんな顔で外出しないですみ、ほっとしながら美緒は台所で蒸しタオルを作って目に当てる。

「大丈夫か？」

台所に来た祖父が、冷蔵庫を開けながら心配そうな顔をした。

大丈夫と答えながら、美緒は熱いタオルに顔を埋める。

昨日のことを祖父はどこまで知っているのだろう？　あれから駅で顔を洗ったが、目は充血したままで、泣いた跡を消すことはできなかった。

そんな顔で帰ったら驚くと思ったが、玄関に出てきた祖父は頭をくしゃくしゃと撫でたきり、何も聞かなかった。

「それなら、今日は発送の手伝いをしてくれるか。落ち着いたら私の部屋に来てくれ」

「すぐ行く」

一階のほぼ半分、二階から察するに三部屋分の空間がある祖父の部屋にはまだ入ったことがない。

麦茶のグラスを持った祖父が台所を出ていった。蒸しタオルを置き、美緒はあとに続く。

階段を降りて、玄関ホール左手のドアの向こうが祖父の部屋だ。

ドアを開けると、お香のような甘い香りがした。広い室内にはたくさんの柱が立っており、その間にところどころ壁が残っている。廊下や部屋の仕切りがあったのを取り壊して一部屋にしているようだ。

「広いね、おじいちゃん」

「昔はここで織ったり、紡いだりの作業をしていたんだ」

入ってすぐの場所には革張りのソファとテーブルが置かれていた。壁にはガラス戸が嵌《は》まった鉄製の黒い箱があり、屋根まで煙突が伸びている。

「おじいちゃん、この黒い箱は何？」

「薪ストーブだ。今はもう使っていないが」

薪ストーブの前を通り過ぎると、鉱物が飾られた棚が現れた。こぶしの大きさぐらいの、さまざまな色や形の原石が整然と並んでいる。

水のように透き通った石に、美緒はうっとりと見入る。

「ねえ、おじいちゃん、これ、水晶？　きれいだね、ものすごく」

「よそ見しないで早くおいで」

祖父の声がなぜか悲しげで、あわてて美緒はあとを追う。

元は二番目の部屋があったと思われる場所に進むと、三つの屏風で目隠しされた場所があった。隙間からのぞくと、マットレスの上に布団が敷いてあり、真っ白なカバーがかかっている。

いちばん奥の空間は物置だった。壁一面に棚が作られ、たくさんの木箱や段ボール箱が置いてある。

部屋の中央には大きなビニール袋に入った赤やピンク、黄色や緑に染められた大量の羊毛が積み上げてあった。カラフルな綿菓子の山のようだ。

「これはおじいちゃんが染めた毛？」

「そうだ。裕子先生のオーダーで染めてある」

小型の台車を出し、棚の中段にある木箱を祖父は次々と移し始めた。

「美緒に頼みたいのはこの箱を……どうした？」

作業の手を止め、祖父は不思議そうな顔をした。

色とりどりの羊毛の袋に吸い寄せられるようにして、美緒は近付く。このなかに飛び込んだら、どんなに気持ちがいいだろう？

「なんだか綿菓子？　雲みたいだなって思って」

祖父がくすっと笑い、腕を組んだ。

「考えていることがわかったぞ。たしかに美緒のお父さんも私も子どもの頃にやった。いいぞ、雲にもぐって。最高の気分転換だ」

ふかふかした羊毛の山に美緒はそっと飛び込む。一瞬、身体が沈んだが、すぐにふわりと浮き上がった。軽く手足を動かすと、身体が宙に浮いているみたいだ。

雲に寝転んだら、きっとこんな感じだ。寝返りを打つと、袋からこぼれ落ちたピンクの羊毛がふわりと顔に落ちてきた。

その毛をつまむと、言えなかった言葉が声になった。

「おじいちゃんはどうしていつも……何も聞かないの？」

「聞いてほしいのか？　それなら聞くが」

「いいです、やっぱり。大丈夫」

「何が大丈夫なんだ？　何に対して大丈夫と言っているんだ？」

思わぬ問いかけに、美緒は手にした羊毛を花占いのようにむしる。

「ただ、そう思っただけ。大丈夫、まだ大丈夫。口癖みたいなもの」

「本当に大丈夫なら、わざわざ言わないものだ。気に掛かっていることがあるんだろう」

ピンクの羊毛にふうっと息を吐く。毛は舞い上がり、ピンク色の雲がいくつも宙に浮かんだ。

心の奥から、自然に言葉が浮かんできた。

「おじいちゃん、私ね、笑いが顔にくっついているの。仮面みたいにペタッと貼り付いてる。楽しくなくても笑う。つらくても笑う。笑っちゃいけないときも無意識にへらへら笑ってる。頭、おかしいよね」

「そんなふうに言うものじゃない。いつからだ？」

目を閉じて力を抜き、美緒は羊毛に身をゆだねてみる。

気持ちが楽になってきた。

「わかんない。でも小学生の頃から、かな。人の目が怖い。不機嫌な人が怖い。だから嫌われないように『オールウェイズ　スマイル』。いつもニコニコしてた。そうしたら私には何を言っても大丈夫、怒らないって思われて、きつい冗談を言われるようになって……」

脂足、アビーと呼ばれた声がよみがえる。

その呼び方は好きではないと、勇気を振り絞って言ってみた。しかし「本当に脂足だったら逆にそういうこと絶対言えないって」とみんなは笑っていた。

「そういう冗談を言う人たちは、私のことを『いじられキャラ』で、バラエティなら『おいしいポジション』って言う。でも、私、テレビの人じゃないから、いじられるの、つらい。でもそれを言ったら居場所がなくなる。だからまた笑ってる……。『オールウエイズ　スマイル』。そのうち学校に行くと、おなかが下るようになった。満員電車に乗るとトイレに行きたくなる。もらしたらどうしよう。毎日そればっかり考えてた」

「それはつらいな」

祖父の声のあたたかさに、美緒は薄目を開ける。気持ちのいいお湯に浮かんでいるみたいだ。

「それでね……ひきこもって。駄目だなって思うの。逃げてばかりで。甲羅に頭をひっこめているばかりじゃ何も解決しないのに」

それは亀のことか、と祖父がのんびりと言う。

「固い甲羅があるのなら、頭を引き込めてもいいだろう。棒で殴る輩《やから》が外にいるのに、わざわざ頭を出して殴られにいくこともないぞ」

祖父が台車を押して、棚の前から離れていった。

「待って、おじいちゃん。手伝います」

羊毛のなかから出て、美緒は台車に手を伸ばす。

「それなら一服つけてから作業をするか。ソファの近くにこれを運んでおいてくれ」

屏風で囲った寝室に祖父が入っていった。窓を開ける音がして、甘い香りがかすかに漂ってきた。


祖父の煙草はこの部屋と同じ、謎めいた香りがする。

祖父が発送する荷物は大量のスプーンだった。長年、日本と世界のさまざまな土地に行くたびにこつこつ集めてきたもので、木材や金属などでつくられたものが一本ずつ仕切られたケースに整然と納まっていた。

「いつかこのコレクションを持って旅に出ようと思っていた」

銀色のスプーンをクロスで磨きながら、祖父が笑った。

「路上に絨毯を敷いて、さじをずらりと並べて買ってもらおうかと。興味を持った人には来歴を披露する。どこの産か、どうやって手にいれたか、どこが魅力か。のんびり客と話をしながら、さじの行商をするんだ」

「荷物運びとかいらない？　そしたら、私もすみっこにいる」

「体力的にもう無理だな。一度ぐらいやってみてもよかった」

祖父が今度は木製のスプーンを布で拭いた。素朴な木目をいかしたスプーンで、コーンスープやシチューをすくって食べたらおいしそうだ。

「でも、良い落ち着き先が見つかったんだ。若い友人が料理屋を開くので、彼女に譲る。好きなさじを客が選んで食事をする仕組みにすると言っていた」

鉱物に本、絨毯や織物。他にも祖父が集めているものはたくさんある。染め場の奥に、エアコンで常に温度と湿度の管理をしているコレクション用の部屋があるほどだ。

「どうしてスプーンを集めたの？」

「口当たりの良さを追求したかったのと、あとはバランスだな。良い職人が削ったさじは軽くて美しい。手に持ったときのバランスが気持ちいいんだ。そのさじで食事をすると軽やかでな。天上の食べものを口にしている気分になる。同じことは私たちの仕事にも言える」

「スプーンと布って、全然別物っぽく思えるけど……」

祖父が手を止めると、奥の部屋に歩いていった。すぐに戻ってくると、手には紺色のジャケットを抱えていた。生地はホームスパンだ。

「おじいちゃんのジャケット？」

「そうだ。お祖母ちゃんが織ったものだ。持ってごらん」

渡されたジャケットは、見た目よりうんと軽く感じた。

「あれ？　軽いね」

「それでもダウンジャケットにくらべると若干重いがな」

ジャケットを羽織ってみるようにと祖父がすすめた。

袖に腕を通したとたん、「あれ？」と再び声が出た。手で感じた重量が身体に伝わってこない。肩にも背中にも重みがかからず、着心地がたいそう軽やかだ。それなのに、服に守られている安心感がある。

「手で持ったときより、うんと軽い」

「手紡ぎ、手織りの糸は空気をたくさんはらむから、軽くて温かい。身体に触れる布の感触が柔らかいから、着心地が軽快になる。さじにかぎらず、良い職人の仕事は調和と均衡《きんこう》が取れていて心地よいんだ。音楽で言えば」

「ハーモニー？　もしかして」

「そうだ、よくわかったな」

「私、中学からずっと合唱部に入ってたの」

祖父にジャケットを返すと、慈しむようにして大きな手が生地を撫でた。

「美緒は音楽が好きなんだな」

あらためて考えると、合唱はそれほど好きでもなかった。

熱心に部に勧誘されたことが嬉しかった。合唱部はみんな仲が良さそうに見えたから、その輪に入っていると安心できただけだ。

「部活、そんなに好きじゃなかったかも。なんか……私って本当に駄目だな」

ジャケットを傍らに置くと、祖父がスプーンの梱包《こんぽう》作業に戻った。

「この間、汚毛を洗っただろう？　どうだった？　ずいぶんフンをいやがっていたが」

「臭いと思ったけど、洗い上がりを見たら気分が上がった。真っ白でフカフカしてて。いいかも、って思った。汚毛、好きかも」

そうだろう、と祖父が面白そうに言った。

「美緒も似たようなものだ。自分の性分《しょうぶん》について考えるのは良いことだが、悪いところばかりを見るのは、汚毛のフンばかり見るのと同じことだ」

祖父が何を言い出したのかわからず、美緒は作業の手を止める。赤い漆塗りのスプーンを取り、祖父が軽く振る。

「学校に行こうとすると腹を壊す。それほどの繊細さがある。良いも悪いもない。駄目でもない。そういう性分が自分のなかにある。ただ、それだけだ。それが許せないと責めるより、一度、丁寧に自分の全体を洗ってみて、その性分を活かす方向を考えたらどうだ？」

「活かすって？　どういうこと？　そんなのできるわけないよ」

「そうだろうか？　繊細な性分は、人の気持ちのあやをすくいとれる。ものごとを注意深く見られるし、集中すれば思わぬ力を発揮することもある。へこみとは、逆から見れば突出した場所だ。悪い所ばかり見ていないで、自分の良い点も探してみたらどうだ？」

「ない。そんなの」

「即答だな」

祖父がスプーンに目を落とした。

「だって、ないから。自分のことだから、よくわかってる」

それは本当か、と祖父が声を強めた。

「本当に自分のことを知っているか？　何が好きだ？　どんな色、どんな感触、どんな味や音、香りが好きなんだ？　何をするとお前の心は喜ぶ？　心の底からわくわくするものは何だ」

「待って。そんなの急にいっぱい聞かれても」

「ほら、何も知らない。いやなところなら、いくらでもあげられるのに」

からかうような祖父の口調に、美緒は顔をしかめる。

「そんなしかめ面をしないで、自分はどんな『好き』でできているのか探して、身体の中も外もそれで満たしてみろ」

「好きなことばっかりしてたら駄目にならない？　苦手なことは鍛えて克服しないと……」

「なら聞くが。責めてばかりで向上したのか？　鍛えたつもりが壊れてしまった。それがお前の腹じゃないのか。大事なもののための我慢は自分を磨く。ただ、つらいだけの我慢は命が削られていくだけだ」

祖父がテーブルに並べたスプーンを指差した。

「手始めに、気に入ったさじがあったら、それで食事をしてみろ。良いさじで食物を口に運ぶ感触をとことん味わってごらん」

「えっ、でも……」

戸惑いながら、梱包していないスプーンと、コレクションが納まった箱を美緒は眺める。祖父が集めたものは、どれも色や形が美しい。そしておそらく外見のほかにも祖父の心をとらえた何かがある——。しだいに興味がわいてきて、次々とスプーンが入った箱を開けて見る。

木材、金属、動物の角。さまざまな材質のスプーンを持ったあと、最後に残った箱を開けた。

赤や黒、赤紫色に塗られた木製のスプーンが出てきた。

無地もあるが、金箔《きんぱく》などで模様が描かれたものや、虹色に輝く装飾が施《ほどこ》されているものもある。

一本、一本見ていくなかで、シンプルな黒塗りのスプーンに心惹かれた。手にすると、スプーンの先から柄《え》に向かって、真珠色の光が走った。

「おじいちゃん、これはうるし？」

祖父はうなずいた。

「これがいい、これが好き。おじいちゃん、このスプーンをください」

「美緒はこれが好きか。どうしてこれを選んだ？」

「直感？　何かいい感じ」

祖父の目がやさしげにゆるんだ。目を細めるとやさしく見えるところは、太一と似ている。

ほめられているような眼差しに心が弾《はず》み、黒いスプーンを見る。

幼い頃、壁にかかった視力検査表で視力を調べられたことがある。

黒いスプーンを右目に当て、おどけてみた。

「視力検査……」

一瞬、不審そうな顔をしたが、祖父はすぐに横を向いた。口もとに軽くこぶしを当て、笑っている。

おどけた自分が猛烈に恥ずかしくなり、美緒はスプーンを握った手を膝に置く。

たいして面白くもないだろうに、祖父は目を細めてまだ笑っていた。


スプーンの発送を手伝った翌日、四十五分前にショウルームに着くように見計らい、美緒は祖父の家を出た。

開運橋のたもとで自転車を借り、鉈屋町《なたやちょう》を目指して走る。ショウルームの手前に来たとき、道沿いにある大きな石碑の脇に裕子が立っているのを見かけた。きまり悪かったが、心を奮い立たせて、大きな声であいさつをした。

「おはようございます、裕子先生」

「早いね、美緒ちゃん」

自転車を停め、「水清慈大」と書かれた石碑に近づいてみる。石碑の裏にはこんこんと清らかな水が湧き、石造りの水槽が階段状に四つ並んでいた。一番上の水槽は「飲料水」、二段目は「米とぎ場」、三段目は「野菜・食器洗い場」、四段目の水槽は「洗濯物すすぎ場」と木の看板が上がっている。

小腰をかがめて、美緒は水槽をのぞきこむ。透き通った水のなか、きれいに組まれた石造りの底が揺らめいてみえた。

「先生、これは何ですか？　井戸？　昔の水道？　ですか？」

「今も使われてるよ、大慈《だいじ》清水《しみず》。盛岡はこういう湧き水がけっこうあるんだ」

裕子が地面に置いたエコバッグを指差した。バッグのなかにはペットボトルが三本入っている。

「私もお水を汲んだところ。ここの水でお湯をわかすとおいしいの。飲んでみる？」

そなえつけのひしゃくで裕子が清水をすくう。両手で受けて飲むと、まろやかな水だった。

おいしい水。そう思ったとき、祖父の家の伏流水が心に浮かんだ。

ここは清らかな水の町だ。

裕子のエコバッグを、美緒は自転車のカゴへ運んだ。

「水、運んでくれるの？　ありがとう、美緒ちゃん」

自転車を押し、裕子と並んで歩く。一昨日のおわびを言おうとすると、裕子が背中を叩いた。

「さあ、今日も張り切っていこうか!」

はい、と答え、美緒は自転車を押す手に力を込める。

ショウルームの前で振り返ると、岩手山がゆったりと町を見下ろしていた。

第三章 七月 それぞれの雲

美緒からスマホに送られてくる近況報告はいつも素っ気ない。

たまに電話をしても会話は続かず、互いに元気でいることだけを確認して終わりだ。

それが先日、父の工房、山崎工藝舎で職人見習いを始めたというメールが来た。自分の手でホームスパンを一枚織り上げるまでは東京に帰らないという。

一体、いつ織り上がるのか、美緒は何を考えているのかと、電話で父に嘆くと、本人に聞けと突き放された。

七月の初め、いつものように帰宅前にドトールで一時間過ごし、広志は家路につく。

少し前まではただの時間つぶしだった。今は自分の身の振り方について毎晩悩んでいる。

勤務先では現在所属している家電部門を、海外のメーカーに譲渡する話が進んでいる。

それに伴い、大規模な人員削減が再び行われるらしい。

ただ、リストラの対象になる人材がいる一方、他社への流出を絶対に食い止めるべき技術者のリストが作られているという噂だ。そこに挙げられた人々は退職を申し出ても引き留められるという。

八年前、勤務先が業界の大手に吸収合併されて消えたとき、自分はその類《たぐい》のリストの筆頭に入っていて、これまでは比較的差し障りなく仕事ができた。

今回も再びそのリストに入れるのだろうか。入れたとして、今後も望む仕事はできるのだろうか？

考えたところで答えは出ないが、最近はそのことばかりが心に浮かぶ。

家のドアを開けると、黒いコンフォートシューズが脇に揃えておいてあった。部屋の奥から、海外製の強い柔軟剤の匂いがする。

横浜の義母が来ていることがわかり、広志は小さくため息をつく。

おかえり、と真紀の声がした。続いて義母がキッチンから廊下に顔を出した。

「広志さん、お帰り。お邪魔してますよ」

「今日は母がご飯を作ってくれたの」

「それはどうも。いつもすみません」

この家の合鍵を義母が当然のように持っていること。そして、真紀や自分の留守中に家事をしてくれるのが本当は苦手だ。しかし、共働き夫婦の子育てに義母の協力は不可欠だったし、このマンションを買うとき、多額の頭金を援助してくれたこともあり、何も言えない。

「広志さんの好きな里芋の煮物、たくさん作っておきましたよ」

「それはうれしいな、ありがとうございます」

「お母さんの煮物はおいしいから助かる」

寝室で着替えながら、聞こえないように再びため息をつく。

義母の好意には感謝している。でも疲れて家に帰ってきたあと、妻の身内に気を遣うのはつらい。そして美緒が家を出てからというもの、義母は頻繁にこの家に顔を出す。

キッチンに向かうと、一人分の食事が調えられたテーブルに、義母と真紀が座っていた。

「真紀もお義母さんも、こんなところにいないで、ソファでゆっくりしたらどうですか」

いいのいいの、と義母が手を横に振った。

「私、そろそろ帰るし。でもその前に広志さんにお願いしたいことがあって」

「なんでしょう。怖いな」

なんとか笑みを浮かべて、手に取った箸を箸置きに戻す。

「食べながら聞けば」と真紀が言った。

落ち着かないんだよ、とは言えず、広志は再び箸を取る。

義母が寂しげに微笑んだ。

「美緒ちゃんが家を飛び出していって。その先が私のところじゃなく、まったく交流のなかった岩手のお祖父ちゃんのところだっていうのが、私、本当にショック……小さな頃からずっと見守ってきたのに。どうして横浜のお祖母ちゃんを頼ってくれなかったんだろう」

「それは美緒、本人に聞いてみないと」

煮物に箸をのばすが、食べているものの味があまりしない。

ポットから急須《きゅうす》に湯を差しながら、真紀が言った。

「別にお祖母ちゃんが頼りにならないってことじゃなく、美緒はすぐに連れ戻されない場所へ行きたかったんだと思うの」

「それはね、早い話が、この家にいるのがとにかくイヤだった。そういうことでしょう。あの子にとって、この家は安心できる場所じゃなかったってことですよ。その点は真紀だけじゃない。広志さんも反省しなきゃね」

言いたい言葉と一緒に、口中のものを嚙んで吞みこむ。

義母がハンドバッグから封筒を出し、テーブルに置いた。

「これ、ね。広志さん。お祖母ちゃんが、お母さんたちをちゃーんと叱ってあげたから帰っておいでって手紙をね、心をこめてしたためました。美緒ちゃんのところへ持っていって。このままじゃ、高校も留年してしまう」

「別に、郵便で送ればいいじゃないですか」

「こういうものは直接渡さないと、読んでもらえないものよ」

「それは、父が美緒に手紙を取り次がないという意味ですか？」

「そんなこと言ってないでしょう、広志さん」

思慮の足りない生徒をたしなめるように言い、義母がテーブルに置いた封筒を見た。

「私が言いたいのは、あなたがた、そろそろ美緒ちゃんを迎えにいきなさいよってこと。職人になるって言い出したんでしょう？　高校にも行かず」

「見習いをするだけです」

「いつ帰ってくるの？　あちらのご好意に甘えるのもほどほどにしないと。美緒ちゃんはきっと収まりがつかなくなったのよ。自分から飛び出していった手前、帰りたいと思ってもなかなか帰りづらいものでしょう。そろそろ親が迎えにいってやれば、素直に帰ってきますよ」

「まだ、そっとしておいたほうがいい気もしますが」

素っ気ないけれど、美緒から送られてくる写真には、小さな発見や驚きが感じられた。帰りたいけれど帰れずにいるという感じは薄い。

他人事みたいね、と真紀が眉根に皺を寄せた。

「私も母の言うとおり、もう迎えにいったほうがいいと思う。あなた、娘に無関心すぎない？」

「そろそろ様子を見にいこうとは思ってたけどさ……」

「私もよ。お祖父ちゃんのところで職人見習いってことは、山崎工藝舎の人たちも巻き込んでいるってことでしょう。中途半端にやめたら迷惑がかかる。職人になりたいんだったら、まずは高校を卒業しないと。……すぐにでも連れ帰りに行きたいけど、今週の土日は無理なのよ。部活の付き添いがあるから。あなたは行ける？」

「それなら、週末に俺が行ってくるか」

たしかに、そろそろ美緒の様子を見にいき、話をしたいとは思っていた。

週末だなんて、と義母が身を乗り出した。

「だめよ、広志さん。週末では工房がお休みでしょう。工房が開いてるときに行って、親として、お世話になった人たちにきちんとご挨拶をしてこなきゃ」

美緒への手紙を義母があらためて差し出した。

「この手紙を持っていって。これを読めば、美緒ちゃんも自分がしでかしたことでお父さんやお母さんがどんなつらい思いをしたのか、わかると思う。このままでは留年する可能性もあるってことも書いておいた」

手紙を受け取り、広志は湯呑みの横に置く。

「真紀が言うと言葉がきつくなるし、広志さんは口が重いし。お祖母ちゃんがふわっと言うぐらいがちょうどいいのよ」

黙ったまま、食事を再開した。

「もう、広志さんは、どうして黙っちゃうの」

何を考えているのかわからないという顔で、義母が真紀を見遣《みや》った。

静かな室内に、たくあんを噛む音がやけに大きく響いた。

二日後の金曜、午前十一時。広志は盛岡駅からタクシーに乗り、山崎工藝舎のショウルームに向かった。

今夜は父をまじえて、美緒と話し合うつもりだ。その前に、まず美緒が世話になっている、山崎工藝舎の川北裕子に挨拶をしておきたい。

盛岡町家をリフォームしたショウルームを訪れると、裕子が奥から出てきた。腰まである長めの白いシャツに、ブルーのデニム、その上に深緑のエプロンをつけている。

「ご無沙汰、ヒロチャ。昨日はびっくりした。いきなり電話をくれるから」

「このたびは、美緒がお世話になって」

「まあ、とにかく上がって。なつかしいでしょ」

山崎工藝舎の次期主宰の川北裕子は、七歳年上の父方の従姉だ。

裕子の母は父の姉で、母の香代が頭角を現すまで、山崎工藝舎で一番優れた職人だった。彼女は幼い裕子を職場でもあり実家でもある山崎工藝舎に連れてきて、自分の母、裕子にとっては祖母に預けていた。

そのせいか同じく祖母のもとで育った広志の記憶には、いつも「ユーコねえちゃ」がそばにいる。姉弟というほど親密ではないが、子ども時代をともに過ごした人だ。

常居に置かれた座卓につき、東京駅で買ったクッキーを土産《みやげ》に差し出す。受け取った裕子が目を細めた。

「こんな気遣いもできるようになって。ヒロチャも大人になった……というか、老けてない？」

裕子は五十代に入っているはずだが、小作りの顔に二重の大きな瞳がいきいきとして、若く見える。

「裕子さんは変わらないね」

「口の悪さもね。お茶ッコ飲む？」

思わず「んだ」と方言で答えそうになるのをとどまり、広志は頭を下げる。

「本当に、ずいぶんご無沙汰してしまって」

「堅苦しいなあ。何年ぶり？　香代先生が亡くなって以来でしょ」

そうです、とうなずき、広志は再び頭を下げる。

「そのうえこのたびは美緒までご迷惑をかけて」

「迷惑なんかじゃないよ」

裕子が軽く笑って手を振る。しかしすぐに真顔になった。

「でもね、ヒロチャ、あんた、先生にちゃんとあやまった？　私、今でも許してないよ。お通夜でのあれ」

母の通夜の席で父を一方的になじったことを言われ、思わず目を伏せた。悔やんでいるし、それが父と距離を置いてしまった理由だ。しかし、ここで口にするのは言い訳のようだ。

「ヒロチャってば、工房のことも二人のことも何一つ知らなかったくせに、よくもまあ、あんな大勢の前で先生をなじれたものだ。あんた、香代先生が山に入ってたことも、あの二人が復縁しようとしてたことも知らなかったでしょ」

「復縁って、そんなことになってたんだ」

初めて聞く話に、子ども時代のように口調が素直になる。

そうだよ、と裕子が答える。その言い方も幼い頃の「ユーコねえちゃ」の響きだ。

「お互いさんざん言い合って、意地を張り合ったあとだったから、あの二人、逆にいいムードになりかけてた。そもそも連絡つかないのが変だって、紘治郎先生が捜索願を出したから、香代先生は見つかったんだよ。山でご遺体の確認をしたのも先生。あの場でいちばん心痛めて、自分を責めてたのも先生。それをさあ……息子のヒロチャが叩きまくるって。あんた、そもそも実家にそんなに帰ってなかったじゃない」

「悪かったと思ってる」

は？　と裕子が耳に手を当てた。

「何だ？　もう一回言って」

「悪がったと思ってる」

こぼれおちるように出たなまりとともに、後悔が噴き出した。

もっと父母と密に連絡を取り合っていたら。

植物採集に行った母が消息を絶ったことも、両親が復縁をしようとしていたことにも気付いたはずだ。自分のことで手一杯で、故郷で暮らす親たちのことをなおざりにしていた。

膝に置いた手を握り締める。

結局、親とも妻とも娘とも、自分はいつも距離を置いている。

「悪がったと思ってるなら、ヒロチャはなんで先生のことを今まで放りっぱなしにしてた？　あんなにかわいいお孫さんがいたのに、どうして会わせてあげなかった？　何かわけでもあった？」

「ない……すべて、俺が悪い」

裕子が軽くため息をついた。

「やだやだ、先生そっくり。言い訳しないところが」

顔を上げると、困った顔をしながら裕子が笑っていた。

「私が悪者みたいな気分になってきた。ヒロチャは今もむっつりしててさ、美緒ちゃんとも話をしてないんでしょう」

「美緒がそんなことを言ってた？」

「言わなくてもわかる。言い訳をしないのは男らしいけど、言葉にしなきゃ伝わらないことって絶対あるからね」

「わかってる……」

「ま、偉そうに言ってはみたけども、私も」

裕子がショウルームを見回した。

常居と呼ばれるこの空間には、昔は多くの服地やショール、小物があふれるように展示してあった。今は商品は飾られておらず、部屋の隅に糸車がぽつんと置かれているだけだ。

「先生たちの気持ちがわかるようになったのは、つい最近。香代先生が自分の思う染織を追求したかった気持ちもわかるし、紘治郎先生がそれを許せなかった理由もわかる。それからヒロチャの気持ちも少しだけ」

「俺の気持ちって？　今となっては何を考えていたんだか」

裕子が微笑んだ。目のまわりにかすかに集まる皺がやさしい。

「香代先生の才能は、山崎紘治郎って巨人の陰で常にかすんでいたもんね。ヒロチャはお母さん思いだったから、そういうのを見て、いろいろ思ってたんだろうな……とか。この間、美緒ちゃんを見ながら思った。あの子、似てるもの、香代先生に」

「似てる？　どこが？　どちらかと言えば正反対。あんなにハキハキしてないよ」

「何言ってるの。似てるって、あちこち」

裕子が「あちこち」を思い出しているような顔をしている。

「その美緒だけど……職人見習いを始めたって、どうして、いきなり」

「わからない。でも自分や、自分の親たちがやってきたことを孫に知ってもらえるのはうれしいって、先生は言ってた」

「だからといって、裕子さんに預けなくても。自分で教えればいいだろうに。美緒だけじゃなく、父までご迷惑かけて本当に申し訳ない」

深く頭を下げると、裕子が手を横に振った。

「迷惑ってほどじゃないよ。教えるのはパワーがいるけど、興味を持ってもらえるのはうれしいし。今、いろいろ考えてるのよ、若い人への教え方とか」

美緒の指導に前向きな言葉を聞くと「山崎工藝舎の人たちも巻き込んでいる」という真紀の言葉を思い出し、ますます肩身が狭くなってくる。

「美緒は一体、その、何を作る気なんだろう」

「ショールだよ。聞いてないの？　汚毛から洗って糸を紡いで、全工程を自分でやるって」

「全部？　無謀だな。どれぐらいの大きさのものを作る気なんだ」

実家にいた頃、仕事の手伝いをすることがあったので、工程の大部分は知っている。いきなり初心者がショールを作るのは技術的にも大変だし、時間もかかる。

大きさ？　と裕子が首をかしげた。

「サイズは好き好きだし。でも頑張ってる。早くから来て掃除をしたり、手が空いたら布の見本帳を見てたり。香代先生や私の母や祖母……美緒ちゃんから見ればひいおばあちゃんか。ここにいたみんなが遺した端切れを小さなあの子が見てると、なんかグッとくる」

裕子が目頭を軽く押さえると、照れくさそうに笑った。

「やだ、最近涙もろくって。でもね、それもあるから、『ホームスパンっていいね』だけじゃなく、自分の前にはこういう進路もあるっていう可能性みたいなもの？　そんなのも感じてくれるとうれしいな。これは息子にも言ってるんだけど」

裕子が結婚と出産をしたときは、母に言われてご祝儀《しゅうぎ》を出した。たしか、息子は美緒より二、三歳、歳上のはずだ。

「息子さんはいくつになったっけ」

「二十。今、大学二年生。工房も手伝ってくれてる。高校はヒロチャの後輩だよ」

「そうか……継ぐの？」

わかんない、と裕子が力なく首を横に振る。

「私の代で終わりって覚悟してるんだけど、継ぐ気があるのかなって思うときもある。何を考えているのかな。今さらながら自分の親のことを考えるよ。私たちの親も、この子は何を考えているのかって、気を揉んでたのかな」

なーんてね、と笑うと、裕子が手を伸ばし、軽く額を弾いた。

「そんな顔するな、ヒロチャ」

「どんな顔をしてる？　自分じゃわからない」

額を弾いた裕子の手が、頬を軽く叩いてきた。

「『ずくたれのヒロチャ』の顔だ。なつかしいね」

ずくたれというのは怖がり、小心者という意味だ。幼い頃、暗がりや大きな音を怖がるたびに、祖母はそう言って笑っていた。

「ヒロチャは美緒ちゃんと話すのが怖いんでしょ、紘治郎先生と話すのも。本当は家にも帰りたくないとか。違う？」

裕子が言う「家」とは実家のことだ。しかし東京の家のことも言い当てられたようで、言葉に詰まった。

「そういう傾向は……たしかに、若干認められるけど……」

「何を気取ったことを言ってるの。しょうがないなあ。助け船出してあげる。おーい、太一や」

ふああ、とあくびのような声が二階から響いてきた。

「お客さんがいるんだから、ふざけた返事をしない。ちょっと降りてきて」

「今の声……息子さん？」

野太い声に驚き、思わず裕子にたずねた。

ごめんね、と裕子が照れくさそうな顔になった。

「行儀悪くて。美緒ちゃんは今、お使いに出てるんだけど、帰りにパンを買ってきてって頼んだの。太一が車を出すから、店で待ち合わせして一緒にお昼を食べてきたら？」

背の高い青年が二階から降りてきた。大きな瞳は裕子に似ているが、眉が太いせいか、男らしい迫力がある。

この間、盛岡駅に父を迎えにきた青年だ。

「あっ、紘治郎先生の……」

一度会っていることに気付いたのか、太一は頭を下げた。

「太一はもう知ってるか。広志さんね。私の従弟、美緒ちゃんのパパ」

裕子がスマホを出すと、文字を打ち始めた。

「あのね、太一。広志さんを美緒ちゃんのところに送ってあげて。お店の前で待つようにって、今、書いているから」

「いや、いいよ、裕子さん」

「もう連絡送った。頼むね、太一。福田パンまで」

息子を見上げ、屈託なく裕子が笑う。大きな背中を少し丸めて、太一が首のうしろを軽く掻いた。

「俺さ、昼から用事あるんだけど」

「まだお昼じゃないでしょ、お願い」

太一が視線をよこした。二十歳の青年の若さがまぶしくて目をそらす。

車の鍵、取ってきます、と丁寧に言い、太一は二階に上がっていった。

太一の軽自動車は思ったより広かったが、ベンチシートなのが落ち着かない。若者がデートするには申し分ないが、大柄な男二人で並んで座ると、足の置き場に困る。

太一が申し訳なさそうな顔をした。

「ごめん、狭い？　でかい男が二人で乗る車じゃないよね。後ろに移る？」

「いいよ、少しの間だし。この前も父を迎えに来てくれてたね。面倒見てもらって申し訳ない」

「面倒ってほどでもないよ」

太一が軽くハンドルを叩いた。

「もとはと言えば、これ、紘治郎先生の車だから。必要なときにドライバーをするって約束で自由に使わせてもらってる」

「この車が父の？　雰囲気に合わないな」

かもね、と言いながら、太一が車のスピードを少し上げた。

「紘治郎先生、一昨年あたりから急に弱ってきて。前は普通車に乗っていたんだけど、小回りきくほうがいいって、これに乗り換えたんだ。でも、すぐに運転すること自体がつらいって言って、乗らなくなった」

「やっぱり弱っているのか」

電話で話していると、父は昔と変わらず気丈だ。しかし息子に見せないだけで、老いは確実に父の暮らしに影を落としている。

「でも、最近、少し元気になった。孫が来たからだって、裕子先生は喜んでいる」

「美緒は裕子先生とうまくやっていけるんだろうか?」

「やっていけるんじゃない」

気楽そうに言い、太一が笑った。

「素直で真面目で、今どき珍しい子だってほめていた。俺もそう思う。東京の女子高生って生意気かと思ったら、この間、うちに来たお客さんと婚約者を見て、顔を真っ赤にしてたよ」

「何してたんだ、その二人」

「いや、何も。本当に何も。二人で見つめ合って、にっこり笑っただけ。それぐらいでいちいち顔を赤くしてたら、今どきマンガも読めないよ」

「太一君はうちの子をどう思う?」

口に出してから、どうしてこんな質問をしてしまったのかと思った。

太一の口調には不思議なリズムがあり、なぜか言葉を引き出されてしまう。

太一が軽く頭を掻いた。

「親戚だと思うと正直、可愛くない。うちの親戚ってことは、裕子先生みたく一見おとなしそうでも絶対気が強い、ってか荒い。でも親戚じゃなかったら可愛いと思うかもね。小さくて白くて、羊みたいだ」

羊？　と思わず聞き返した。娘を羊にたとえられると、可愛いと言われても良い気分がしない。

「大昔にうちで羊を飼っていたけど、あれはでかくて臭くて声が悪くて。決して可愛くなかったな」

「イメージだよ、イメージ。俺だって汚毛を見てるから、羊が真っ白とは思ってないよ。言いたいのは純粋培養っていうか……」

少し考えたあと、「距離感が変」と太一がつぶやいた。

「普段は遠巻きに見ているのに、ものすごく大胆に近付いてくるときがある。そういうところが羊っぽい」

「純粋培養はしてないけど、女子校育ちだから。妹だと思って、どうかよろしく」

は？　と太一が聞き返した。

「俺の妹だったら絶対、あんなふうにはならないよ。ミニ裕子だ」

裕子に似たなら、朗《ほが》らかでよく笑う、バイタリティがある子になっていただろう。

乱暴な言葉ながらも、お互いの意思を軽やかに伝え合っていた裕子と太一を思い出す。

どうして自分の家庭は重苦しくなってしまったのだろう？

「それはそうと、広志さんも高校のとき、食べてた？　福田パン」

「逆に食べないでいるほうが難しい」

母校の近くにあるその店は、横に切れ目が入ったコッペパンに、客の好みに応じた具材をその場で入れて販売するのが特徴だ。

具材はあんやジャムなどの甘いスプレッドから、コロッケやポテトサラダ、照り焼きチキン、スパゲティといった総菜まで豊富にあり、気分に合わせて具材を組み合わせることもできる。

昼時のせいか、店の前には駐車場待ちの車が並んでいた。

「広志さん、せっかくだから、昼飯買って景色のいいところで食べたらどうかな。高松の池とかどう？　この車、使って。そのまま先生の家まで運転していっていいよ」

「太一君はどうするの？」

「うしろに自転車積んであるんで、それで移動する。いつまでここにいる？」

「明日の朝、帰る」

「それならこの車ずっと使って。明日、盛岡駅で待ち合わせるのはどう？　駐車場に車を停めたら、俺にキーと駐車券をください」

太一の申し出を受け、帰りの時間が決まったら連絡すると告げると、駐車場待ちの車の列が進んだ。

店の入口の脇で、美緒が暗い顔で立っているのが見えた。白と水色の縦縞のワンピースに、淡いピンクのショールを巻いている。

その姿が大人びているのに戸惑った。

背が伸びたのだろうか。全体的にほっそりとしている。少し長くなった髪は肩に届き、うつむいた横顔はどこか儚《はかな》げだ。

「太一君……高松の池ってどう行くんだっけ」

「ナビあるから使って」

「よかったら一緒にどうだろう？　ご馳走するよ」

「俺、昨日も一昨日《おととい》も昼飯、ここだった」

そうか、と言った声が、ため息まじりになった。

ハンドルに顔を伏せるようにして太一が笑った。

「広志さん、変なところ似てるね。紘治郎先生と一緒だ」

「どこが一緒なんだか。そんなにおかしい？」

笑いをおさめると、太一が車を少し進める。前にいる車が駐車場に入っていった。

「紘治郎先生もときどきそんな顔で俺を見る。たいてい裕子先生と喧嘩して会話が続かないとき。気まずいから一緒にいてほしいって顔だ。当たってるでしょ」

「八割ぐらいは」

「八割も当たってたら、それ、ほとんど正解だよ。あっ、羊ッコも同じ顔をしてる」

太一の車に気付いたのか、美緒がこちらを見た。

眉尻が下がり、困ったような顔だ。その表情にかぶせるようにして、太一がつぶやいた。

「『やだ、お父さんだ。本当に来た。誰か一緒にいてほしい……けど、太一さんがいるるかのようだ。

「器用だな、君」

ドラマのモノローグのように、美緒の動きに言葉を重ねられると、心の声を聞いてい
「『でもぉ、いてくれたほうがいい……かな？』」

美緒がうつむき、軽く足を蹴った。その様子に太一が再び声をかぶせる。

のって、もっといやかも』」


駐車場から車が出ていった。入れ替わりに太一が空いたスペースに車を停める。

「しょうがないな、二人とも。じゃあ昼飯、ゴチになろうかな。高松の池まで俺が運転していくよ。それでいいですか？」

いい、とうなずき、車を出る。入口の脇に立っていた美緒が、店内に入っていった。娘のあとを追って店に入る。昔と変わらず、カウンターの向こうにはさまざまな具材が入った容器がずらりと並んでいた。


盛岡駅から十五分ほどで着く高松の池は、湖と呼びたくなるほどに広い。池の周辺は公園として整備され、春は桜、夏は涼しい水辺、秋は紅葉、冬は白鳥の渡りが楽しめる。

駐車場に車を停め、広志は美緒と並んで水辺にあるベンチに座る。

白い紫陽花《あじさい》の横から太一が出てきた。手にはお茶のペットボトルを三本持っている。

東京では六月に咲く紫陽花は、この地では七月に盛りを迎える。美緒が家を出た一ヶ

月前も、自宅のマンションの植栽にこの花が咲いていた。

太一にペットボトルを差し出され、広志は我に返る。

「おっ、ありがとう、ぼんやりしてた」

「冷たいのでよかったですか?」

「もちろん。いいよな、美緒」

右隣に座る美緒が無言でうなずき、ペットボトルを受け取った。

「俺、どこに座ったらいいの、広志さん」

左隣を指差すと、首のうしろを軽くかきながら、太一が座った。

じゃあ食べようか、と広志は二人に声をかける。

「美緒はパンに何をはさんだんだ?」

「イチゴミルクとホイップクリーム」

そりゃ間違いなくうまいやつ、と太一が大きなコッペパンを頬張った。

「太一君は?」

「俺はコンビーフとポテトサラダ」

うまそうだ、と言うと、「うん、これもうまいよ」と太一が答えた。美緒は黙ったまだ。

鳥の声が聞こえてきた。水際にはピンクや黄色の野花が揺れている。

お茶を一口飲み、広志はあたりを見回す。

何か話をしたほうがいい。しかし、切り出す言葉が浮かばない。

再びあたりを見回すと、池のまわりを囲む木々が目に入ってきた。

「ここは……桜の名所だよな、太一君」

「きれいだよ、すごく」

打てば響くように隣の太一が答え、目の前に広がる雄大な山を指差した。

「で、あれが……」

岩手山、と美緒がつぶやいた。

「あっ、知ってるか。先生が教えた？」

美緒がうなずくと、太一に「登りましたか？」と聞いた。

「は？　うん、登ったことある」

「お父さんは？」

「登った、中学のとき」

「裕子先生も登ったのかな？」

登ってる、と太一が答えると、口元についたポテトサラダをぬぐった。

「あの人、毎年、夏になると登ってる」

「おじいちゃんの言ったとおりだ」

美緒がくすっと笑うと、パンをかじった。

「岩手県の人は一生に一度はあの山に登るって」

登るよね？　と太一が同意を求めた。

「そうだね、学校の遠足で行くときもあるし」

「じゃじゃじゃ……これで合ってる？」

「何が合ってるんだ？」

美緒がうつむいた。太一が軽く脇腹を小突いてきた。

「じゃじゃじゃじゃの使い方だよ、広志さん。ちょっと可愛いけど、なんか言い方違う気もする」

美緒が戸惑うような眼差しを向けてきた。可愛いという言葉に驚いているようだ。

「太一君は珍しいな。個人的な意見だけど、東北の男は女の子に可愛いとかなんとか、軽く言わないものだ」

「広志さん、こっちにいたのは何年前？」

「二十四、五年前」

「進化もするでしょ、それだけたったら。その頃生まれた子がもう選挙権を持ってるんだよ」

その口調がどこか父に似ていて、ため息がこぼれた。

「まいったな、父と話しているみたいだ」

「紘治郎先生？　少しは似るかもね。先生はずっと僕の父親代わりもしてくれたから……」

パンを口のなかに押し込めるようにして食べ終え、太一が立ち上がった。

「僕……いや、俺、そろそろ行くよ」

足早に歩いていく太一を見ながら、「太一さんのお父さんは……」と美緒がつぶやいた。

「たしか太一君が小さい頃に亡くなってる。詳しくは知らないけど」

知らなかった、と小声で言ったあと、美緒が不安そうな顔をした。

「太一さんは、何か怒ってたのかな」

「あれは怒っちゃいない。お父さんの家系の男はお酒が入ると陽気だけど、普段は無口なんだ」

「そうなんだ……」

「でも、それは美緒も同じだ」

私が？　とたずねた美緒に、広志はうなずく。

「粥椀の写真に一言『カフェオレボウル』。なにかのツルがぐるぐる渦巻いている写真に『おはよう』。この間は羊のマスコットに『三匹目』。たったそれだけ。無口すぎるよ。でも笑った」

「そんなに面白かった、かな」

美緒が落ち着かない様子でペットボトルの茶を飲んだ。

「面白いというか、美緒が興味を持っているものがわかって嬉しかった。通勤途中に、これ、なんだ？　と思って」

　再びペットボトルの茶を飲むと、おずおずと小さな声がした。

「おじいちゃんは無口じゃないよ。いろいろお話、してくれる。でも、自分のことを『私』っていうのは最初、少しびっくりした。なんか、すごく大人っぽいっていうか、大人だけど……」

「昔からそうだよ。お祖父ちゃんは趣味人というか、芸術家肌というか。変わった人だから」

　大正期の民藝運動の流れを汲み、盛岡で織られ始めたホームスパンは、その成り立ちから数多くの文化人たちに愛されてきた。

　その工房の主宰であり、世界中の美しい染織や工芸品のコレクターでもある父のもとには、東京や京都から文化人や、芸術に造詣が深い人々が足繁く通ってきていた。

　彼らがこぞって「紘のホームスパン」のジャケットを愛用していたことが、山崎工藝舎のブランドイメージを今も高めている。

　パンをちぎりながら、美緒が岩手山に目をやった。

「ねえ、お父さん。この間、おじいちゃんが言ってた。お父さんは太一さんの高校のOBだって」

「お祖父ちゃんもそうだよ」

「おばあちゃんたちが言ってた、賢い子ばかりが行く学校だって」

「美緒も中学入試、頑張ったじゃないか」

「でも小学校は全滅だったし。今だって学校に……」

美緒がうつむき、パンを口に運ぶ。

池の対岸にある高校から、チャイムの音が聞こえてきた。美緒が顔を上げ、学校を眺めている。

福田パンで見たときは大人びて見えたが、そうしているとまだ子どもだ。

娘を怖がらせないためには、何かを話したほうがいい。そう思うが、再び何を話したらいいのか迷った。

「チョコピーナッツ……」

美緒が不思議そうな顔をした。パンを指差し、とにかく言葉を続ける。

「この店のパン、高校の購買部でも売られているんだけど、お父さんの頃はチョコとピーナッツバターの組み合わせは店に行かないと食べられなくて。昼になると、友だちの自転車を借りてあの店まで行ってた、立ちこぎで」

美緒がわずかに微笑んだ。

「なつかしくて、今日はそれ。食べてみる?」

端をちぎって美緒に渡すと、おとなしく口にした。

「あっ、おいしい……」

口のはしについたチョコを指でぬぐいながら、美緒が笑った。

その様子に安心した。無邪気に笑う娘を見たのは久しぶりだ。

美緒が自分のパンの端をちぎった。

「お父さんもこれ、少し食べる？」

「いや、いいよ。せっかくだから美緒が食べな。どうした？」

ちぎったパンの断面を美緒がじっと見つめている。

顔を上げた美緒が「なんでもない」と言った。

「どうかしたのか？　そんなにパンを見て」

恥ずかしそうに、美緒はパンを口に入れた。

「ホイップクリームっておいしいなって思ってた」

「おいしいから頼んだんだろう」

「そうだけど、この間、汚毛を洗ったら、羊毛がホイップクリームみたいに白くてフワフワして柔らかくなって。いいなあって思った。クリームも羊毛も」

冷たいお茶で喉を潤し、広志は一息つく。水面を渡るやわらかな風に顔を上げると、岩手山の頂に白い雲が浮かんでいた。

「お父さんは小さい頃、羊毛は雲みたいだと思った。染めた羊毛をしまう倉庫があったんだけど」

「工房の一階の奥？」

「よく知ってるな。そこに飛び込むと雲のなかにいるようで。うちの仕事は、雲を紡ぐことだと思ってた」

　隣で美緒が何度もうなずいている。強く賛同してくれるのがうれしく、今度は楽に話が続けられた。

「その頃は美緒の曾祖父《ひいじい》ちゃんや裕子先生のお母さん。それから美緒のお祖父ちゃん、お祖母ちゃん。一族総出で染めたり織ったりしてたから、工房はにぎやかだった」

「お父さんは……」

　少しためらったが、美緒が言葉を続けた。

「おじいちゃんの跡を継ごうと思ったことはある？」

「お父さんは染めも織りも下手だし、早い時期から無理だと思った」

「もし、上手だったら継いでた？」

「どうだろう、上手じゃなかったからわからない」

　当たり障りのない返事で話を切り上げようとしたとき、美緒と目が合った。視線をそらさず、一心に見つめてくる。

　その眼差しに、言うつもりがなかった言葉が出た。

「ただ……一度だけ、工房を継ごうかと思ったことがある」

「いつ？　私は生まれてた？」

「まだ、というか結婚もしてない。就職してすぐだよ。職場の環境にどうしても馴染めなくて、毎日つらくて。でも、お父さんも、ものづくりが大好きなんだ。自分にとってそれが一番できるのは、この会社だと思ってとどまった」

「お父さんは、逃げなかったんだね」

「逃げたとか逃げないとかいう話なら、工房を継がなかった時点ですでに逃げている。ただ、山崎工藝舎のモットーは知ってる?」

「そんなのあるの? 聞いたことない」

「別にモットーではないのかな。単に美緒の曾お祖父ちゃんの口癖か。『丁寧な仕事』と『暮らしに役立つモノづくり』。雲を紡ぐ仕事は継がなかったけど、その志みたいなものはお父さんは継いだつもりでいる」

二つの口癖を美緒が反復している。幼い頃に、自分が祖父の膝の上で聞いた言葉を、我が子が口にしているのは不思議な気分だ。

「お父さんがつくってる冷蔵庫や洗濯機は白物家電と呼ばれるんだけど、なんというか、お父さんにとっての白い雲は白い家電だったわけだ」

心の内を娘に明かしたのが照れくさい。最後は冗談めかして言ったが、美緒は笑わなかった。

「この話、お祖父ちゃんにもお母さんにも内緒だぞ」

美緒がうつむき、蚊《か》の鳴くような声で言った。

「お母さん……なんて言ってる? 私のこと」

真紀のことを口にしたとたん、美緒の様子が変わったことに戸惑った。

何から話すべきか、慎重に考えながら広志は口を開く。

「二学期は学校に行けるといいなって。これはお父さんもそう思ってるよ」

「ネットで……お母さんの学校の掲示板みたいなのを見た。私が不登校だと、お母さんの立場って悪くなるのかな」

「そんなものを見るなよ」

現れては消えるその掲示板は自分も見ているが、真紀には秘密にしている。娘も見ていたことに驚いたが、今の時代は子どもたちのほうがそうしたツールに敏感なのだ。

関係ないと言ってやりたい。しかし、気休めは言えない。

答えに困り、池を眺めた。風は少し強くなり、水面にさざ波を寄せている。

しばらく考えてから、美緒にたずねた。

「美緒は、もう少し盛岡にいたいのかな」

「いたいというか、もっと知りたい。いろいろなこと」

意を決したように、美緒が顔を上げた。

「おじいちゃんに、自分のことをちゃんと知っているかってこの間、聞かれた。どんな色が好きで、どんな音が好きで……手触りとか味とか、自分が楽しくなることは何かって。なんにも、浮かばなかった、なんにも。自分のいやなところなら、すぐ浮かぶのに」

おじいちゃんに聞いた、と早口で美緒が続ける。

「好きなことばかりしてたら駄目にならない？　って。そうしたら、自分を責めてばかりいたら向上するのかって言われた。学校に行くとお腹が痛くなる性格は、直すより活かすことを考えろって。いいの？　それで。直さなくていいの？　おじいちゃんの言葉を聞いてると、わけわからなくなる。でも、それが……それで、だから……」

夢中になって話をしていた美緒が急に黙った。

「どうした？」

美緒はうつむくと、黙ってパンを食べ始めた。再び「どうした？」と聞いてみたが、首を横に振るばかりだ。

暗い顔に戻った娘の隣で、広志も口を動かす。

結局、急に黙った理由はわからぬまま昼食は終わった。

美緒をショウルームへ送ったあと、今度は滝沢の実家へ車を走らせた。

東北出張の折に盛岡に立ち寄り、母の墓参りには行ったことがある。しかし、家に帰るのは十六年ぶりだ。

久しぶりに帰った家の周囲は様変わりしていた。

牧場を畑にした場所には雑草が生い茂り、どこから畑なのか野原なのか、判別がつかない。英国の牧羊場のヘッジを模してサンザシやキイチゴで作られた垣根は伸び放題で、棘だらけの藪だ。

車を裏の畑の脇に停め、小道を歩く。

水色の紫陽花の向こうに、なつかしい家があった。

引き戸を開けて「ただいま」と言うと、父が出てきた。先日、会ったときと違い、ひどく小さく見える。

言葉に詰まって、父を見つめた。

見つめ返した父の顔がわずかにやわらいだ。

「帰ってきたか」

父が背中を軽く叩き、奥へとうながした。

「おかえり、広志」

壁や床から、羊毛を洗う洗剤のやさしい香りを感じる。この家にしみついた甘いその匂いは、記憶のなかの母の香りと同じだった。

山崎工藝舎は自分の代で終わらせるつもりだと常々父は言っており、息子は家業を継がなくてもよいと言っていた。

それでも心のどこかで、東京の学校を卒業したら、息子が帰ってくることを期待していたのかもしれない。

夜の十時。風呂から上がった広志は、タオルを肩にかけて廊下に出る。

息子が電機メーカーに就職した年、父は山崎工藝舎の規模を縮小し、作業場も含めた大半の機能をこの家から盛岡市内のショウルームに移した。

空いた部屋は、蒐集品の収蔵と来客のもてなしの場、そして母の作業場に大きく改装したので、子どもの頃に過ごした家の間取りは残っていない。

二階にある客用の寝室にあがろうとすると、父が大きな箱を載せた台車を押してきた。白い長襦袢《ながじゆばん》の上に、黒っぽい着物をガウンのようにして羽織っている。

「ちょうどよかった。手伝ってくれるか」

父の代わりに台車を押し、昔は工房だった一階の部屋に入った。

入ってすぐの部屋には薪ストーブがまだ設置されていた。

このストーブのまわりで、父は友人たちと餅《もち》を焼いたり酒の燗《かん》をつけたりしながら、芸術談義をしていた。名のある文化人とも楽しげに議論を交わす父は誇らしかったが、同時にこの人にはとてもかなわないと思った。

その友人たちもここ数年のうちに、新聞でたびたび訃報《ふほう》を見かけた。

しっかりした足取りで父が歩いていく。最初に玄関で会ったときはずいぶん弱って見えたが、それからは衰えをあまり見せない。

「これ、どこに置くの、お父さん」

「このあたりでいい。箱の中身を出してくれ」

鉱物を並べた棚の前を父が指差し、年季が入ったウィンザーチェアに座った。

台車から箱を降ろし、広志は中身を取り出す。

長い間、この家に帰らなかったこと、そして母の通夜の席でのふるまいを詫びたい。

しかし、昼間に会って以来、父は何事もなかったかのように接してくるので、言い出せない。

お父さん、と呼びかけると、父が視線を向けた。

ガウンにしている単衣《ひとえ》の着物が玉虫色に鈍く光っている。寝巻き代わりの長襦袢との組み合わせは無国籍風で、ファンタジー映画に出てくる賢者のようだ。

「なんだ？ 神妙な顔をして」

「あの……脱衣場にある洗濯機、うちの社のだね。ありがとう」

「お前のところの洗濯機は優秀だな」

「しっかり作ってるからね。洗濯とか、美緒はどうしているの？ 東京では真紀が全部やってたんだけど」

「各自でやっている。最近は楽だ。干さなくてもスイッチひとつで乾燥までしてくれる。美緒は寝る前にスイッチを押して、朝、それを部屋に持っていっているよ。お前は今、何を作ってるんだ」

「冷蔵庫の扉における……って言ってもわかんないと思う。僕も説明しづらい」

父がたもとから煙草を出した。

「今は冷蔵庫に関わっているということか」

父が運んでいた箱から出てきたのは、母が使っていた糸車だった。脚の部分に幼い頃に貼った、ビックリマンチョコのシールが付いている。

「これ、お母さんのだね。どうするんですか？」

「美緒の練習用に出してきた。しばらく使っていないから、手入れをしないと。美緒と話はできたのか？」

「肝心なことは何も」

美緒は夕方六時過ぎにショウルームから帰ってきたが、浮かない顔のままだ。そのあと父が頼んだ持ち帰りの寿司を取ってきて、三人で食べたが、やはり会話は続かない。食事を終えるとそそくさとシャワーを浴び、自分の部屋に入ってしまった。

「部屋に入ってしまうと声をかけづらくて。女の子はわからないです」

「たしかにな」

父が椅子から立ち上がり、部屋の奥へ行った。

「お父さんも？　美緒とはいいコミュニケーション、取れてるみたいなのに」

「それでもお前や太一とはどうも勝手が違う。この間、あの子の仕草が可愛らしくて笑ったら、急に黙り込んで何も言わなくなった」

「そうなんだよ。ときどき何も言わなくなる。理由があるんだろうけど、思い当たらない」

奥から戻ってきた父が、糸車の潤滑油を差し出した。

「塗ってくれ。手入れの方法は覚えているだろう」

糸車の整備を始めると、父が隣に座った。丁字の匂いがする煙草に火を付けている。

パチパチと音がして、熱帯の花の香りが立ちのぼった。

「この間、コレクションを人に譲った」

「どのコレクションですか？　レコード？　陶器？　じゅうたん？」

「さじだ。興味津々の顔で美緒が見ていたから、どれでも好きなものを譲ると言うと、浄法寺の塗りを手に取った」

「教えたんですか？　岩手の漆器だと」

「いや、何も。どうしてこれがいいんだと聞いたら、なぜかわからないけど好きだと言った」

めんこいな、と父がつぶやいた。

「だから生きづらそうなのがつらい。大丈夫、とあの子はよく言う。何に対して大丈夫なのかと聞くと、口癖なのだと」

「たしかによく言うよ」

なんて口癖だ、と父が嘆き、ゆったりと煙草の煙を吐いた。

「『大丈夫、まだ大丈夫』。そう思いながら生きるのは苦行《くぎょう》だ。人は苦しむために生まれてくるんじゃない。遊びをせんとや生まれけん……楽しむために生まれてくるはずだ。毎日を苦行のようにして暮らす子を追い詰めたら姿を消すぞ。家出で済んでよかった。少なくともこの世にはとどまっている」

「縁起でもないことを言わないでよ」

「失ってから気付いても遅いんだ。追いつめられた者の視界は狭い。安全なところに手を引いてやれるのは身内だけだぞ」

袂《たもと》から出した携帯灰皿で、父が煙草を押し消した。

広志、とあらたまった声がする。

「私の過ちをくり返すな」

色褪せたキャラクターのシールに父が触れた。

「今のお前は昔の私と一緒だ。家族とじっくり向き合って話をするのを避けている。その結果がどうなったのか。お前が一番よく知っているじゃないか」

シールから手を離した父と目が合った。これまで見たことがない、おだやかな顔をしている。

新しい煙草に火をつけ、父が窓を開けにいった。

糸車に油を差し、広志はペダルを踏む。

丁字の甘い香りのなかで、糸車は再び回り始めた。

翌朝、糸車を美緒に見せると、目を輝かせて何度もペダルを踏んでいた。

祖父から、整備をしたのが父親だと教えられると、いきいきとした表情で礼を言われた。その眼差しに尊敬の念がこもっていて、思い出すたびにくすぐったい。

父の手にあまる力仕事をしたあと、昼食後は洗剤やトイレットペーパーなどのかさばる日用品を車で買いにいき、父と美緒がしばらく困らないようにストックを作った。

それから二人に見送られ、盛岡駅に車で向かった。

美緒と踏み込んだ話はできなかったが、糸車をもらって喜ぶ姿を見て、東京に帰ってくるようにと説得するのをやめた。迷ったが、義母からの手紙も今は渡さない。

駅に着き、太一と待ち合わせた新幹線の改札に向かう。待ち合わせまで三十分以上あったが、すぐに太一は現れた。

うわ、早っ！　と言って、足早に太一が近づいてくる。

「もしかして広志さんも三十分前集合の人？」

「思ったより道がすいてたんだ」

「そうか、ちょっとあせった。先輩待たせたかと思って」

車を貸してくれた礼を言い、キーと駐車券を渡す。受け取ったものを上着のポケットに突っ込むと、太一が腕時計を見た。

「ホームにあがります？　まだけっこう時間あるよね」

「コーヒーでも飲んでるよ」

「なら、下でじゃじゃ麺、食べていきません？　東京じゃ、なかなか食べられないでしょう」

「なかなかというか、ほとんどない」

「じゃあ、よかった。白龍《パイロン》の支店がフェザンに入ってるんだよ」

岩手県庁の近く、櫻山《さくらやま》神社の鳥居前にある「白龍」はじゃじゃ麺発祥の店で、高校時代によく食べた。

考えるまでもなく「行こう」と言っていた。

駅ビルの一階に向かうエスカレーターに乗りながら「何年ぶりかな」とつぶやくと、「よかった」と太一が笑った。

「ビールも飲んじゃう？　このあと車だから俺は飲まないけど、広志さん、あとは新幹線に乗るだけでしょ」

いいね、と答えた声が弾んだ。

じゃじゃ麺とは、盛岡冷麺、わんこそばと並ぶ郷土料理の麺だ。中華料理のジャージャー麺が、この地で独自のアレンジがなされ、名前も短くなって「じゃじゃ麺」となったらしい。

太一と並んで店に入り、ビールとじゃじゃ麺の中盛を頼む。

ビールが運ばれてくると、太一はすぐに瓶を手に取り、グラスに注いだ。

「ありがとう、気が利くね」

「下心があるから」

「何の下心？」

「先輩に少し話を聞きたいというか……。来年、三年生なんだけど、就活するか、教員の採用試験一本に絞るか悩んでいて。何を今さらって感じなんだけど」

「裕子先生のあとは継がないの？」

「広志さんがそれ言う？　まあ、それも悩んでいるけど」

「悩んでくれる分、裕子先生も救われるよ。俺は就活のとき、ほとんど悩まなかった。太一君みたいな息子がいたら、父もよかったのにな」

「どうだろう、それはわからないです」

笑っていた太一が真顔になった。

「僕はたまに先生に名前を間違えられる。『広志』って呼んだあと、先生、いつもうっかりしたって顔するんだ。本当は息子や孫にしてやりたかったことを、先生は僕にしてくれたのかもしれない」

グラスを口に運ぶと、ビールが苦く感じられた。

「急に敬語になったね」

太一が笑い、つまみの小皿に箸をのばした。

「改札のところで立ってる広志さんを見たら、高校の先輩だってのを思い出した。それから、やっぱ東京の人だなっていうのも。都会で揉まれてる人って空気感が違う。俺、やっぱりのんびりしてるもん」

「そんなことはないよ。今は東京も地方も昔ほど差はないし」

「そりゃ東京に住んでる人はそう言うよ。どうですか、上京してみて。出てよかった？　地元に帰りたいって思うことはある？」

「考えてもしょうがないことは考えない」

太一が軽くうなだれ、首筋に手をやった。

「どうして先生も広志さんも身内にはつっけんどんなのかな。言葉がエコというか。僕はここから出たことがない。大学は高校の近所だし。ときどき、一度は県外に出たほうがいいのかって迷います」

「必要があれば出るよ。それがないならわざわざ出なくてもいいだろう」

まったく、と苦笑いをして、太一がグラスにビールを注いだ。

「もう少し、親戚の子に親身なこと言ってやろうって気はないの？」

「地元に帰るか、帰らないかというより……たまに、別の仕事をしていたらどうだったかと思うことはある。でも考えても仕方がない。洗い上げた汚毛が思ったより固くても、そこから工夫して何かを作っていくしかないじゃないか」

「ひじょうにわかりやすいたとえを、どうも」

「親身さが伝わったかな」

太一が笑い出した。

「羊ッコ……美緒ちゃんも、もう少しお父さんと話してみれば、案外面白い人だと思うだろうにね。というか、あれは人が怖いんだろうね。『ずくたれの美緒ちゃん』だ」

なじみのある言葉に「えっ？」と声が出た。

太一が少し恥ずかしそうな顔をした。

「どこの方言だろう。あんまり聞かないけど。子どもの頃、『ずくたれの太一ちゃん』って母に言われてた。こわがりって意味だよ」

「いや、知ってるけど。そうか、美緒も君も、ずくたれか」

じゃじゃ麺が運ばれてきて、会話は途切れた。

うどんの麺の上にキュウリと味噌がこんもり載っている。脇に添えられたすりおろしのショウガとともに、すべての具を麺と混ぜ合わせた。

白い麺に味噌がからんで茶色に染まったところで、まず一口。味噌がなじんだ麺がつるりと口にすべりこむ。キュウリの歯触りとみずみずしさが味に弾みをつけ、箸が進む。

三口食べたあと、ラー油をかけた。続いて酢をかけまわして再び混ぜる。代わりに、おろしニンニクの器に手が伸びたが、新幹線に乗ることを思って控えた。

さらにショウガを足す。

「広志さん、けっこうガッツリ酢をかけるんだね」

「ラー油も多めがいいな」

「味がピリッと引き締まるもんね。ところで……広志さんはどうしてメーカーを希望したの？」

「面接受けてるみたいだ」

「業界研究の一端だよ」

昨夜、父が洗濯機をほめていたことを思い出した。

就職するときに志望動機として面接で話したのは洗濯機のことだ。それがきっかけなのか、社会人になって最初に関わったプロジェクトは洗濯機だった。

「志望の動機か……」

ビールを飲んで一息つく。疲れていたのか、ほどよく酔いが回ってきた。

「小学生の頃、うちの洗濯機が壊れてさ。メーカーから来た修理の人が『私どもの製品がご迷惑をかけまして』って言って、丁寧に直していった。それが妙に記憶に残って。人の暮らしに役立つ製品を作って、責任を持って売る。日本の経済は、そういう誠実なものづくりで支えられていると思ったから」

「まんま、面接で使えそう」

「実際に面接でその話をしたよ。実家の工房の話も少し。そっちのほうが好評だったな。というのも壊れた洗濯機のメーカーは別の会社だったんだ」

「そっちの会社を受ければよかったのに！」

「担当の教官の推薦がもらえたから、他社はどこも受けなかった、というか受けられなかった」

「広志さんは優秀だったんだね、やっぱ」

太一が自分の麵にラー油を足した。

「そうでもないよ。最初に入ったところは吸収合併されてもうないし。もっと優秀だったら、社名が残るほうに入っていたよ……もっともそこも今、俺がいる部門が売却されるって話が出てるけど」

「ヤフーのニュースに出てたね。中国の会社だっけ？」

「決定ではなく、検討中らしいよ」

さらにラー油をじゃじゃ麺に足し、広志は再び混ぜる。

「他の国の企業って噂も社内で聞いた。最終的な決定が下るまで、末端には何も知らされないのかもな」

太一が麺を少し残し、テーブルに置かれている生卵に手を伸ばした。続いて広志も卵を取り、麺に割り入れ、かき回す。

「広志さん、ちいたん、もらおうよ」

暗くなった空気を払うように、太一が店員に声をかけた。

生卵を割り入れた皿を店員に渡すと、新たな味噌とねぎ、熱いスープが足されて戻ってきた。熱で卵が凝固し、ふわりとしたかき玉汁になっている。

ちいたんとは鶏蛋湯《チータンタン》の略で、鶏の卵のスープという中国語だ。少し残した麺に絡んだ味噌と調味料がスープに奥行きを与えてうまい。

少量の塩を足して味を調え、スープを味わう。身体が温まってきて、しだいに気持ちが上向いてきた。

「まあ、愚痴ってもしょうがないな。やるしかない。できることを」

スープを飲んでいた太一が、鼻の汗を拭いた。

「じっくり話せばいいこと言うのに、どうして広志さんは最初はつっけんどんなんだ？」

「君らと違って旧型だから。寒いところ育ちの人間は、むやみに口を開かないんだ」

嘘だね、と太一が瓶を手に取り、ビールをグラスに注いだ。

「先生もそうだけど、飲んだらよく喋るでしょ」

「飲んだら寒くないからな」

太一が笑ったのにつられ、思わず顔がゆるんだ。

家に帰ったら、真紀とじっくり話し合おう。

ビールを飲み干し、残りのスープをレンゲですくう。

久しぶりの故郷の味に生き返る思いがした。


「それで……結局、美緒に手紙は渡してこなかったの？」

仕事から帰ってきた服装のままで、真紀が食卓の椅子に座った。

夜の八時。七月の東京は六時間前にいた盛岡より蒸し暑い。梅雨の晴れ間は一時で、夜からまた雨が降るという。

「真紀、まずは楽な格好に着替えてこいよ」

「先に美緒の話を聞きたいの」

盛岡から家に帰ると、真紀は帰っておらず、食卓にはちらし寿司をはじめ、美緒の好物がたくさん並んでいた。

真紀の留守中に義母が来て、腕をふるったようだ。

美緒を連れて帰らないという連絡を新幹線からしたとき、「もっと早く言って」と真紀が怒ったのは、このせいだったのだ。

義母には悪いことをしたと思ったが、連れ帰ると言った覚えもない。

仕方なく、里芋の煮物をレンジで温め、それをつまみながら発泡酒を飲んだ。二本目の缶を開けたときに真紀が帰ってきて、服も着替えずにいきなり盛岡の話を聞かれた。まるで尋問を受けているみたいだ。

「真紀、たしかに連絡が遅かったのは悪かったけど、美緒だって都合があるんだ。昨日の今日で、すぐに帰れるわけないじゃないか」

「だから、母の手紙よ。どうして渡さなかったの？　とりあえず一度は気楽な気持ちで帰ってこられるように、母が気を遣って書いたのに。学校の話はした？　出席日数の話は？　あなた、お義父さんにも美緒にもいい顔して、大事なことは何も話さなかったんじゃないの？」

反論できず、黙って発泡酒を飲む。あっという間に空《から》になった。

真紀が麻のジャケットを脱ぎ、椅子の背にかけた。

三本目の缶を取ろうと、広志は立ち上がる。

冷蔵庫の扉を開け、「飲むか？」と聞くと、真紀は首を横に振った。

「俺も実家に帰って、いろいろ考えたんだ。俺たちは会話が足りないのかもしれない。飲みながら、少し話そう」

発泡酒の代わりにペットボトルの茶を出し、真紀のためにグラスに注いだ。

何を今さら、と真紀がつぶやいた。冗談なのか、本気なのかわからない、平坦な口調だ。

「あなた、ずっと知らんふりだったのに」

「知らぬふりじゃなくて、忙しかったんだ。……美緒は元気にしてたよ。学校のことは気にはしてたけど、今は見習いの仕事を覚えるのに一生懸命だ。ときたま笑ってた。それだけで盛岡に行った甲斐があると思った。だから帰ってこいと言うのはやめた」

「どうして私に相談しないで、そういうことを一人で決めるの？　この間、母と三人で家族会議をしたときは、迎えにいくって話の流れだったよね」

それなんだけど、と言い、広志は発泡酒の缶を脇に置く。

「これからそういうことは俺たち二人でまず話し合おう。すぐになんでもお義母さんに相談しないで、家族のことは家族でなんとかしようじゃないか」

「母は家族じゃないの？」

真紀が食卓に並んだ豪華な料理を見回した。

きれいに盛りつけられた料理には、すべてラップがかけられ、レンジで温めるだけで食べられるように調えられている。

「母は今日は朝からここに来て、ごちそうを作って待っててくれたのよ、美緒のために。美緒が帰ってこないってわかったら、あなたに気を遣って家へ帰った。今頃一人ぼっちでご飯を食べてる。最近、母がいるとあなたがあからさまにムスッとした顔するから」

「疲れてたんだよ。もちろん、お義母さんも大事な家族だけど、それ以前に俺たちは夫婦じゃないか」

夫婦って言われても、と真紀が一人ごとのように言った。

「私たちそういうこと、もう何年もしてないし」

「えっ？」

何を言われたのか一瞬わからず、真紀の顔をまじまじと見た。

「それは、その……」

突然切り出された性の話に戸惑い、思わぬ言葉が口から洩れた。

「じゃあ……やればいいのか？」

「最低！」

食卓の上で手を組み合わせ、真紀がその上に顔を伏せた。

「私はそういうことを言ってるんじゃないの」

予想外の話に、口が軽く開いていたことに気付いて、広志は唇に力をこめる。

真紀は顔を伏せたままだ。

「真紀、何言ってるんだか……何をしたいんだかわからないよ。そんなの、俺たちの年代なら普通だろ。隣の部屋に美緒もいるのに、できるはずないじゃないか。そもそも俺、毎日疲れて、それどころじゃないよ。論点がずれてる。美緒のことを話していたんだ」

「ずれてるのは、あなたのほうよ」

真紀が顔を上げた。

「私がここ数年、自律神経の調子を崩していたとき……めまいがひどくて。駅で倒れそうになったから、しばらくタクシーで通勤しようとしたことがある。そのときあなた、なんて言ったと思う。『いくらかかるんだ?』そう言ったわ」

たしかに言った覚えがある。しかし、単純に費用を聞いただけだ。

真紀の唇がわずかにふるえた。

「そんなに身体がつらいのかって聞きもしないで、お金の心配? それなのに、娘がちょっと泣き言を言えば、毎朝、車で送るって言いだす。娘には愛情をかけても、妻には無関心。そういうことを言ってるの」

やればいいのかって? 真紀が感情のない声で言った。

「何言ってるの。今さらしなくていい。私だっていや。そういう問題じゃないし。そういうところがずれてる。だから美緒にも私にもいやがられるの」

真紀が力なく立ち上がり、寝室に行った。クローゼットを開けると、仕事用の服をハンガーごと出して、ベッドに置いている。

「何してるんだ、出ていくのか」

「私、これから美緒の部屋で暮らす。あなたの隣で寝るのはもういや」

「待ってくれ、たしかに言い方が悪かったよ。でもお前もひどいこと言ってるぞ。俺はそんなにいやがられてるのか？　年頃の娘はともかく妻にまで？　それなら、どうして俺たち一緒にいるんだ？」

ベッドに出した服を持ち、真紀が美緒の部屋へ運び始めた。

「待て、真紀」

真紀の肩をつかむと、身をよじって払いのけられた。

「さわらないでよ！　洗濯も掃除も今までどおりするから、寝室を分けましょ。母が来るのがそんなに気に入らないなら、これからはご飯も食べなくていい。でも挨拶ぐらいはして」

「家庭内別居ってやつか」

「もうずいぶん前から、私たち心情的にはそうだったのよ」

「そこまでいやなら、別に一緒にいなくてもいいじゃないか」

「別れようってこと？」

真紀が振り返った。見開いた目が据《す》わっていて、怖い。

そうだな、と答えたが、声から勢いが消えた。

「家庭内で別居するぐらいなら、離婚を考えたほうがいい」

「美緒の帰る場所がなくなるわ」

「娘のために我慢して、いやでたまらない夫と一緒にいるわけか」

あなたこそ、と真紀が小声で言った。

「何を我慢してるの。家に帰るのがいやなくせに。じゃあ、答えてよ。どうしてまっすぐ家に帰らず、隣の駅の喫茶店で毎日時間をつぶしているの?」

不意を突かれて、返事ができなかった。

「私が知らないと思ってた?」

真紀が美緒の部屋のクローゼットを開け、かかっている服を端に寄せた。

「ゴミを集めてたときに気が付いた。ときどきドトールのレシートがまとめて捨てられてる。会計の時間を見ると、ほとんど同じ時間、すべて夜。あなた、家に帰るのがいやでたまらないんでしょう。だから外で時間をつぶして」

「それは……」

「美緒もそうなんだね。この家には帰りたくないんだ」

真紀がクローゼットの扉に額を押しつけた。

「家族って何よ。あなたこそ、どうしてここにいるの?」

梅雨明けにはまだ遠く、娘がいない部屋の窓に雨が打ち付けてきた。

第四章　八月　美しい糸

からからと鳴る糸車の音を聞いていると、時間を忘れてしまう。

八月の土曜日、祖父の家の二階で、美緒は羊毛から糸を紡ぐ。

三週間前、お年玉を貯めた金で祖父に羊毛を買ってもらい、自分の部屋で糸紡ぎの練習を始めた。最近は左右の手の力加減がわかり、糸が均一の太さに紡げるようになっている。

ところが今日は糸の太さが乱れ、しきりと切れる。考えごとをしているせいだ。

昨晩、父から電話があった。

来週の終わりから始まるお盆に、母と一緒に盛岡に来るという。それを機にひとまず東京に帰らないかと言われた。

このまま職人の見習いを続けるにせよ、二学期から学校に戻るにせよ、一度、東京で今後のことを話し合いたいのだという。

銃屋町のショウルームでは、先月の終わりから機織《はたお》りについて教わっている。東京に帰らず、もっと織りの練習をしたい。そう言いたかったが、電話の父の声があまりに沈んでいて、口に出せなかった。

控え目なノックの音とともに、祖父の声がした。

「美緒、あとでいいんだが、買い物を頼めるか？」

糸車を止め、美緒は部屋のドアを開けた。

「もちろん。今すぐ行く？」

「いや、急がない。きりのいいところで行ってくれ」

祖父の目がベッドの脇に置いてある糸車に留まった。

「進んでいるか？」

「うん、糸紡ぎ、好きだな。なんだか、ずーっとやれる」

「それはよかった。ちょうど機《はた》を出していたところだ。これからは織りの練習も、家でできるぞ」

「本当？　機があるの？　見てもいい？」

もちろん、と言って、祖父が部屋を出ていく。あとに続くと、祖父は一階の染め場の前を通り、奥の部屋に入っていった。

祖父がコレクションルームと呼んでいるこの部屋は、初めて入ったときは、色とりどりの糸や絨毯などが納められていた。祖父は最近、頻繁《ひんぱん》にそのコレクションを誰かに送っており、そのおかげで室内はすっきりと広くなっている。

たくさんの糸が置かれた棚の前を通ると、目の前がさらに開けた。

以前はテーブルと椅子が置かれていた場所が片付けられている。その隅に木製の織機が置かれていた。

銘屋町のショウルームにあるのと同じ、服地も織れる大型の織機だ。

祖父が織機の木肌をさすった。

「これは美緒のお祖母ちゃんが使っていた機だ」

「私のショールもこれで織ったの？」

「そうだよ。これを出す日が来るとはな。さっそくカーテンの糸をかけよう」

「えっ？　うん、そうか、カーテン……」

羊毛から紡いだ糸は切れやすいので、今は木綿糸で機の基本操作を覚えている。八月に入ってからは花瓶敷きなどの小さな敷物をずっと織ってきた。

その仕上がりに裕子から合格点をもらえたので、今度は自分の部屋にかけるカーテンを織ることになった。初めて織る大型の布地だ。

それに先立ち、祖父の指導でカーテン用の木綿糸を染めた。使った染料はカイガラムシという昆虫を乾燥させたものだ。紫にも灰色にも見えるその虫をすりつぶすと、鮮やかな赤系の色が現れる。

その変化がとても面白く、染めの工程のすべてから目が離せなかった。

ところが染め上がった糸は派手なピンク色だった。普段なら絶対に手にしないタイプの色だ。

「あ、あのね、おじいちゃん。カーテンは織ってみたいんだけど……」

機を見ていた祖父がこちらを見た。

言い出しづらくて言葉につかえたが、祖父は穏やかな顔で続きを待っている。

「あの……ピンク、ちょっと苦手っていうか……。あんな華やかな色のカーテンを部屋にかけたら浮くかな、って考えて」

「色が気に入らないのか？」

「気に入らないってわけじゃないけど。あっ、でも……やっぱ、いいです」

祖父がくすっと笑った。

「最初に好みを聞いておけばよかったな。染めの工程を見せるのに最適だし、色もきれいだから悪くはないと思ったんだ。それならカーテン用に欲しい色を染めてやろう」

「でも糸が無駄になっちゃう。せっかく染めたのに」

「もちろん布は織るぞ。それでポーチやクッションでも作ればいい。カーテンは何色がいいんだ？」

ピンクは苦手と言ったものの、積極的にカーテンにしたい色も浮かばず、美緒は口ごもる。

「あの……ぱっと浮かばない」

「本でも写真でも鉱物標本でもなんでもいい。もし、この部屋に気になる色があれば見せてみろ」

壁に沿って置かれた本棚の前に祖父は歩いていった。収蔵品に隠れて目立たなかったが、この部屋の二つの壁は大量の本やノート、ファイルを納めた棚で埋め尽くされている。

画集や絵本を集めた棚の前に立ち、美緒は背表紙を眺めた。

ピンクと水色のバラが描かれた背表紙が気になり、一冊の画集を引き出してみる。

水色のドレスを着た女性が、薔薇《ばら》色の扇を手にして、こちらを見ている。髪には紺と白の羽根飾りを付け、光の加減で紺色の部分がきらめいていた。

「おじいちゃん、この本、キラキラしてるね」

「凝った装幀だろう。箔《はく》が押してあるんだ」

「ジョージ、バー……バービエ？　本のタイトル？」

「ジョルジュ・バルビエ。人の名前だ。ファッションのイラストをたくさん描いた人だ」

「この表紙、すごく好き。水色とピンクの組み合わせってかわいいね」

「水色のカーテンにするか？」

「えっ、待って。決まらない」

棚の下段に目をやると、「ナルニア国ものがたり」や「のばらの村のものがたり」の絵本が目に入ってきた。

「この話、私も持ってた。こんなに豪華な本じゃなかったけど。『ナルニア国ものがたり』も『のばらの村のものがたり』も全巻あったよ。お母さんは英語版も持ってる」

「好きだったのか？」

「うーん、私はあんまり……」

母がすすめる絵本より、実は少女たちが戦うアニメのほうが好きだった。クリスマスのプレゼントにそのアニメの絵本をサンタクロースにお願いしたら、まったく違う外国の絵本をもらって、がっかりしたことがある。

「おどる12人のおひめさま」と書かれた背表紙を見つけ、美緒は本を手に取る。

「これ、この絵本。これはまったく同じのを持ってた」

ページをめくると、森の風景が目の前に広がった。

十二人の姫君が楽しそうに銀の森、金の森、ダイヤモンドの森を進んでいく。

「でも、あれ？　なんか印象が違う……。すごくきれい。昔、読んだときは絵が怖くて、全然好きじゃなかったんだけど」

祖父が隣の本棚の前に歩いていった。

「エロール・ル・カインが絵をつけたその話はグリム童話。ドイツ人の編纂《へんさん》だ。この話と似た伝承をイギリス人が編纂したものがある。そちらはカイ・ニールセンという画家が挿絵を描いているんだが」

祖父が本を手に取り、戻ってきた。こちらのタイトルは漢字で「十二人の踊る姫君」とある。

あっ、と再び声が出た。

「それも持ってたよ。お誕生日のプレゼントにもらったの」

ほお、と祖父が感心したような声を上げた。

「これはなかなか手に入りづらい本だ。ずいぶん探したんだろうな」

それを聞いて、うしろめたくなった。

この本は四つの話を集めた童話集だ。長い間本棚に置いていたが、中学生になるとき、中学入試の問題集と一緒に処分しようとしたところを祖母が見つけ、横浜の家に持ち帰っていった。

この本にもやはり森を抜けていく十二人の姫君の絵があった。繊細な線で描かれた絵がとても神秘的だ。

「こんなきれいな本だったっけ、これも」

「日本の絵本もいいぞ。実はこれはホームスパンではないかと、私がひそかに思っている話がある」

祖父がもう一冊、絵本を差し出した。

宮沢賢治・作、黒井健・絵「水仙月《すいせんづき》の四日《よっか》」とある。

本の扉を開けると、雪をかぶった山の風景に目を奪われた。この数ヶ月ですっかり見覚えた山の形だ。

「これ、もしかして、岩手山?」

「宮沢賢治は花巻と盛岡で生きたお人だからな」

さらにページをめくると、赤い毛布を頭からかぶった子どもが一人、雪原を行く姿が描かれていた。

「この子がかぶっているの、私のショールみたい」

そうだろう? と答え、祖父は慈しむように文章を指でなぞった。

「ここに『赤い毛布《けっと》』と書かれているが、私はこの子は赤いホームスパンをかぶっていたのだと思う。雪童子《ゆきわらす》の心をとらえ、子どもの命を守り抜いた赤い布は、田舎者の代名詞の赤毛布《あかゲット》より、この子の母親が家で紡いで作った毛織物だと思ったほうが、ロマンがあるじゃないか。話のついでだ。私の自慢もしていいだろうか」

「うん、聞かせて!」

祖父の手がのび、軽く頭に触れた。すぐに手は離れ、祖父はさらに奥の本棚へと歩いていった。一瞬だが、頭をなでられたことに気付き、きまりが悪いような、嬉しいような思いで、祖父の背中を追う。

「ねえ、おじいちゃん。あの棚の本、あとで私の部屋に持っていっていい?」

「一声かけてくれれば、なんでも持っていっていいぞ」

一番奥の棚の前で祖父が足を止めた。そこには分厚く横にふくらんだノートが詰まっている。

祖父が一冊を手に取った。左のページには折り畳まれた絵が一枚貼ってある。

さきほど見た絵本「水仙月の四日」の一ページだ。

右のページにはその絵に使われている色と、まったく同じ色に染められた糸の見本が貼ってあった。次のページには、たくさんの化学関係の記号と数値が書き込まれている。

「これって、絵に使われた色を全部、糸に染めてあるの？」

「そうだよ。カイ・ニールセンやル・カインの絵本の糸もある」

祖父が別のノートを広げると、さきほど見た「十二人の踊る姫君」の絵が左ページに貼られていた。「ダイヤモンドの森」の場面だ。

このノートも、「水仙月の四日」と同じく、絵に使われている色と同色の糸が右に貼られている。

「この糸で布を織ったら、絵が再現できるね」

「織りで絵を表現するのは難しいが、刺繡《ししゅう》という手もあるな」

「この糸で何つくったの？　見せて！」

「何もつくっていない。狙った色がきちんと染められるか、データを取っていたんだ。ここにあるノートは私の父の代からの染めの記録だ。数値通りにすれば、完璧に染められるというわけでもないが、道しるべみたいなものだな」

下の棚にある古びたノートを取り出すと、紙は淡い茶色に変色していた。鉛筆でびっしりと書かれている角張った文字は、祖父とは違う筆跡だ。

「もしかして、これが、ひいおじいちゃんの字?」

祖父がうなずき、中段の棚から一冊を出した。

「このあたりの番号のノートから私も染めに参加している。この時期は父の助手だったが」

ノートをのぞくと、角張った字と、流れるような書体の祖父の筆跡が混じっていた。曾祖父の存在を強く感じ、美緒はノートの字に触れてみる。

顔も姿も想像できないが、何十年も前に、このノートに曾祖父が文字を書いたのだ。

「お父さんがこの前言ってた……。ひいおじいちゃんの口癖は『丁寧な仕事』と『暮らしに役立つモノづくり』だって」

「古い話を広志もよく覚えていたな」

祖父が微笑み、羽箒《はねぼうき》で棚のほこりをはらった。

「おじいちゃんは、お父さんが仕事を継がなくてがっかりした?」

「がっかりはしなかった」

即答したが、そのあとの言葉に祖父は詰まった。

しばらく黙ったのち、小さな声がした。

「ただ……寂しくはあったな。それでも、娘に美緒と名付けたと聞いたとき、広志が家業のことを深く思っていたのがわかった。だから、それでいいと思ったよ」

「えっ？　そんな話は聞いたことない。私の名前に何か意味があるの？」

祖父が、曾祖父がつけていたノートに目を落とした。

「美という漢字は、羊と大きいという字を合わせて作られた文字だ。緒とは糸、そして命という意味がある。美緒とはすなわち美しい糸、美しい命という意味だ」

美しい糸、と祖父がつぶやいた。

「美緒という名前のなかには、大きな羊と糸。私たちの仕事が入っている。家業は続かなくとも、美しい命の糸は続いていくんだ」

目の前にある大量のノートを美緒は見つめる。

曾祖父と祖父が集めてきたデータの蓄積。このノートを使いこなせれば、自分が思った色に羊毛や糸を染めることができる。

その技を持っているのは、さっき頭に触れた祖父の手だけだ。

「おじいちゃん……私、染めも自分でやってみたい」

祖父がノートを棚に戻した。

「染めは大人の仕事だ。熱いし、危ない。力仕事だから腰も痛める。染めの工程はこの間のコチニール染めでわかっただろう？　それで十分だ」

「熱いの大丈夫だよ。危ないことも気を付ける」

「気を付けているときには事故はおきない。それがふっと途切れたときに間違いがおきるんだ。そのとき即座に対応できる決断力がほしい。私は年寄りだから、その力が鈍っているよ。美緒も決して得意なほうではないだろう」

「でも……」

「ショールの色は決まったか？　自分の好きな色、これからを託す色は見つけられたか？」

「まだ、です。探してるけど」

ショールの色だけではなく、部屋のカーテンの色もまだ決められない。

口調は穏やかだが、決断力に欠けていることを祖父に指摘され、顔が下を向いた。

せがなくていい、と祖父がポケットから小さな紙を出した。

「色はゆっくり考えればいい。だが、そろそろ買い物に行ってくれるか。来週なんて、すぐだぞ。お父さんたちをもてなす準備を始めようじゃないか」

はい、と小声で答え、美緒はメモを受け取る。

ショールの色だけではない。東京へひとまず帰るか、この夏ずっと祖父の家で過ごすか。

それを父に言う決断もつけられずにいる。

祖父のコレクションルームから気になる画集や絵本を部屋に運んだあと、いつもはスープを入れているステンレスボトルに水を入れ、美緒は盛岡の町に出かけた。

盛岡駅の駐輪場から裕子に借りた自転車を出し、北上川にかかる旭橋へ走る。最初に行くのは「福田パン」のはす向かいにある「中央バター商会」だ。そこは製菓材料を扱う会社で、メモの指示に従い、「山ぶどう原液」と「野いちごのジャム」を買った。そのまま次の店に行くつもりが、素通りできずに福田パンに入っておやつを買い、今度は本町通《ほんちょうどおり》の喫茶店に向かう。

祖父が好きな「機屋《はたや》」という名前の喫茶店は住宅街のなかにあった。年代を重ねた木製のカウンターやテーブルが並ぶ落ち着いた店だ。カウンターの背後の棚に飾られているたくさんの美しいカップに心惹かれつつ、コーヒー豆を売っているコーナーで祖父が好きなブレンドを買う。

コーヒーの香りをかいだら、小腹がすいてきた。

おやつを食べたくなったので、映画館通りへ自転車を進ませ、今度は北上川公園を目指す。

北上川と中津川の合流地点の河川敷にあるその公園は、小さなグラウンドと緑の草原が広がる美しい場所だ。スマホの待ち受け画面にしていた、山崎工藝舎の牧場の雰囲気に似ていて、よく足を運んでいる。

御厩橋《おんまやばし》の下をくぐった先で自転車を停め、美緒は公園への階段を降りた。

柔らかな草地には川の上流に向かう小道が整備されている。小道の両脇にはピンクや黄色の小花が揺れていた。

軽やかな瀬音と鳥のさえずりを聞きながら歩み、北上川の岸辺に立つ。

緑の草木の間を豊かな水が流れていく。対岸には大きな木々が茂り、瑞々《みずみず》しい葉が風に揺れていた。その向こうにあるJRの高架を、薄緑の車体の東北新幹線が走っていく。

夏草の匂いをかいだとき、ショールの色に緑はどうだろうかと考えた。

この色のショールを作るとしたら、託す思いは何だろう？

「緑のように自然に生きたい……とか？」

どこか違うような気がして、空を見上げる。澄んだ青色が広がっていた。

空の色のショールも素敵だ。すっきりと澄んだ青色、スカイブルー。

託す思いは「青空のようにさわやかに」というのはどうだろう？

土手の階段に座り、美緒はおやつに買ったコッペパンをほおばる。チョコとピーナッツバターの組み合わせに、すっかりはまってしまった。高校生の頃の父の姿は想像できないが、この味に夢中になった気持ちはよくわかる。

おやつを食べ終え、服のほこりを払う。大きくのびをしてから再び自転車に乗った。

今度は中津川をさかのぼって「平船精肉店」のローストチキンと、祖父が好きな和菓子屋で「クルミゆべし」を買えば、おつかいは終わりだ。

すべての買い物を終えると、充実感がこみあげてきた。

盛岡駅へ戻るため、美緒は中津川にかかる橋を渡る。

川の上を、真っ白な雲が悠然と横切っていく。自転車を停め、橋の欄干に手を置いて夏空を見上げた。

純白の羊毛を染めずに、そのまま糸を紡いで織るのもきっと素敵だ。

白は雲の色。何にでもなれる色。山々とこの街を、冬の間ずっと彩る雪の色だ。

白のショールはどうだろう。そう思ったとき、今週は父への定期連絡をしていないことに気が付いた。

バッグに付けた茶色の羊のマスコットを欄干に置き、美緒はスマホで写真を撮る。

中津川と青空、羊のマスコットを写真に納め、「中の橋の景色」と書いて父に送った。

山崎工藝舎に入門したとき、ショウルームの机の上に「ようこそ」というカードとともに羊のマスコットが置かれていた。最初は一匹だったが、翌週になると二匹に増えていた。毎朝、ショウルームに来ている工房のOGが置いてくれるようだが、最近では出現の仕方が凝ってきて、関口屋菓子舗の八色の焼酎糖《しょうちゅうとう》に囲まれていたり、固定電話のコードに絡まっていたりする。

昨日現れた羊は、茶色の胴体に白い頭と脚を持つ羊で、背中にチロルチョコを載せていた。あまりに色が可愛らしいので、チョコを食べたあとリボンを縫い付け、バッグに飾っている。

五匹目だったので、五月という意味のメイという名前を付けた。

もう一枚、角度を変えてメイの写真を撮ろうとすると、男の声がした。

「何してんだ？」

振り返ると、太一がいた。

「あっ、あの、写真を……」

「おいおい！」

太一が欄干を指差すと、羊が消えていた。

欄干に手をかけ、美緒は下をのぞく。茶色の羊が川に落ちていくところだった。

「ああっ、羊が！　メイさん、メイさーん！」

水面に落ちた羊は流れにのり、見る見るうちに消えていった。

ああ、と声を漏らすと、「ごめん」と後ろから声がした。

「タイミングが悪かった。そんなに落ち込むなよ。……メーっていうんだ」

「メイです、メイ」

「また作るよ」

えっ？　と言って、美緒は隣に並んだ太一を見る。

「太一さんが作ったんですか？」

そうだよ、と太一が少し照れくさそうな顔をした。

「そんなに気に入ってくれてたとは」

「おばあちゃんたちが作ったのかと……」

「最初に教わったのはバアチャンからだよ。小学生の頃に教えてもらった」

太一の太い眉毛を美緒は見上げる。体格が良くて見るからに男らしいこの人が、手芸をする姿が想像できない。

「そんなに意外？　別におかしくはないだろ？　手先を使う作業は何でも得意だよ。だからホームスパンの小物を作ってウェブで売ってる」

太一が中津川沿いにある雑貨店を指差した。

「今もそこのショップにスマホ用のポーチを納品したところ。そうしたら橋の上に羊ッコがいたからさ。どうした？」

「祖父のおつかいです」

太一がカゴの中身を見た。

「おっ、あの店の。コーヒー飲んだ？」

首を横に振ると、「飲めばよかったのに」と太一が笑う。夏の日射しの下で、まぶしいほど明るい笑顔だ。

「今日みたいな日はアイスコーヒーがうまいよ。盛岡のコーヒーはどこもうまいって、東京から来たお客さんはみんな言う」

「ファストフード以外のお店は、なんとなく緊張して」

しょうがないな、と太一が笑った。

「じゃあ、羊ッコに水分補給をさせるか」

「いいです、お水は持ってるし」

羊ッコという呼ばれ方に抵抗があり、美緒は素っ気なく答える。

スタンドを軽く蹴り上げ、太一が美緒の自転車を押して歩き出した。

「すぐそこだよ。もう見えてる」

太一が川沿いにある柳の木を指差した。木陰にたたずむその店を見て、自然に足が彼のあとを追いかけていた。

太一が案内した店は川沿いにある「ふかくさ」というカフェだ。

この店は建物全体がツタの葉に覆われており、深い草に埋もれた様子は隠れ家のようだ。

梅雨の頃、おつかいの途中にこの店の前を通ったことがある。ちょうど日が暮れた時で、小さなこの店の窓に暖かそうな色のあかりがともっていた。

石畳にこぼれた、その光の色に見とれた。そのまま歩き続けて中の橋に出ると、暗がりのなかから花の香りがした。香りをたどっていくと、岩手銀行赤レンガ館の小さなバラ園からだった。

雨に濡れたバラの香りと、静かに響く川の音。橋を渡る途中で何度も振り返り、店のあかりを眺めた。

そのときからこの店に入りたくてたまらなかった。

わくわくしながら席に着いたが、向かいに太一が座ったとき、急に気まずい思いを抱いた。

どこに視線を向けたらいいのだろう？

太一を見るのも照れくさく、アイスコーヒーを飲みながら、美緒はひたすら外に目を向ける。

ツタに縁取られた窓から中津川の川原が見えた。室内から見ると、外の景色は額縁に入った絵のようだ。

夏草が繁った遊歩道を、犬を連れた親子が歩いている。小さな子どもと白い犬が水辺ではしゃぎ始めた。

涼しげなその様子を眺めていると、太一の声がした。

「この川、秋になるとサケが上ってくるんだ」

その言葉に我に返り、美緒は太一を見る。

「サケって、あのサケ？」

お、おう、と戸惑いながら太一がうなずいた。

「酔っ払うほうじゃなくて魚のほうな」

鮭が産卵のために川を遡上《そじょう》する様子をテレビで見たことがある。しかしあれはアラスカの映像だった。

太一がアイスコーヒーのストローで橋の方角を指した。

「そこの橋から見えるよ。秋になると、川を見ている人が結構いる」

ストローをグラスに戻しながら、「そんなに驚くこと？」と太一がたずねた。

川をはさんだこの店の向かいにはテレビ局がある。そこから少し歩けば岩手県庁や、裁判所もあった。盛岡は仙台と並ぶ、東北を代表する都市だ。

「だって町なのに……」

「そんなに珍しいのか……そんじゃサケのことも書いとくか」

太一がカーキ色のリュックから、蛇腹《じゃばら》に畳まれた紙を出した。

「それ、なんですか？」

「盛岡いいところマップ。今、作ってるところなんだ」

テーブルに紙を広げると、新聞紙ほどの大きさの盛岡市の地図が現れた。市内の各所に印や付箋が貼られている。

「ショウルームに置くんですか？」

「それもするけど、まずは山崎工藝舎のウェブサイトに載せたくて……」

太一が自分のスマホに山崎工藝舎のウェブサイトを呼び出した。

「これ、うちのサイト。英語のサイトを作ったら、工房見学や機織り体験の外国人が、やたら来るようになったんだ。なんでだろうと思ったら、海外の旅行サイトの口コミで広がったみたい。日本のクラシックな町家で機織り体験ってのがグッと来たらしい」

たしかに先月はオランダの女性が二人来て、裕子の指導でコースターを二枚織って帰っていった。今月の末にはドイツからの予約が入っている。

「こういう手仕事の体験に興味を持つ海外の人は教養が豊かで、日本に何度も来ている人が多い。せっかくだからさ、川沿いをサイクリングしてコーヒーを飲んだり、日本の手仕事の店をのぞいたりして、ゆっくりしていってほしい。機織り体験がすむと新幹線でよそに行ってしまうのは寂しいよ」

「このサイト、太一さんが作ったんですか？」

「文章は紘治郎先生がほとんど。興味あるなら、どうぞ」

太一にスマホを渡され、美緒は山崎工藝舎の英文サイトを見る。この文章を祖父が書いたのだと思うと、ひそかに誇らしい。

「英語はよくわからないけど、写真がきれいです」

よかった、と言って、太一がアイスコーヒーを飲んだ。

「元気が出たようで。納品に来たとき、橋の上に立っているのを見かけてさ。店から出てもまだいるし。なんだか思いつめた雰囲気だったから。……東京へ帰りたい？」

意外なことを聞かれ、美緒は太一をまじまじと見る。

太一の太い眉毛の尻がわずかに下がっている。そうしていると、人が良さそうで怖くない。

太一が軽く頭を掻いた。

「なんというか……うちの母親は暑苦しいというか、スポ根気質というか、とにかく、熱血な人だから。付き合いきれなくなったら、無理しないで帰ってもいいんだよ」

「そうじゃなく……」

むしろ、東京の家に帰るのが億劫になっているのだが、それを口に出すのは、はばかられた。

「なら、いいんだけど」

「太一さんは裕子先生のことを普段はお母さんって呼ぶんですか？」

「母ちゃんってときもあるけど、工房では裕子先生だな。手加減されたくないし、甘えられたくもないし……ってか、俺の話はどうでもいいんだよ！」

「すみません……」

「いや、あやまらなくてもいいけどね」

太一が困った顔で、アイスコーヒーに手を伸ばした。なぜかつられて、美緒も自分の飲みものをひとくち飲む。

「あの……色のことを考えてました。橋の上で」

色？　と太一が聞き返したとき、グラスのなかでからんと氷が音をたてた。

「自分でつくるショールの色のことです。あと、木綿のカーテンの色も決めなきゃ」

「ショールの色の候補は決まったの？」

「青色とか緑とか……茶色？　さっきは白もいいかなって思ったり」

「なんか地味じゃね？　キャラに合わないっていうか。淡いピンクとか、似合いそうなのに」

「なんで、みんなピンクばっかり……」

「何、ちょっと怒ってる？　それこそ私のキャラに合わないだろ！　ってか」

思っていたことを言い当てられ、再びまじまじと太一を見た。

「おっと、図星か」

アイスコーヒーを飲みながら、太一が笑っている。下がっていた眉が上がり、今度はうってかわって快活そうだ。

「もしかして紘治郎先生もピンク推し？」

「ピンク推しっていうか、カーテンの糸が、すごく派手なピンク……」

太一が再び笑うと、スマホを操作した。

「その色はたしかにキャラじゃないな。でもコチニールで染めたやつだろ。それはピンク推しじゃないよ。俺も初めての染めはその色だった。ほら」

太一が差し出した画像には、ソファにかかっているピンクの布があった。カーテンの色より、もっと華やかなピンクだ。

「太一さんの部屋のソファ？」

「うん？　うーん、これは人にあげたんだ」

きっと出来が良い布だったのだ。そう思って写真をよく見ると、ソファの上にぬいぐるみが置かれていた。可愛らしい女の子の部屋みたいだ。

太一がスマホを引っ込め、ポケットに入れた。

「あの……太一さんが染めを教わったのはいつですか？」

「中一かな。身体がでかかったんで、手伝い自体は小六の頃からしてた」

「私も染めを教えてもらいたくて。でも染めるのは大人の仕事だから、祖父は教えないって言うんです」

「私だって大人だもん！　ってか」

「そんなふうには思わないけど……あっ、でも似た感じ」

太一には中学生のときから教えていたのに、どうして自分には教えてくれないのだろう？

太一が二杯目のアイスコーヒーを頼んだ。

「染めはね、先生にまかせたほうがいいと思うよ。裕子先生も個人的な作品を作るときは自分で染めるけど、『紘のホームスパン』っていうブランドの作品のときは、紘治郎先生がすべて染めてる」

太一が外の景色に目をやった。楽しそうにしていた親子と犬の姿は消え、緑の草原のなかを静かに川が流れている。

「紘治郎先生はそろそろ引退だ。たぶん羊ッコのショールが最後の仕事。『紘のホームスパン』というブランドもおそらく消える」

「でも裕子先生が継ぐんじゃ……」

「工房は継ぐけどね」

太一が答えると、外に向けていた顔を元に戻した。まっすぐに視線を向けられたが、今は怖くない。

「やっぱり紘治郎先生の色彩感覚と技術は突き抜けてるから。『紘のホームスパン』は山崎紘治郎ありきのブランドなんだ。先生が引退したら、離れるお得意先も出る。そのあたりを裕子先生もわかってるから、俺に継げとは言わない」

「でも、太一さんは何もかも全部できるのに」

太一が机に広げた盛岡の地図に目を落とした。

「一通りのことはできるけど、なんていうのかな、衝動みたいなのはないんだよな。紘治郎先生はものづくりには衝動が必要だって言う。暴力的なほどの強い衝動がって……俺、そんなのない。そこまで強く、何かを作りたいと思ったことはないし」

「スマホのポーチとか、つくってるのに？」

「端切れの有効利用を考えただけだ。それだって、本業の服地やショール作りには手を出さない。この仕事をするって気持ちがまだ固まらないから」

太一が付箋に「サケ遡上」と書き込み、地図に貼っている。

「正直な話、こういうマップや工房のウェブサイトを作ってるほうが楽しい。他の工房も見学できたら面白いだろうな。鉄器に漆器、染めもの、煎餅《せんべい》、菓子、コーヒー、パン、チーズケーキ。この街には工房で丁寧に作ってるものがいっぱいあるよ。春休みや夏休みにスタンプラリーを開催してさ、そういう店や工房を全部見学したら、特産品プレゼントなんてどう？　でも難しいか。人がどやどや来たら職人は気が散るもんな。やってみたところで、観光客が来るかどうかもわかんないし。だからとりあえず、うちのサイトにいいところマップをさ……」

地図に書き込みをしながら話していた太一が手を止め、恥ずかしそうな顔をした。

「ごめん、ちょっと夢中になってた」

気にしていないという意味をこめて微笑み、美緒はアイスコーヒーのストローに唇をつける。

夢中になって話をしてしまうときが自分にもある。

先月も高松の池で父に向かって一方的に話をしていた。ところが、心に浮かんだことを口にしているうちに話があちこちに飛び、結局、最後は自分でも何を言っているのかわからなくなってしまった。

太一の顔を美緒はじっと見つめる。同じように話に夢中になる性格でも、この人の話はわかりやすい。それがうらやましい。

「な、何？　俺、なんか変なこと言った？」

「全然……」

なら、いいけど、と太一が地図を畳んだ。

「サケの遡上ね。他にも気に入ったところがあったら、教えてくれる？　東京の女子はどういうところが好きなの？　たいしたお礼はできないけど、マップ作りを手伝ってくれると助かる」

「お礼なんていいですけど。あの……」

太一が二杯目のアイスコーヒーをのんびりと飲んでいる。

ゆったりとしたその様子に、詰まっていた言葉が出た。

「太一さんは前、工房の作業の料金表を裕子先生に見せてましたよね」

「あれか。あとで紘治郎先生に叱られたよ」

「あの表に書かれた工程について、今度教えてもらえますか」

裕子の仕事を手伝うことで、さまざまな作業に慣れてきた。しかし自分が行っている作業がホームスパン作りのどの工程にあるのか、ときどきわからなくなる。

そんなときにスマホで撮った太一の料金表を見ている。あの表はホームスパンの製作の進行に沿って書かれており、すべての工程が網羅されているそうだ。

いいよ、と太一が気軽に答えた。

「あれをベースにマニュアルを作ってみようと思ってたところ。時間があるときに説明するよ。じゃあ、うちのサイトへの協力をお願いな」

「頑張ります」

バッグのなかでスマホが鳴った。液晶を見ると、祖父からだ。

「おじいちゃんから電話だ……」

太一に軽く頭を下げ、美緒は店の外に出る。祖父の渋い声がスマホから響いてきた。

（驚くといけないから、あらかじめ言っておくが）

「何？　何かあったの、おじいちゃん」

祖父の重々しい言葉に驚き、美緒は声を強める。

（美緒のお母さんがうちにいる）

「えっ、なんで？　どうして？」

来週、父と二人で来るはずだった母が、どうして突然に一人で来たのだろう。

柳の枝が頭上でさわさわと鳴っている。川面を渡る風が強くなってきた。


祖父の家に帰ると、母は裏の畑にいた。洗ったばかりのタオルケットやシーツを物干し竿に掛けている。

夕方には父もこの家に来て、今夜は二人で泊まるという。

母の手伝いをしながら、どうして急に来たのかと聞くと、急に休みが取れたのだと母は小声で答えた。

大きなカゴを背負った祖父が畑に現れた。

物干し台の脇を通って畑の奥に向かうと、カゴから黒い網袋を二つ取りだし、水路に沈めている。それから納屋に入り、畑仕事用の紺色のシャツを着て出てきた。腕には大きな三つのザルを抱えている。

「美緒、それが終わったら、これをお母さんに」

渡された二つのザルには、軍手と収穫用のハサミが一セットずつ入っている。収穫の手伝いをしてほしいのだという。

すまないね、と素っ気なく言いながら、祖父が母に麦わら帽子を差し出した。

「来週ならもてなせたが、いきなり来られては何の用意もない。ましてや作物は待ったなしだ。熟れたものは取らねば傷む」

「私は何を収穫すればいいんですか」

「ナスだ。美緒はプチトマト。わからないことがあったら、美緒に聞くといい」

祖父が納屋から小さなラジカセを出し、音楽を流し始めた。軽快なピアノとドラムの音が、静かな畑に響き始めた。

不満げな顔で母が畑の畝《うね》の右端にかがみ、収穫バサミでナスを切り出した。

隣の畦《あぜ》のプチトマトを収穫しながら、美緒は祖父と母を交互に見る。

畑の一番奥に植えられたトウモロコシを祖父がもいでいる。今日はトウモロコシより、母の背後の畦にある枝豆のほうが収穫を急ぐ。

それなのにわざわざ遠くにいるのは、母と話をさせようとしているのだ。

かがんでいた母が立ち上がり、腰を伸ばすような仕草をしたあと、つぶやいた。

「変わった人ね。畑仕事にあんなおしゃれなシャツとジャズ」

一人ごとなのか、話しかけられたのかわからず、黙って美緒はプチトマトを収穫する。

「美緒はハサミを使わないの？」

プチトマトは指でひねって取るのが好き、と言いかけ、美緒は黙る。

おそらく母は、そんな話をしたいわけではない。

腰を伸ばした母が収穫の作業に戻った。しかし、ハサミを使う音が小さい。

力のないその音を聞き、プチトマトの枝越しに母に声をかけた。

「おじいちゃんのシャツはね、虫除け。音楽はクマ除けだよ」

「クマがいるの？」

母が再び立ち上がり、腰を軽く叩いた。

「いるんだって、見たことないけど。シャツは藍《あい》染め、だったかな。虫が寄ってこないんだって。初めて会ったときはトレンチコートにゴーグルをつけて、作物の消毒してた」

「本当に変わった人」

「そんな言い方……」

祖父を馬鹿にされた気がして立ち上がった。しかし痩せた母の背中に何も言えず、美緒はプチトマトの陰にかがみこむ。

祖父の家に帰る途中、電車のなかで検索すると、母の勤め先の学校の裏サイトがまた立ち上がっていた。

そこには母が急激に痩せ始めたことが面白おかしく書かれ、縁起の悪いあだ名が付けられていた。

トウモロコシの畦の方から、祖父の声がした。

母が立ち上がり、トウモロコシに向かって声を張った。

「二人とも、もうバテたのか」

「日光の下は体力を消耗しますから」

「それはもっともだ。私も疲れた。早いが水分補給をするか」

太一と似たことを言い、祖父は納屋の先にある倉庫と呼ばれる小屋に入っていった。すぐに折り畳みのテーブルと椅子を抱えて戻ってくると、水路の近くにある木の陰に置いた。

「美緒、私はあと二つ椅子を持ってくる。水路から網を引き上げてくれ」

水路に沈んでいた網を引き上げると、サイダーの瓶が三本入っていた。伏流水のおかげでよく冷えている。

祖父が運んできた折り畳みの白いテーブルと椅子を、母が広げている。

左右の腕に椅子を抱えた祖父が歩いてきた。

「おじいちゃん、栓《せん》抜きとコップを持ってくるね」

「背負いカゴに入っている。二人とも座りなさい」

祖父が背負いカゴからグラスと栓抜きを出した。そのあと中央バター商会で買ってきたばかりの山葡萄《やまぶどう》の原液をテーブルに置いた。

母がめずらしそうに瓶を眺めた。

「『山ぶどう原液』。山葡萄って、名前は聞いたことがあるけど、見たことないわ」

「あそこのツルがそうだ」

畑の柵代わりになっている茨《いばら》の藪を祖父が指差した。

棘のあるサンザシやキイチゴの木で作られたその藪は、八月に入ってから、赤や黒、紫色の実を付けている。

祖父が指を差した場所に美緒は目を凝らす。たしかに緑色のツルが茨にからまっていた。

「山葡萄の原液は東京のお人には珍しかろう。うちの一番のごちそうは、そこの水路の伏流水だが、水では味気ないと思ってな」

「でも、ここの水、すごくおいしいよ。お母さん、飲む?」

「先に山葡萄をいただきましょう」

祖父が強化ガラスのグラスをテーブルに並べた。そのグラスに山葡萄の原液を二センチほど入れ、ゆっくりとサイダーを注いだ。

薄い赤紫色の泡がグラスの底から次々と弾けては消えていく。

「色、きれいだね、おじいちゃん」

「山葡萄は身体にいい。特に貧血に効く。昔ながらの健康飲料だ」

ひとくち飲んだ母が「おいしい」とつぶやき、茨の藪を見た。

「ずいぶん実が付いているけど……あの黒いのはブラックベリーですか?」

そうだ、と祖父が答えて、藪を指差した。

「丸い粒状の赤い実はサンザシ、ぶつぶつした実はキイチゴ、いわゆるラズベリーだな」

小川とキイチゴの藪、と母がつぶやいた。

「ブランブリー・ヘッジみたい……」

「ここのネズミどもはあんなに洒落てはいないが」

藪を眺めていた母が驚いた顔で祖父に聞いた。

「ご存じなんですか、あの話」

母の問いかけに祖父が藪を指差した。

「ご存じも何も、英国のヘッジを模したのがあの生け垣だ。手入れをしていないから、ただの藪になってしまったがね」

そうなんですか、と答えた母の声が少し弾んでいる。

声と同じぐらいに、わずかに明るい顔で「覚えてない？」と母に聞かれた。しかし、何も思い出せず、美緒は首を横に振る。

「ほら、美緒も読んだでしょう？ ジル・バークレムの『のばらの村のものがたり』。あの原題は『ブランブリー・ヘッジ』。『キイチゴの生け垣』とか『茨の垣根』って意味」

「ああ、あのネズミの話……」

「のばらの村のものがたり」は「ピーターラビット」や「くまのプーさん」のように、

擬人化された動物たちの話だ。登場するのは可愛らしい服を着たネズミたちで、彼らは四季折々にピクニックやパーティ、冒険を茨の生け垣のなかで楽しんでいた。たしかに母はその絵本が好きで、英語版を何冊も持っている。

席を立った母が藪に近づき、サンザシを指差した。

「ほら、このあたりなんて『木の実のなるころ』の絵にそっくり」

キイチゴの赤い実を口にして、母が顔をしかめた。

「酸っぱい……でも野生って感じがする」

「親子は似るものだな。美緒もよく似た話し方をする」

祖父が背負いカゴから赤い漆塗りの菓子器を出してきた。

「あの絵本に出てくる『ウィーバー』とは、まさに私の家業のことだ。『ウィーバー』は、なんと訳されていたか忘れたが」

「『はたおりねずみ』です。『はたおりねずみ』のリリィとフラックス！」

母の声が弾んでいる。その様子に祖父が微笑んだ。

「あのリリィがやっている糸車の作業は美緒も上手だ。まさにあの絵本の通りだよ。美緒、お母さんに見せてあげるといい」

「えっ、そんな……」

突然、話の矛先《ほこさき》が自分に向けられ、美緒は手を大きく横に振る。

テーブルに戻ってきた母が、感心した表情を浮かべている。

「そんな仕事を美緒ができるなんて」

祖父と母が言っている場面がどんな絵だったかまったく覚えていない。それでも母の顔が明るくなったのがうれしい。ほっとしながら、赤紫に染まったサイダーを飲む。炭酸の弾ける泡とともに、ひそやかな喜びがわいてきた。

祖父が菓子器の蓋を開けている。

「しゃれたものではないが、茶菓子もつまんでくれ。クルミゆべしと言うんだが、黒砂糖は疲れがとれる」

赤い漆器のなかには、白い粉をまぶした四角形の餅菓子が入っていた。しょうゆと黒砂糖の味がする甘い求肥《ぎゅうひ》にクルミを載せたその菓子は、祖父の大好物だ。

クルミゆべしを食べた母が、両手で口を押さえた。

「まあ、ターキッシュ・ディライト！」

母に柔らかな視線を向けながら、祖父も菓子に手を伸ばした。

「そうだな、似ている。ゆべしは米粉《こめこ》、あちらはコーンスターチ。原料は違うが、デンプンで作る菓子だから同じだ」

母がなつかしそうに、菓子器のなかをのぞいた。

「私が子どもの頃に読んだ本で『プリン』と訳されていたものが、本当は『ターキッシュ・ディライト』、『トルコの喜び』、という意味のお菓子だったと知って、あこがれました。どんなお菓子なんだろうって。当時はネットもスマホもなかったですから」

がのぞいている。

「『ナルニア国ものがたり』だな」

「そうです！　そうなんです」

勢いよく答えたが、すぐに大声を出したのを恥じるようにして、母が目を伏せた。

祖父がクルミゆべしを二つに割った。白い粉の下から黒砂糖の色か、焦げ茶色の求肥がのぞいている。

「翻訳者の苦労がしのばれる箇所だ。ナルニアの女王が出した菓子を『求肥』と訳すと、英国の子どもが大喜びでむさぼり食うのがピンとこない」

そうなんです、と母が深くうなずいた。

「『これ以上おいしいものがない』と子どもが思うほどのお菓子って、どんな物なのかずっと気になって。大学二年の夏にイギリスに行って、夢中になって食べました。真っ白な粉がかかっているけど、切ってみるとピンクや黄色、緑色のモチモチしたお菓子。宝石みたいだって思いました。子どもじみてますけど」

祖父が首を横に振り、母にもうひとつ、クルミゆべしを勧めた。

「私も宝石のようだと思った。ピンクの菓子は薔薇輝石《ロダイト》、黄色は黄水晶《シトリン》、緑は緑玉髄《クリソプレーズ》。宮沢賢治ならそう書くだろうかと考えたりも」

母が手のひらに菓子をのせ、しみじみと眺めている。

「これはモリオカズ・ディライト。いいえ、イーハトーブ・ディライトですね」

「うまいことを言う」

今まで聞いたことがない、深みのある声で祖父が答えた。

「しかしモリオカの喜びなら、モリーオ・ディライトだな。イーハトーブもモリーオも所有格になると、どう変化するのか知らないが」

「エスペラント語でしたっけ」

日本語なのに、祖父と母が話していることがわからない。

急に祖父の存在が遠くに感じられ、美緒はサイダーの瓶を持って席を立つ。

会話が弾んでいる二人を背にして、水路で空き瓶を洗った。この瓶に水を汲み、今度は水だけを母に飲んでもらおう。

この畑で一番きれいでおいしいものは、岩手山が磨いたこの水だ。

サイダーの瓶に水を満たして立ち上がると、清々《すがすが》しい風が吹いてきた。

髪を押さえ、風の方角に顔を向ける。トウモロコシと高さを競いあうようにして伸びたヒマワリが目に入ってきた。

赤い実をつけた茨の藪と地続きなのに、ヒマワリの根がこの土の養分を吸うと、太陽に似た黄色い花が現れる。

藪の実の赤と黒、紫。ヒマワリの黄色。そして川原の小道に咲いていた淡いピンクや黄色の花々。

さまざまな色を生む土が気になり、美緒は爪先で地面を軽く掘ってみる。

地表よりも地中のほうが少し濃いが、どちらもクルミゆべしのような焦げ茶色だ。その色を見ると、心がやすらいだ。
この色のショールはどうだろう？
深みのある焦げ茶。託す願いは――土のようにしっかりと生きたい。
暗めの色かもしれないが、目立たないから落ち着く。太一の言葉を借りれば、きっと
自分の「キャラに合う」。
テーブルに戻り、汲んできた水を母のグラスのそばにそっと置く。
二人の話題は再びターキッシュ・ディライトになっていた。
母が笑っている。頰に赤みが差し、声にも少し力が戻ってきた。
「イギリスの文学にお詳しいんですね」
「詳しくはないが、私たちは英国生まれの毛織物を作ってきたのでね」
母の笑顔を見たのは久しぶりだ。再び、ほっとした思いで視線を下に向ける。
穏やかな茶色の大地が、足元から豊かに広がっていた。

畑仕事を終え、収穫したものを三人で運んでいると、父を乗せたタクシーが玄関前に
到着した。祖父への挨拶もそこそこに、すぐに父は母と客用の部屋に入り、二人はずっ
と話しこんでいる。
交代で分担している風呂の掃除をすませて、美緒が台所に向かうと、祖父が電話で話
をしていた。相手は裕子のようだ。

父が台所に入ってきた。疲れた顔で、食器棚からグラスを出している。

通話を終えた祖父が声をかけた。

「広志よ、太一が車を貸してくれるそうだ。夕飯だが、車のついでに持ち帰りの寿司を頼んだ。それでいいか」

いいよ、と父が冷蔵庫を開け、麦茶のポットを出した。

「太一君の車が借りられるなら、外へ食べに出かけてもいいけど」

「外出がおっくうでな。足りない分はかき揚げとサラダを作る」

普段はあまり火を使わない祖父が、珍しくコンロの前に立った。年季の入った大鍋を出し、たっぷりとそこに油を入れている。

グラスに麦茶を注いでいた父がなつかしそうな顔をした。

「かき揚げか、いいね。昔、よく食べたな。でも、そんなに作らなくても、たぶん寿司で足りるよ」

「そうか？　もの足りないっていつも言ってなかったか？」

「学生の頃だろ。俺ももう四十を越えたから、揚げ物はそんなに食べないんだ」

祖父が油を注ぐ手を止め、「そうだったな」とつぶやいた。

三十分後、祖父と一緒に作った料理を食卓に運んでいると、厳しい顔つきをした父と母が現れた。母は縦長の紙バッグを提げている。

食卓に並んだ料理を見て、母があわてた様子で手伝うと言ったが、祖父は押しとどめた。

「いいんだ。手伝ってもらうほどの量もない。じきに寿司が来るから、まずはあるものをつまんでくれ。広志よ、悪いが、ビールも寿司と一緒だ。飲むのは少し我慢しろ」

「お茶でいいよ。美緒も座れよ」

母の向かいの席を示され、美緒は祖父と並んで座る。

父が気まずい顔で祖父に頭を下げた。

「今回は連絡不足で悪かったよ。でも僕にとっても急な話で。出張先から飛んできたんで、そこは勘弁してください」

父に続き、母が頭を下げた。

「私と広志さんの間で意思の疎通《そつう》が取れていなくて、失礼しました。もっと早くにうかがいたいって言っていたのに、その話も進まなくて。この間、お邪魔したときも、私の母からの手紙を美緒に渡してくれないし」

母が封筒を差し出した。何の飾りもない真っ白な封筒の中央に「美緒ちゃんへ」と書いてある。

「これ、お祖母ちゃんからの手紙。美緒が家出したことで、お祖母ちゃんは傷ついているの。どうして一言相談してくれなかったんだって。横浜のお盆は七月に終わったけど、帰ったら一緒にお祖父ちゃんのお墓参りに行こう」

「お父さんの……岩手のおばあちゃんのお墓参りはいいの？　私、行ったことない」

母が黙った。父が取りなすように言う。

「お祖母ちゃんのお墓なら、お父さんがたまに行ってたよ。出張のついでに」

「どうして、お父さんだけで行ってたの？」

「その話はあとでいいでしょう。美緒の話のほうが先。それより、ここでの暮らしは、さっきの畑仕事でだいたいわかったけれど、勉強のほうはしてる？」

「そういうのは、あんまり」

母が足元に置いた紙バッグから、数学や英語の問題集とプリントの束を出した。

「このプリントは学校で配られたものね。問題集は夏休みの課題。お父さんに止められていたから黙っていたけど、これ以上休むと、学校の授業に追いつけなくなってしまう。今なら夏休みの間に遅れを取り戻せるから。お母さんとお祖母ちゃんも協力する。だから頑張ろう。ね？」

母が問題集を差し出した。受け取らずにいると、テーブルに置き、大きなため息をついた。

「美緒、何か言ってよ」

問題集とプリントの束を見ていると、クラスの同級生たちの顔が浮かんだ。

自分でも驚くほど、誰にも会いたくない。あの場所に戻ったら、再び周囲の顔色をうかがいながら、薄笑いを浮かべる日々が続く。孤立を選ぶほど強くはないが、まわりに溶け込むために「いじられる」のはもういやだ。

まあまあ、と父が母をなだめた。

「まずは食べよう。そんな話をいきなりしなくても」

父がかき揚げを口にした。軽やかに揚がった衣を嚙む音が響く。

「どうした？　みんな、食べないのか？　ほら、美緒……」

「ねえ、美緒」

母が父の言葉をさえぎった。

「黙ってないで、何か言おう？　ここに来てからずっと、お母さんばかり話をしている。美緒はどう思っているの？　正直な気持ちを聞かせて。何も考えないで、このままフワフワしていたら留年するよ」

答えようとして口を開いたが、言葉が出ない。

カナカナと、蟬《せみ》の声が響いてきた。窓の外は少しずつ夕暮れが広がっている。

蟬の声が止むと、静けさが広がった。母が小さなため息をつく。

「また黙りこむ……。親子って似るんですね。美緒も広志さんも、大事なことになると黙り込んで何も言わない」

シャツのポケットから祖父が煙草を出した。

「相手の言い分を聞いたら、少しは歩み寄る用意はあるのかね。それがなければ誰も何も言わない。言うだけ無駄だからだ」

母が訴えるような目で祖父を見た。

「私が悪いってことですか？　でも、みんなで黙っていたら、話が進まないじゃないですか」

「無理に今、話を進めなくてもよかろう」

「お父さんも真紀も落ち着いて」

母と祖父を交互に見ながら、父がかき揚げに箸をのばした。

「ほら、うまいよ、かき揚げ。コーンとたまねぎ」

「広志、お前はこんなときによく食べられるな」

父が箸を叩きつけるように置いた。その音が響いたとき、再びカナカナと蟬の声がした。

母が額にかかった髪を軽くかきあげた。

「正直に言うとね。お母さんは今、仕事が大変なことになってる。お父さんの会社もそう。でもお父さんもお母さんも逃げないよ。美緒も一緒に頑張ろう」

「自分は逃げないから、お前も逃げるなというのは酷な話だ。置かれている状況が違う。責任を全《まっと》うしなければならないときもあるが、美緒はまだ子どもだぞ。耐えて壊れるぐらいなら、逃げて健やかであるほうがいい」

お父さん、と父が非難するような目で祖父を見た。

なんだ、と祖父が言い返した。

「異論があるのか、広志。お前たちは自分でその仕事を選んだんだろう」

お言葉ですが、と母が口をはさんだ。

「美緒だって、自分で学校を選びました。クラスでの状況も、決して相手のせいばかりじゃない、一部は自分の行動が招いたことです。その現実としっかり向き合わなければ」

「現実と向かい合ったから、ここに来る選択をしたんだ。学校で何をさせたいんだ？　勉強か？　勉強なら岩手でもできるぞ。明確な目的もないのに、つらい状況を我慢させ続けるのは酷だと言っているんだ。お前たちだって逃げてもいいんだぞ」

「何言ってるんだ。そうしたら、どうやって僕らは明日《あす》から生活していくんだ」

抑揚のない口調で言った父に一瞬、母が目をやったが、すぐに視線がこちらに向けられた。

「美緒、あなたも何か言って」

「えっ……あの……」

明確な目的と言っても、と父が嘆かわしげに首を横に振る。

「美緒に将来、どうしたいのかって聞いても、何も言わない。この子はまだ何も決められないんだよ……そうだよな、美緒」

父の言葉の勢いに美緒はうなずく。母が少しだけサラダを口にすると、口調をやわらげた。

「美緒は今、工房でどんな仕事をしているの？　それなら話せるでしょう？」

「おつかいに行ったり。羊毛を洗ったり……それから、糸紡ぎや織りの練習。この間は花瓶敷きを織って、次はカーテン」

「それで、どれぐらいいただけるの？　アルバイト料は」

「そんなものはない」

祖父の答えに母が軽く目を見開いた。

「無給ってことですか？」

「見習いのうちはそうだ。ここに工房があったときは、見習いが食事を作っていたから、昼食は食べさせていた」

信じられない、と母がつぶやく。

「ホームスパンの仕事をするには、しばらくの間はタダ働きをするってことですか」

「うちではそうだ。早く一人前になれるように指導はするが、見習いのうちは、とても給料を出せない」

そういうものなんだよ、と父が祖父の言葉のあとに続けた。

「本来なら授業料を取って教えることを、無償で教えて職人に育てるんだから」

「そんなのおかしいでしょう。ちゃんと働いているのに」

「会社とは違うんだよ」

父の声が苛立っている。母が首を横に振った。

「そうだとしても信じられない。だって、このまま工房で働いても、美緒はしばらくの間まったく自活できないってことじゃないですか」

ため息をつきながら、祖父がテーブルに置いた煙草に手を伸ばした。しかし箱を見つめて少し考えたあと、ポケットに戻した。

「野球選手と同じだと考えてみてほしい。高校や大学のうちは、野球で飯を食えない。しかしプロ野球に入れば野球で生きていける。もっとも私たちの仕事は今、先細りで、プロになっても仕事を取るのはなかなか大変だが」

「美緒はホームスパンの職人になる覚悟はあるの？」

突然、覚悟と聞かれて、身が固くなる。

答える間もなく、母の言葉が迫ってきた。

「たとえば、高校を辞めるとすると、働くことになるよね。でも工房の仕事でお給料はもらえない。そうだとしたら、よそでアルバイトをしながらでも、美緒はプロの職人になる覚悟はあるの？」

「真紀、追い詰めるな」

「あなたは黙ってて」

母が鋭い目を父に向けた。

「夏休みももう中盤よ。今、取り返さないと進級は無理。娘を甘やかすのはいいけど、その代償を払うのは結局、美緒自身なのよ。ねえ……美緒はどうして自分のことなのに何も言わないの？」

一度にいろいろなことを言われ、頭が混乱する。

母が言っているのは、アルバイト代が出ないということ。それから自活、覚悟……それから？

背中に汗がにじんできた。膝の上に置いた手を握る。

それから……二学期から学校に行くか。そのために東京に戻るか。

頭のなかを言葉がぐるぐると回る。どこから考えたらいいのかわからない。

何よりも、まだ祖父に言えずにいる。

自分のこれからを託す色。

この手でつくり上げる、新しいショールの色のことをまだ、何も。

「先の話ばかりしたけど、まず、あれを美緒に返してやらないとな」

父が部屋を出ていき、風呂敷包みを持って戻ってきた。

「美緒、遅くなったけど、あのショール……。お母さんは、ショールを捨てたわけではないんだよ」

父が風呂敷を解くと、赤いショールが出てきた。

「お母さんは、これをかぶって、ひきこもっている美緒を心配しただけなんだ」

問題集の上に、父がショールを置いた。突然、目の前に現れたショールにさらに心が混乱する。

「どういうこと？　お母さんが隠してたってこと？　なんで？」

母がタオルハンカチを出し、小鼻の脇の汗を押さえた。

「隠したとも捨てたとも言ってないでしょ。美緒のためを思って、卒業してほしいって言っただけ。それなのに美緒が一方的に決めつけて家を飛び出したのよ。物に依存しているのが心配だったから今まで黙っていたけど、もう、ひきこもってもいないし……。だから返すね」

ぼんやりと目の前のショールを眺めた。二ヶ月ぶりに見た赤い色は血のように鮮やかだ。

父がショールを差し出した。

「美緒はこれに代わる布を織るつもりだったんだろう？　でもちゃんとあるから。新しいのは織らなくてもいいだろう」

ショールを受け取らずにいると、母が不安げな顔になった。

父が手を引っ込め、問題集の上にショールを戻した。

唇から言葉がこぼれた。

「勝手……」

「勝手って、どういう意味？」

母が目を怒らせた。

「お母さんもいろいろあってね。美緒のこと、家庭のこと、たしかに行き届かなかった。それは悪かったと思ってる。でもね、今回のことはお母さんだって傷ついたの。勝手？

どっちが？　こんなに親を振り回して、お祖父さんや工房の人にも迷惑かけて。美緒はわかっているの？　自分がしていること」

祖父が悠然と麦茶のグラスに手を伸ばした。

「私のことなら心配無用。工房の連中も別に迷惑だとは思っていない」

「そういう気持ちにつけこんで！」

母が立ち上がり、ショールをつかんだ。

「受け取りなさい。どうして受け取らないの」

ショールを母に押し返し、美緒も椅子から立ち上がる。

鮮やかな赤に心が高ぶってきた。

「いらない！」

「いらないって？」

「捨てたければ捨てれば！」

「何を言うの、美緒？」

母が顔を寄せ、まばたきもせず見つめてきた。怖いが、声を振り絞る。

「いつもそうだ。私の宝物を取り上げる。ショールから卒業って意味わかんない。お母さんは、娘が邪魔なんでしょ。私、知ってる。お母さんがネットでなんて言われてるか」

「美緒、やめろ。座りなさい」

父が寄ってきて、両肩を押さえた。その手を振り払うと、機関銃のように言葉が口を突いて出た。

「私のためじゃない。娘が不登校で家出してるって、ネットで叩かれたから迎えにきたんでしょ。私のためとか、私のことを考えて言ってるとか、そんなの嘘。そう思うなら、ほっといてよ！　勝手に取り上げて、勝手に返してきて、都合が悪くなったら迎えにきて。そんなだから生徒に叩か……」

母の手が激しく頬に当たった。衝撃で足の力が抜け、美緒は床に膝をつく。

母がショールを床に叩きつけた。

「何言ってるの、何もわかってないくせに！」

落ちてきたショールを反射的につかみ、美緒は頭からかぶる。

「真紀、何も叩くことないだろう」

「大丈夫か、美緒」

激しい嗚咽《おえつ》がこみあげ、身体が震えた。祖父が駆け寄ってきた気配がする。

「そういうところがいや！」

母が足を踏み鳴らした。

「泣けばすむ。泣けば父親は言いなりになる。昔からそう。涙を売りにして。今だってそう。膝をつくほど強く叩いてもないのに、大袈裟に泣く。そういうところがきらい」

「真紀、落ち着け。お前、どうかしてるよ」

「どうかしてる？　私が？　美緒はどうなの？　いつでも自分の思い通り。学校に行きたくないと行ったら行かずにすむ。父親に学校まで送らせておきながら、ホームルームすら我慢できずに即、帰宅。家出をすれば、心配した祖父と父親で甘やかし放題。それを非難されれば泣いて、か弱い女のアピールをする。どうしてあなたはいつも女を売りにするの。さっきだってそう。自分が話の中心になれなくなったらプイッと席を立って、拗《す》ねて土なんか蹴って」

「そうじゃない、そうじゃない！」

あれは母に水をあげたかったのだ。あの山がつくった水を飲んでもらいたかったのだ。

説明したい。でも言葉が出ない。

「そうじゃないよう……お母さん……お母さん」

母がショールを引っ張った。

「出てきなさい！」

「やめなさい、いやがってるじゃないか」

祖父の声に、ショールを引っ張る手が離れた。かぶった布を自分の回りに巻き込み、美緒は身を丸める。

昔からずっと、母にきらわれていたのか。寒くもないのに、身体がふるえた。

「真紀、落ち着いてくれ、頼む」

「そういうあなたたちの態度にも我慢ならない。母親がどれだけ一生懸命、話を聞こうとしてもいつも無視。それなのに父親やお祖父さんには舌足らずに返事をして甘える。ずるいのよ、いつでも女を武器にして。どうして自分の力でなんとかしようと思わないの？　立ちなさい！」

立ち上がろうとしたが、足に力が入らない。

ショールから顔を出すと、母のスリッパが目の前にあった。

腕を組んだ母が見下ろしている。あかりを背に受け、顔が黒ずんで見えた。

「お母さんは……私がきらい？」

母の顔から表情が消えていった。何の感情も浮かんでいない顔に息を呑む。

真紀、と父が母に声をかけたとき、玄関の呼び鈴が鳴った。

扉が開く音がして、ほがらかな男の声が響いてきた。

「お待たせ、お寿司、到着！　ビールもね。あれ、誰もいないの？　返事がないや……ここに置いとく？」

こんばんは、と裕子の声がした。

「どうしたんだろうね。いいや、太一、暑いからさ、ビールもあるし、冷蔵庫に入れとこう」

階段を上がってくる足音がして、「うわあ！」と太一の声が上がった。

「裕子、すまないが」

「ああ、うん。お寿司……ここに置いとくね。あっ、それから、太一、ほら、車」

敷きを突き付けた。

おそるおそる手を伸ばし、真紀が花瓶敷きをつかむ。

「心にもない言葉など、いくらでも言える。見た目を偽ることも、偽りを耳に流し込むことも。でも触感は偽れない。心とつながっている脈の速さや肌の熱は隠せないんだ。ものだって同じ。触ってみなさい」

左手に持った花瓶敷きに、真紀が軽く触れた。

「もっと、しっかりと」

白い花瓶敷きの布の端をさすりながら、父が真紀に声をかけた。

「怖くて泣いている子どもに、怖くないよと言っても泣き止まないだろう。抱き上げて背中をさすってやれば泣き止む。同じだ。触ればわかる、心も伝わる。こわがらずに、もっとあの子の思いにしっかり触れてみてくれ」

食卓の上に花瓶敷きを置き、真紀が表面を撫でた。

どう思う？　と父がこちらに視線をよこした。

「えっ？　僕に聞くの？　よくできているね、初めてにしては」

隣で真紀もうなずいている。

「一生懸命なのは……よくわかります」

真紀が持っている花瓶敷きに、父が手をのばした。

「この布は途中までは綺麗に端を揃えて織れたのに、ここから先は端がでこぼこだ。それに美緒が気付いて織った二枚目がこれ」

父が白い花瓶敷きを見せた。その端はきれいに整っている。

「慎重に、気を配って、きっちりと端をそろえて織ってきた。あの子は集中力がある。初めて糸紡ぎを教えたときは夢中になって、休憩もとらずにずっと糸を紡いでいたらしい」

「昔からそうだよ。こちらが不安になるほどずっと、ガラスのアクセサリーを見つめていたり。それが集中している状態とは思わなかったけど」

隣で真紀がうなずいている。意見が重なったことに夫婦の絆を感じて、真紀に声をかけた。

「ガラスのどこに夢中になっていたんだろう?」

「それは美緒にしかわからん」

真紀の代わりに父が即座に答えた。

「ただあの子の思いの強さは、方向さえ定まれば無類の強さを発揮する。ものづくりに向いているよ」

「でもお父さん、この仕事にはセンスも必要だろ。だからお父さんだって、あれこれ集めて目を肥やしてきたわけだし。そういうセンスがうちの子にあるとは思えない」

「ある程度は学べば身につく。必要なのは、美しいものを美しいと感じられる、素直な心だ」

三枚の花瓶敷きを集め、父がやさしい眼差しで見つめた。

ピンク、白、薄緑の三枚が重なる様子は、桃の節句の菱餅《ひしもち》のようだ。

「失敗、か……」

小声で言うと、父が淡々と言葉を続けた。

「ジル・バークレム、エロール・ル・カイン、カイ・ニールセン。私のコレクションから、美緒が自分の部屋に持っていった本の一部だ」

弾かれたように真紀が顔を上げ、父を見た。

「子どもの頃に読んだ絵本を見て、美緒は『なんて、きれい』と繰り返し言っていた。そして、そこから何かを得ようとしている。美に感応できる素直な心は、なにものにもかえがたい。蒔《ま》かれた種は今、豊かに芽吹こうとしているんだ。失敗？ どこを指して失敗というんだ。見事だ」

美緒の作品に注いだ眼差しを、父が真紀に向けた。

「見事に育てなさった」

真紀の唇が震えた。その震えを隠すように、ゆっくりと顔を下に向けている。

紙製のおしぼりの封を切り、広志は真紀に差し出す。

真紀が受け取り、両目に押し当てた。

「さて、今後のことだが……心配しなくても美緒は東京に帰す。物理的に、私はもう、この家を引き払うからな」

「えっ、どこへ引っ越すの？」

父が天井を見上げた。

「この家の始末を付けて、高齢者向けの施設に移る……年明けには移る予定だ」

「いや、そんなの初耳だけど」

「当たり前だ。お前には初めて言った」

愛おしそうに、父が家の柱や壁を眺めている。

「身体にガタが来てな。最近は外出もおっくうだ。裕子たちにサポートしてもらったがそろそろ限界だ。だから美緒も、ずっとここで暮らせるわけではない。ショールを織りあげるまでには、気持ちが決められるようにと思っている」

「それはいつごろ織りあがるんだろう？」

わからん、と父が腕を組んだ。

「せかしはしないが、先延ばしにもしない。学校の件も進級するのか、留年するのか。あるいは転校するのか、中退するのか。自分で納得して今後の道を選べるように配慮する」

美緒がつくった花瓶敷きと糸を、父が真紀の前に置いた。

「無為に過ごしているわけではない。美緒は必死で、自分の道を探そうとしているんだ」

父が姿勢を正し、頭を下げた。

「あと少しだけ。どうか見守ってやってくれ」

翌日の午後、東京に帰ろうとすると、盛岡駅まで見送ると父は言った。しかし、体調が悪いのか、車の後部座席でずっと目を閉じていた。

美緒は昨晩、裕子のもとに泊まり、帰ってこなかった。しかし、新幹線の時間を父が告げていたので、改札の前で裕子と並んで立っていた。

美緒も真紀も、そして父も言葉少ないなか、裕子も無駄なことは一切言わず、車の鍵と駐車券を受け取ると去っていった。

父が美緒を促し、二人が入場券を改札機に入れた。あとに続いて、広志は真紀とともに構内に入る。

新幹線の到着にはまだ時間があった。気まずさに耐えかねたのか、真紀が化粧を直すと言って、トイレに向かった。

少し迷った素振りを見せたが、ゆっくりと美緒がそのあとを追う。

先に行くよ、と声をかけ、父とエスカレーターに乗った。

二人きりでホームに並ぶと、父が小声で言った。

「昨日は驚いたな」

「ごめん……本当に」

「とは言え、どこの家でもあんなことはあるものだ。私も何度か、お前に手を上げた。

いちばん覚えているのは羊小屋だ」

四歳の頃、羊小屋で火遊びをして、ぼやを出したことがある。火の勢いは強く、一時は隣の祖父母の隠居所に届くところを、工房の職人たちが総出で、なんとか消し止めることができた。

「あのとき、お前を叩いたら、昨日の美緒みたいにうずくまって泣いた」

「そうだっけ？　覚えてない」

覚えてないか、と父が小さく笑った。

「立ち上がらせようとしたら、『許してやって』と香代がお前の上にかぶさって一緒に泣いた」

額の汗を拭いていた父が、ハンカチを目に押し当てた。

父から目をそらし、気になっていたことを聞いてみる。

「お父さんは身体……どこが悪いの？」

父がハンカチをポケットに戻す気配がした。

「足腰も悪いが、もの忘れもひどい。戸締まりをしたつもりができていなかったり、大事な予定を忘れたり。お前の祖父さんのときと同じだ。今のところは大丈夫だが、時間の問題だな」

平成の初めに他界した祖父は認知症が進み、最後は息子である父の顔も認識できなくなっていた。祖父の介護の折に認知症について学んだ父は、自分にその兆《きざ》しが現れたことにいち早く気付いたのだろう。

「そう……そうなんだ」

「こういうのは順繰りだからな、仕方がない」

心配をかけたくないのか、気楽そうに父は言う。

その気遣いがつらくて顔を伏せると、父のかき揚げを思いだした。かき揚げは父の得意料理で、昔から客にも家族にもよく振る舞っていた。

冷蔵庫に入れ忘れたと言い、昨晩のその料理を父はすべて捨てていた。ほとんど手がつけられなかったかき揚げは、どれも幼い頃、喜んで食べていた具材だ。

もっと、味わって食べればよかった。

あのかき揚げも、息子の好きな具材も、いつか父は忘れていく。祖父がそうだったように、孫や息子の顔もいつかわからなくなる――。

部活の遠征か、大きなバッグを持った制服姿の高校生たちが歩いてきた。父も自分も通った高校の生徒たちだ。

楽しげに語らっている高校生たちに父が目をやる。

「子どもといっしょに暮らした日々は案外、短かったたな。お前が上京するまでのたった十八年。美緒も高校二年生。お前のところも、そろそろ家族の時間が終わろうとしている。親離れ、子離れの時期が来たんだ」

新幹線の到着時刻が近づき、大勢の客たちがホームに上がってきた。

なつかしい抑揚の言葉が響き、故郷の夏が心に迫ってくる。

言はで思ふぞ、言ふにまされる――

母校の制服を着た高校生たちが笑っている。あの服を着ていた十八歳の夏は、思えば父母と過ごした最後の夏だ。

目に汗が入った。はずみで涙がこみあげ、広志は顔を拭う。

真紀がエスカレーターで上がってきた。そのうしろに顔を伏せた美緒が続く。

東北新幹線「はやぶさ」の緑の車両に続き、秋田新幹線「こまち」の赤い車両がホームに入ってきた。

二つの新幹線はこの地、盛岡で連結して、ともに東京へ向かう。

「お父さん……」

東京に来ないかと言いかけ、広志は黙る。高齢者向けの施設なら東京にもある。

しかし、仕事も家庭も、自分の将来がこれからどうなるのかわからない。

なによりも、父はこの地を離れたくないだろう。

乗車を促すアナウンスが流れた。

真紀とともに車内に入って振り返ると、扉の前に美緒が立っていた。

美緒、と真紀が呼びかけた。

「お母さんはね……」

おずおずと、真紀が美緒の頬に手を伸ばした。

びくりと身を震わせ、美緒が激しくあとずさる。発車のベルが鳴った。

扉が閉まり、車両が動き始めた。

美緒に拒まれた手を、真紀が見つめている。

痩せたその肩に手が伸びたが、途中で止めた。

他人より近く、家族としては遠い距離のまま、新幹線は故郷を離れていった。


泣けばすむと思っている。いつも女を武器にして、父や祖父には甘える。

そういうところがきらい。

母に言われた言葉を思い出すと、頭がぼんやりする。

盛岡駅で両親を見送ったあと、祖父の家の二階に閉じこもり、美緒はベッドの上で身体を丸める。

目を閉じると、裕子が糸を掛けていた機が心に浮かんだ。

昨夜は食事のあと、アトリエに来ないかと裕子に誘われた。

裕子はショウルームの近くにあるアパートに、個人的な作品を作るための機や資料を置いていた。そこは山崎工藝舎が社員寮に使っていた建物で、駐車場をはさんで向かいに建つ古い木造アパートも昔は寮だったのだという。その木造アパートの二階に太一は住んでおり、せっかく家を出たのに、実家にいた頃と変わらず、母にこき使われていると笑っていた。

裕子がそのアトリエで織っていたのは、羊本来の毛の色を活かしたショールだった。羊毛は白だけではなく、羊の種類や育つ場所によって、灰色や茶色の毛もあるそうだ。今、織っているのは明るい灰色で、銀灰色《ぎんかいしょく》と呼ばれる色だ。濁りのないその色に「おどる12人のおひめさま」の絵本で見た、三つの森のうちの「銀の森」を思い出した。

裕子が少し布を織っていくと言ったので、隣に座ってその動作を見つめた。足元のペダルを踏むと、ゆるみなく張られた経糸《たていと》が上下に分かれる。その間に緯糸《よこいと》用の糸が巻かれた杼《ひ》を、左から右へ裕子がすべらせていく。そうして掛け渡された緯糸を、布の縁が曲がらぬように注意して、筬《おさ》でそっと手前に打ち込む。それが終わると、再びペダルを踏み、今度は右から左へ杼を渡し、筬で打ち込む。

繊細な羊毛の糸を扱う作業はすべて慎重で、筬を打ち込む音も静かだ。規則正しく繰り返される機の響きに、気が付くと眠ってしまった。

翌朝、目覚めると、裕子の機に朝日が当たっていた。

機が織り手を待っているかのようだ。

それを見たとき、自分も早く大きなものを織りたいと思った。

羊毛の仕事は不思議だ。布づくりのことを考えている間は、昨夜の母の言葉も束の間、頭から消えていた。


薄く目を開け、美緒は赤いショールに手を伸ばす。

昨夜の裕子の姿に祖母を思った。

整然と並んだ経糸に一筋ずつ緯糸を渡して、やさしく筬で整える。顔も覚えていない祖母が慈しむようにして作ってくれたのが、このショールだ。

布に触れた指先から、ほのかなぬくもりが伝わってくる。

好きだ、という思いがこみあげてきた。

羊毛の仕事が、好きだ。

それなのに、母に何も言えなかった。工房や見習いの仕事を悪く言われても、黙ってうつむいていただけだ。

職人になる覚悟はあるのかと母は聞いた。

覚悟……と考えながら、美緒はショールを頭からかぶる。

好きだけれど、そこまではまだ心が決まらない。

開け放した窓から風が入ってきた。日中は暑くても、日が沈むと、この家は涼しい。

肌寒さを感じて、美緒は立ち上がった。窓を閉めにいくと、外が明るい。

月の光が木立に落ち、森が白く輝いている。

ああ、と声が漏れた。

昨夜は「銀の森」の色を裕子の機で見た。今は目の前に「ダイヤモンドの森」の光がある。

月明かりのなかで、岩手山のシルエットがうっすらと見えた。その光景に「水仙月の四日」の絵が心に浮かんだ。

赤い毛布をかぶり、吹雪のなかで遭難した子ども。

その子の命を取れと命じられた雪童子は、わざとひどく突き倒し、赤い毛布でその子をくるむと、自分の雪で隠して守ってやる。

部屋のあかりをつけ、鏡の前に美緒は立つ。

赤いショールを頭に深くかぶった自分が映った。

たっぷりとした布の奥からのぞく目と、小さな身体。見るからに自信がなさそうな子どもを守るようにして、ショールは鮮烈な色を放っている。

頭からショールを外し、両肩に掛けてみた。右から下がった布を左肩へ折り上げてみる。

艶やかな赤い布が身に添い、優雅なひだが首のまわりを縁取った。

見たことのない自分の姿に驚き、美緒は一歩前に出る。

ショールを肩にまとった自分は堂々としていた。背筋を伸ばすと顔が晴れやかになり、そんな自分の変化に力が湧いてくる。

守られるのではなく、背中を押されているみたいだ。

これが色の力。いや、色と布の力だ。

布の織り目に美緒は目を凝らす。精緻《せいち》な織りだ。布の端も驚くほど、まっすぐに整っている。

今ならわかる。ずっと身近にあったこの布が、どれほど高い技術で作られていたか。

赤がいい。強くそう思った。

赤だ。

こみあげる思いに、美緒はさらに前に進んで鏡に触れる。

同じものを作ろうとしたら、どうなるだろう？　こんなに力がある布を作れるだろうか。

今すぐ、作り始めたい衝動に突き動かされ、部屋を出た。

廊下に異様な熱気がこもっている。階段の下から祖父の足音がした。

「おじいちゃん！　あとで部屋に行ってもいい？」

「今でもいいぞ。なんだ？」

「ショールの色、決めました。すぐに行くけど、ちょっと待ってて」

「どうした？」

「なんかね、廊下がすごく熱い」

魚が腐ったようなにおいがただよってきた。廊下を歩きながらあちこちを見て、台所のドアを開けた。その途端、猛烈な熱気が顔を打った。

叫んだつもりが声にならず、身体が固まった。

「あっ、火……火」

コンロの鉄鍋から大きな炎が上がっていた。その炎は壁を這い、一気に天井に燃え移った。

けたたましいベルの音が鳴り響いた。

カジデス、カジデス、と火災報知器の声がする。

「おじ、おじい……か、か、みず、み……」

流しに伏せてあったボウルを手に取る。しかし炎の熱気が強くて、水道の蛇口に近づけない。ようやく蛇口をひねったとき、祖父の声がした。

「水はやめろ、危ない、美緒、下がれ！」

駆け込んできた祖父が、思い切り美緒を後ろへ突き飛ばした。その勢いに尻餅をつく。

祖父の背が目の前に立った。羽織っていた黒い着物を脱ぎ、祖父が炎へ向かっていく。

弾かれたように立ち上がり、消火器を取りに美緒は廊下へ飛び出す。両腕で抱えて台所に戻ると、祖父が咳き込みながら着物を鉄鍋に振り下ろしていた。しかし炎の勢いは強く、布に火が飛び移った。

「おじいちゃん、下がって！　消火器！」

祖父の寝巻きの帯をつかみ、美緒は背後に引く。祖父が消火器に手を伸ばした。

「くれ！」

「おじいちゃんは下がって！」

安全ピンを外し、美緒は炎に消火剤を放つ。

薬剤の勢いは激しく、瞬時に鍋の炎が消えた。すかさず前に踏み込み、ホースのノズルを壁と天井に向ける。噴出する薬剤の泡に押されるようにして、炎は消えた。

「消えた、消えたよ、おじいちゃん。すごいね、消火器」

焦げた天井を見上げた祖父が顔を手で覆い、床に膝をついた。

美緒、とかすれた声がした。

「下がりなさい、危ないから」

「大丈夫、もう大丈夫だよ」

消火器の重さがずしりと腕にかかる。しかし、なるべく軽やかに持ち、美緒は残りの薬剤を天井に吹き付ける。

「おじいちゃん、……もう大丈夫だと思うけど」

床にうずくまった祖父から、かすかな声が聞こえた。

「駄目だ……」

「何が駄目？」

祖父の声が聞き取れぬほど小さくなった。

「私はもう……駄目かもしれない」

天ぷら油を火にかけたまま、祖父は父からの電話に出た。話をしながら、一階の染め場に降り、通話のあとは、そこで作業をしていたそうだ。

鍋を火にかけていたこと以前に、自分が炊事をしようとしていたこと自体を、忘れたのだと言っていた。

火事のことを裕子に連絡すると、すぐに太一が駆けつけてきた。遅れて裕子が来て、三人ですすだらけの天井と壁の応急処置をした。

太一の話によると、天ぷら油の火災の場合は、水をかけると炎が飛び散り、大やけどをする可能性があるそうだ。あのとき、もし水をかけていたらと思うと、震え上がった。

ここ数年、祖父はもの忘れをするようになり、時折、生活に支障をきたしていたそうだ。

まったく気付かなかったと言うと、美緒ちゃんにだけはきっと気付かれたくなかったのだと、裕子は寂し気に語った。

翌日の夜、部屋から出てこない祖父のもとに、美緒はローストチキンのホットサンドを運んだ。

丁寧に淹れたコーヒーと一緒に、祖父の書き物机にトレイを置く。

声をかけると、屏風の陰から祖父が出てきた。寝巻きにしている白い着物姿が仙人のようだ。

灰色の着物を羽織った祖父が書き物机に座り、何色のショールを作りたいのかとたずねた。

赤、と答えようとして、ためらう。昨夜の炎の色が目にまだ残っている。

「また今度でいいよ。おじいちゃん」

「聞いておきたい」

食べ物に手を伸ばさず、祖父が静かに言った。

「決めたのだろう。何色だ。色に託す願いは何だ？」

祖父の前に立ち、美緒は声を張る。

「赤です」

祖父が目を伏せた。ひるむ気持ちを抑え、美緒は言葉を続ける。

「託す願いは『強くなりたい』」

「美緒は決して弱くはない」

「でも……」

好きなものを好きと言える強さが欲しい――。

大きく息を吸って姿勢を正し、美緒は祖父の目を見つめる。

「おじいちゃん、染めを教えてください。新しいショールはすべて、自分の手で作ってみたい」

「どうして染めもしたいんだ？　きつい作業だ」

「見てみたい……今の自分が、どこまでやれるのか」

祖父が目を閉じた。

「お前のお祖母さんも昔、まったく同じことを言って、私のもとから去っていった」

わかった、と絞り出すような声で祖父が答えた。

「やってみなさい。ただし、お前は決して絶望するな」


三日後の朝、祖父と一緒に美緒は染め場に入った。

薬剤の飛び散りに強いという真新しいエプロンを付け、祖父の隣に並ぶ。

祖父が隅に置かれた大釜に目をやった。それは曾祖父の時代に使われていた釜だ。

ゴム長靴を履き、祖父がコンクリートの土間に下りていった。

「私が染めの見習いを始めたとき、父が言った。だいたい千回染めると感覚がつかめてくると。その通りだった。千回とは、土曜も日曜も休まず朝晩染めて三年近く。週に五日なら四年、週に三日なら七年弱だ。染めに限らず、どの道も一人前になるには時間がかかる。美緒……」

染料の薬品が入った戸棚の前に祖父が歩いていった。

「お前が千回の染めを迎える日まで、私は一緒にいてやれない。だから今、全力で教える」

「はい……先生」

祖父が怪訝《けげん》そうな顔で振り返った。

「ここにいるときは『先生』って呼びます」

そうか、と祖父が微笑んだが、すぐに表情を引き締めた。

「始めるぞ。色、音、匂い、熱、手の感覚、全部記憶に叩き込め。言葉だけじゃない。全身でつかみとるんだ」

汗取りの手ぬぐいを固く額に結び、美緒はうなずく。

遠い昔、祖父もこうして曾祖父から染めを教わったのだ。

木立の奥から蟬の声が響いてきた。

第五章　十月　職人の覚悟

山崎工藝舎では昔、染めは男の仕事、織りは女の仕事とはっきり決まっていた。

そのせいか時折、父にまかされ、母がホームスパンの色彩設計をすることはあっても、染色の作業は父が行っていた。

晩年の母が父のもとを離れ、花巻で工房を起《た》ち上げたのは、すべての工程を自分の手で行いたかったのだと思う。

父は芸術家気質だが、家業に関しては染織作家ではなく一職人であろうとした。逆に職人だった母は父のもとでものづくりをするうちに、手仕事の可能性を追う染織作家の道を志すようになったのだ。

最近、働くこととは何か、ものづくりとは何かについて考える。

それはそのまま父母の行き違いや、自分の今後の身の振り方にもつながっていく。そして考えはいつもまとまらない。

十月中旬の夕方、自宅近くの市役所に立ち寄り、広志は離婚届を手に入れた。最近はパソコンで各種の申請書類をダウンロードできるが、なぜか離婚に関しては、住んでいる町では対応していなかった。

そのかわり窓口が閉じていても、守衛室に行けば書類を受け取ることができる。訪れる人が多いのだろうか。離婚と口に出しただけで、すぐに用紙が入った封筒を渡された。

ステンカラーのコートを脱ぎ、広志は封筒とともに腕に抱える。薄手のものだが、コートを着るにはまだ早かった。

以前は真紀が毎朝、天気予報をチェックし、上に着るものや傘の準備について気を配ってくれた。美緒が父の家に行ってから、そうした気遣いがなくなったので、着るもののタイミングをよく間違える。

額ににじんできた汗を拭い、駅前を通りかかると、花屋の店先で足が止まった。ピンクのコスモスの隣に、実家にあるものと似たガラスの花瓶が売られていた。たくさんの試験管を連ねたような形が面白かったので、よく覚えている。

真紀が花瓶を探していたことを思い出し、その品を手にした。思ったより安かったので、買うことにした。五百円のコスモスのブーケと一緒に会計をしてもらうと、今度は赤いバラが目に入ってきた。

八月に、勤務先の各部門が解体され、売却されることが正式に決まった。

所属している家電部門はアジアの企業へ売却されるらしい。

その話を聞いた夜、美緒が作るショールの色が、赤に決まったと父から聞いた。

初宮参りのあのショールと同じものを、染めも紡ぎも織りも美緒が一人で行うのだという。

太一の話によると、父は年明けに決まっていた高齢者向け施設への入居をキャンセルし、憑かれたように美緒に染めの技術を教えているそうだ。

今年は十一月いっぱいまで滝沢の家で美緒に染めを教え、そのあとは例年通り、鉈屋町のショウルームの二階に移り、春まで暮らすという。

美緒が望むのなら、どこまでも指導を続ける構えだ。

美緒も父の指導を熱心に受け、めきめきと力を付けているらしい。出席日数が足りず、高校は留年が決まったが、「別にいいんじゃない?」と太一は軽やかに言っていた。高校の勉強を教えられる先生はたくさんいるが、「紘治郎先生の仕事」を教えられるのは本人だけ。体力的に、もう時間は限られているという。

それでも見習いの腕では、できることに限りがある。父が買い付けた最上級の羊毛が、大量の赤い稚拙《ちせつ》な糸になっていくのだと思うと心が痛んだ。

先週、いよいよその美緒の糸が紡ぎ上がった。これから機にかける作業をするのだという。

再び時期を同じくして、今度は上長から呼び出された。来年の春から海外勤務の可能性があるらしい。場合によっては、営業や工場への配置転換も行われるそうだ。「場合によっては」とは、どういう場合かと聞いたが明確な返事はない。遠回しの退職勧告だ。

会社はこれまでに二度の早期退職者の募集を行っており、今回から退職金の上乗せはない。転職先を探そうにも、先に退職した人々で席はすでに埋まっている。

「お客様、これを」

ほがらかな店員の声に、広志は我に返る。

目の前のバラの束から店員が一輪を抜き取った。

「よかったら一本お持ちください」

「いや、いいよ。そんな……」

一本で三百九十円もすることに驚き、あわてて広志は手を横に振る。

店員が手早くラッピングしたバラを花瓶の袋に入れた。

「これ、すっかり開ききってるんで、サービスします。香りがいいんです。短く切って、この花瓶に挿してやってください」

笑顔で袋に入れられ、断りきれずに店を出た。紙袋をのぞくと、たしかに桃のような瑞々しい芳香がバラから広がっている。

離婚届の封筒をその紙袋に入れると、今度は顔に汗が噴き出してきた。

ハンカチで汗を押さえたが、そのハンカチもここ数日、ポケットに入れたままのものだ。

家に近づくにつれ汗の量は増え、ハンカチは湿っていく。かすかな匂いに嫌気が差したとき、家に着いた。

家に帰ると、真紀の部屋から廊下にあかりが洩れていた。

「ただいま、帰ったよ」

ドアから真紀が顔をのぞかせた。黒いヘアバンドで髪を上げ、うっすらと顔に汗をかいている。

八月に長い休暇をとった真紀は最初のうちはずっとベッドで伏せっていた。しかし、九月に入って職場に復帰すると、少しずつ家を片付け始めた。それは十月になった今も続き、家中の古くなったものや、使われなくなったものがまとめられ、隔週に一度、不燃ゴミとして出されている。

そのゴミを見るたび、これまでの家族の歴史を捨てられているようでつらくなった。それでも台所やリビングがすっきりと片付くと、家の居心地は格段と良くなった。

おかえり、と言った真紀が、トレーナーの袖で鼻の頭の汗を拭いている。

「今夜は少し蒸すね」

真紀の背後に段ボール箱が二つ積まれていた。そのまわりには衣類と絵本が置かれている。

「また、何か捨てるの？」

「これは美緒に送るもの。今、詰めてたところ」

真紀が振り返り、段ボールを見た。

「昨日、お義父さんから私にお手紙が来たんだけど、岩手のほうはもう冷えるんだって」

「何か言ってきた？」

「特に何も。近況報告みたいなもの。入る？」

真紀がドアを大きく開けた。

森のなかにいるような清々しい香りがする。本棚の上に置かれたルームフレグランスからだ。

真紀が段ボール箱の脇にかがんだ。

「美緒のショール作りが佳境に入ったっていうお手紙だった。それから今度、東京に用があるから、できればそのときに美緒を連れて上京するって。その話、聞いてる？」

「こっちに来るって話は初めて聞いた……これ、二つとも美緒に送るの？」

「暖かい服はかさばるから」

真紀が白いダウンジャケットを畳むと、箱のなかに入れた。

「ほとんど服ばっかり。あとはお菓子と本かな。入れるものがあったら、一緒に送るけど」

「特にないけど。本って参考書とか？」

「違うよ、どうぞ入って」

真紀の部屋に入ると、ロフトベッドと呼ばれる背の高いパイプ家具が目に入ってきた。二段ベッドの二階部分だけがあるベッドで、下の空間には勉強机やソファ、クローゼットなどが自由に設置できる。学生や独身者向けのシステム家具だ。

真紀はこのベッドとオーディオラックを通販で買い、組み立てのサービスも頼んだのだが、そのスタッフの手際がたいそう悪かった。見かねて組み立てを手伝ってやると、真紀に感謝され、それから他愛ない会話が増えてきた。しかし、この部屋に入ったのはその組み立てのとき以来だ。

「このベッド、どう？　グラグラしてない？」

「大丈夫。おかげさまでしっかりしてる」

白いパイプベッドの下にあるのは、同じ素材の細長いデスクだ。その上にはお洒落な電気スタンドや本、茶器を載せた盆が置かれている。

妻というより、知人の女性の部屋に招かれた気分がした。

自分と同じく真紀も、数年ぶりに得た個室を楽しんでいる。

デスクの前の椅子から、真紀がオレンジ色の薄いクッションを外した。

「これ敷いて。床固いから。楽な格好に着替えてくる？」

「いや、いいよ」

ポットに入ったお茶を、真紀がカップに注いでいる。

「そこの本棚に入ってるテーブル、広げてくれる？」

小型の折りたたみのテーブルを、広志は床に広げる。その上に真紀がお茶を置いた。

「なんだ、これ。ずいぶん背の低い机だね」

「ベッドテーブルっていうの？　ベッドでお茶を飲んだり、書き物ができるっていうテーブルなんだけど、上まで持っていくのが面倒で結局、床置きしてる」

ほうじ茶を飲み、室内を見回した。物置にしていた頃、遮光《しゃこう》カーテンをかけていた窓には、繊細な刺繍が入った白いカーテンがかかっている。結婚が決まったときに真紀の家に招かれ、彼女の部屋に入ったときもこんなカーテンがかかっていた。

アルバイト先の進学塾で数学を教えていたとき、英語を担当していたのが都内の女子大学に通う真紀だった。最初は交流がなかったが、突然、降りだした雨に、ロッカーに置いていた傘を貸したのがきっかけで話をするようになった。

どこにでもある安いビニール傘だったのに、どうして真紀が自分のような男に興味を持ったのかわからない。取り柄といえば、通っていた大学が理系の世界では名が通っていたことだけだ。

桃のような香りがふわりと鼻をくすぐった。

「そうだ、これ。花瓶を探してただろ」

盛岡から東京に帰る際、美緒が作った花瓶敷きと紡いだ糸の一部を、父は真紀に渡していた。せっかくだから花瓶敷きがよく見えるように、ガラスの器を置きたいと真紀は言っていた。

紙袋から花瓶の箱とコスモスのミニブーケを出し、広志は床に置く。続いて赤いバラを一輪手渡すと、真紀は一瞬、驚いた顔をした。しかしすぐに微笑み、花に顔を寄せた。

「ありがとう、いい香り……なんでもない日に花をもらうのって初めて」

「そうだっけか。花瓶も見なよ」

真紀が箱を開けると、三本の試験管がつながった花瓶が出てきた。

「あっ、おしゃれ。フランスの花瓶っぽい」

「実家にあったのと似てたから」

「たしかに似てる。でもね」

真紀が花瓶を床に置くと、立ち上がった。

「美緒が初めて作った物だと思うと、使うより飾っておきたくなって。それなら、写真みたいに額に入れたらどうかって母が言ったの。それでこれ……まだ途中なんだけど」

真紀が白いフレームの額を差し出した。淡い水色の台紙の四隅にはリボン結びをした白い糸が飾られている。

太さが安定していないその糸は、美緒が初めて紡いだ糸だ。

「へえ、額に入れると、記念品って感じがするな」

「まんなかには花瓶敷きを入れようと思って」

どこに飾ろうか、と言いながら、真紀が花瓶と額を交互に見た。花瓶が気に入ったのか、頬がほんのりと上気して、声が弾んでいる。

「この額、大きさを違えて三つ作ったの。ひとつはあなたの部屋に飾る？　それとも、まとめて玄関に飾ろうか」

「お義母さんのアイディアなら一つあげたら。美緒の記念品だよ。俺に遠慮しないで、前みたいに来てもらうといい」

「母も最近、コーラスの会が忙しいらしいから……。でも、ありがとう。今度、誘おうかな」

再び赤いバラを手にすると、真紀が香りをかいだ。

「岩手のお義父さんってお洒落ね。おうちの家具も照明も敷物も全部素敵だった。あれって民藝の家具をベースに、北欧やイギリスのものを加えてるのかな」

「俺にはさっぱりわからんけど、昔からとにかく、こだわりが強い人で苦労した」

そのこだわりは、自分の仕事に向かう姿勢と同じだ。

自分も父と同じく、分野は違えど職人気質の人間だ。海外の、しかも畑違いの職場でやっていけるのだろうか。それを拒んで退職したとして、今の職種に近い仕事を再び得られるのだろうか。この不景気の折に。

そのうえ父は将来を見据えた施設の入所をキャンセルしている。もし介護が始まったとしたら、この先、自分と一緒にいても、真紀にとってメリットは何もない。

紙袋から市役所のロゴが入った封筒を出し、広志は床に置く。

バラに顔を寄せていた真紀が不思議そうな顔をした。

「何？　それ」

「俺たちのこと……美緒の先行きが決まってからと思ったんだけど」

花を持った手を膝に置き、床の封筒を真紀が見た。

「会社の売却の話、この間少ししただろ。まだわからないけど、俺もこの先、アジアのどこかに行くかもしれない」

「日本に残る場合もあるでしょう？」

どうだろう、と答えた瞬間、自分の先行きの不安定さが怖くなってきた。

「その場合も配置転換があるかもしれないし、海外勤務の場合も、今とはまったく違う職種みたいで。早い話が辞めろと言われているわけだ。……だから、これを渡しとく。美緒の親権や養育費や家のローンのことは、退職金の額が出てから相談させてほしい」

身じろぎもせずに、市役所の封筒を真紀は見つめている。頬の赤みが薄れ、みるみるうちに表情が抜け落ちていった。

「俺の父親は……そう遠くない将来、介護が始まるよ。美緒の身の振り方によっては、郷里に帰る生き方もあるって考えたりもする。会社に残るにせよ、別の生き方を選ぶにせよ、今までと同じ暮らしはもうできない」

真紀がバラを床に置いた。封筒を開けて離婚届を見ている。

「あなたの名前は？」

「真紀が書いてくれたら、俺が届けを出すよ」

「ずるい……」

唇の隙間から洩れるような声で、真紀が言った。

「先に、あなたが名前を書いて渡してよ」

「ごめん、本当にずるい、卑怯だよな。でも、ごめん。俺……書く勇気がない。真紀の幸せを考えれば、別れるべきだとわかってるけど」

会社が消滅し、家庭も壊れようとしている。

それなりに頑張ってきたつもりなのに。

どうして何もかも、自分の手からこぼれ落ちていくのだろう。

「最近なんだか俺、まともに判断がくだせない。疲れて……。真紀も、夏にそう言ってたな。わかるよ。俺も、本当に疲れた」

花瓶の隣に、真紀が離婚届を置いた。互いの間に置かれた緑の文字の紙をじっと見つめている。

「二十年近く夫婦やってきて、互いの結論が『疲れた』って。私たち、何やってきたんだろう」

「ごめん……」

「あやまらないでよ。私が悪者みたい」

美緒の糸を納めた額を手に取り、真紀がうつむいた。

「赤いバラを一輪贈る意味、あなた知ってる？」

「知らない。本数に何か意味でもあるの？」

膝に置いた美緒の額に、真紀の涙が落ちた。

床に置かれたバラから、艶やかな香りが立ちのぼってきた。


自転車で走ったとき、頬に当たる風が冷えてきた。スピードを上げすぎると、ほんの少し耳が痛い。

気温が低くなるにつれ、空気は冴え冴えと澄み渡っていった。山やビルの輪郭がくっきりと明確になり、街の色が際立って見える。

糸紡ぎを依頼していた山崎工藝舎のＯＧから、マフラーを織る糸を受け取り、美緒は岩手県庁の前を走る。

首に巻いた水色のネックウォーマーを口元まで引き上げると、頬がほんのり温まった。

裁判所や県庁が並ぶ中央通りは四車線の大通りで、見上げるほどに大きな栃《トチ》の並木が続いている。豊かに広がった枝は歩道に影を作り、耳をすませば葉音が聞こえる道だ。

十月の終わりを迎え、その栃の木の葉は金褐色に色づき、たいそう華やかだ。

自転車から降り、美緒はポケットからピンク色の小さな羊のマスコットを取り出す。

工房で見習いを始めた頃、太一が机にこっそりと置いてくれたニードルワークの羊は、一匹、二匹と数が増えるたびに、月の英語名にちなんだ名前をつけていた。五匹目は、五月にちなんでメイという名前だったが、八月に橋の欄干から川に落ちてしまった。六匹目のこの羊は太一に作り方を教わり、自分で染めた羊毛でこしらえた。ピンク色のボディにペパーミントグリーンの顔と手脚を持つカラフルな羊だ。六匹目なのでジューンという名前を付けるつもりが、太一が「メイさん六号」と呼び出し、そのまま定着してしまった。

そのメイさん六号と一緒に、盛岡市内の風景や食べ物を写真に撮ってコメントを付け、太一の「盛岡いいところマップ」に載せたところ、太一の友だちの間で人気を呼んだ。そこで先月から山崎工藝舎のフェイスブックに「今日のメイさん」というタイトルで日々の記録をあげている。英語に翻訳されたものも一緒に掲載しているので、最近は海外からの書き込みも増え、ホームスパンについての問いあわせも来ているようだ。

山崎工藝舎の宣伝に役立っているのはうれしいが、作り方を教わって以来、新しい羊が現れなくなったのは少し寂しい。

左手でピンクの羊を持ち、右手でスマホのカメラを操作して、美緒は何度も栃の並木を撮る。狙いどおりの角度で撮れたので、再び、自転車に戻ってペダルを漕ぐ。

中津川にかかる与の字橋を渡ったとき、橋の中央で川を眺めている人を見かけた。下流を見ると、中の橋からも二、三人の人が同じように川を眺めている。

中津川に鮭が遡上を始めたのだ。

自転車から降り、美緒も水面に目を凝らす。

透明な水のなかで、三十センチほどの鮭が寄り添うようにして二匹いた。上流に向けた頭は静止しているが、尾だけがゆらゆらと左右に揺れている。

再びポケットからピンク色の羊を出し、写真を撮ろうとして手を止めた。

川岸近くの流れのよどみに鮭が一匹、腹を上に向けて浮いている。

こちらは死骸だ。

スマホを持った手をおろし、水面に浮かんだ鮭の白い腹を見つめた。

二学期になっても東京に戻らず、一度も登校しなかったことで、高校は留年が決まった。

大学で浪人する人もいるのだから、あまり気にするなと電話で父は言った。

父と電話を替わった母は「仕方ないよね」とつぶやいたあと、身体に気を付けるようにとおざなりに言い、すぐに通話を終えた。

その翌週、母から大きな段ボール箱が二つ届いた。

ひとつを開けるとダウンジャケットとセーターが入っていた。もうひとつの箱の伝票にも衣類と書いてあったので、寒くなってきたら開けようと思い、部屋の隅に積んでおいた。

荷物が届いたことをＬＩＮＥで連絡すると、母からの返信は素っ気なかった。

今度こそあきれて、見捨てられたのだと思った。

ところが昨日、急に気温が下がったので、初めて二つ目の段ボール箱を開けてみた。

すると一番上に、水色のリボンで飾られた白い包みがある。

開けてみると、真っ赤なドレンチェリーと、白い砂糖衣で飾られたパウンドケーキが入っていた。箱に入れたままだったので、砂糖衣には黒いカビが生えている。

ケーキの下には「イギリスのお話はおいしい。」というタイトルの本が入っていた。

「ナルニア国ものがたり」などの児童文学に出てくる料理を再現した写真と、そのレシピが掲載された雑誌サイズの本だ。

ページをめくったとたん、写真に惹きつけられた。

野外を思わせる明るい光のなか、洒落たストライプやチェックの布がかかったテーブルに料理やお菓子が載せられ、花やカトラリーとともに撮影されている。使われている皿やグラスも愛らしく、イギリスの美しい庭でお茶を楽しんでいる気分になった。

ベッドに腹這いになってさっそく読み始めたとき、本に付箋が付いていることに気が付いた。

広げてみると「ナルニア国ものがたり」に出てくるお菓子のページだ。

あっ、と声が出た。

タムナスという半獣半人の男が、主人公の一人をお茶に招いたシーンの挿絵がある。

白い砂糖衣とチェリーで飾られていた母のケーキは、その挿絵の「砂糖をかけたお菓子」を再現したレシピのものだ。

母のメモはいつも走り書きなのに、付箋にある「作ってみました」という文字は一文字ずつ丁寧に書かれていた。その文字と、ゴミ箱に捨てたケーキを思い出すと、いたたまれなくなる。

それなのに明日から五日間、祖父の手伝いで東京に行く。

一日目は祖父と一緒に東京の家に帰り、両親と今後のことを話し合う予定だ。

祖父は毎年、雪が積もる時期は鉈屋町のショウルームの二階で暮らしてきた。

今年は来月、十一月後半に移動する。もし、見習いの仕事を続けるのなら、住まいはなんとかするから、進路は好きに選べと言われている。

東京の高校に戻るか。他校に転校するか。

転校するなら、東京の学校か、盛岡の学校か。

母から送られてきた箱のなかには、通信制の高校のパンフレットもあった。

学校に行けと言われると、反発したくなる。それなのに、好きに選べと言われると、今度は何を選べばいいのかわからなくなった。

中津川を見つめると、二匹の鮭が寄り添いながら上流に向かっていった。

橋の欄干から手を離し、美緒は再び自転車で走り出す。

与の字橋を渡り、顔を上げると、紺屋町《こんやちょう》番屋の火の見櫓が目に入ってきた。

屋根の赤い色を見て、少し気が晴れる。

夏からずっと取り組んできた赤いショールの糸が、とうとう機に掛かった。

ショウルームに戻ると、玄関の土間に祖父の靴が置いてあった。その隣に六足の革靴と黒いパンプスが一足並んでいる。

東京のテーラーにおさめるジャケットの布を見に、今日は祖父もこのショウルームに来ている。しかし、こんなに大勢の客が来るという話は聞いていない。

マフラーや花瓶敷きを織る体験教室の客なら、土間から上がってすぐの「見世」と呼ばれる十畳ほどの場所で小さな織機を使っている。しかし、そこには誰もいない。

足音をしのばせて、「見世」の先にある、吹き抜けの大部屋「常居」をのぞく。

天窓からの光がスポットライトのように、明るく畳を照らしている。ここにも人はいない。

「常居」を取り囲むように設けられた二階の部屋から、人々の足音がした。客たちは二階にいるようだ。

誰もいない常居に入り、隅に置かれた機に美緒は触れる。祖父の家で練習用の布を織っていた機だ。大判のショールを織るにあたり、裕子の指導を受けるために、軽トラックでここまで運んできた。

機の前に座り、真っ赤な経糸が整然と並ぶ様子を眺める。

早く織りたい。こうして糸が掛かった状態を見ているだけでも、気持ちが高鳴る。

ゆるみなく掛け渡した経糸にそっと触れると、二階から大きな笑い声がした。

その声に我に返り、美緒は機から立ち上がる。

今日は裕子から、糸を紡ぐ前の下準備を頼まれていた。

裕子と祖父は奥の座敷で打ち合わせ中だ。それが終わる頃には、裕子が作業に取りかかれるようにしておきたい。

滑らかな布を膝に敷き、色とりどりの羊毛を美緒は傍に置く。

色彩設計書に沿って、必要な色数の羊毛を染めたあとは、そのすべてを集めて「カーディング」という処理が行われる。糸を紡ぎやすくするために、羊毛の繊維の方向をそろえる作業だ。

昔は「カード」と呼ばれる梳《す》き櫛《ぐし》で少量ずつ手作業で行われていたが、現代ではドラムカーダーという機械を使う。その機械にかけやすいように、染めた羊毛のかたまりをほぐすのが今日の仕事だ。

さっそく作業にとりかかったが、ほぐし始めてすぐに、手が止まった。

自分が染めたものと感触がずいぶん違う。染めが上手だと、毛が絡まず、ほぐす作業が楽だ。

このレベルに到達するまで、あと何回染めればいいのだろう？

頭上から足音がして、男の声が降ってきた。

「おっ！　あの子が羊ちゃん？」

「おーい、イチ。あの子がメイさん六号？」

どやどやと足音がして、紺色のスーツを着た若い男が数人、目の前に立った。顔立ちは高校生のように見えるが、着ているスーツは制服とは違う。

「こらこら、お前ら取り囲むな」

不機嫌そうな声がして、太一と二人の男たちが階段を降りてきた。

彼らも暗い色合いのスーツを着ているが、大柄なせいか、高校生には見えない。しかし、社会人にも見えないのが不思議だ。

男子に続いて、紺色のスーツを着た女子が二階から降りてきた。朱赤の口紅が似合う人だ。

一階に降りてきた女子が、太一の背中を勢いよく叩いた。

「イッちゃん、最近付き合い悪いと思ったら、こんな可愛い彼女がいたんだ」

そんなんじゃないよ、と言いながら、太一が背中を軽くさする。

「妹みたいなもんだ」

「イチの妹だったらこんなに可愛くないって」

「それ、なにげにうちの父ちゃんと母ちゃんもディスってるからね」

みんなが笑うと、静かな常居に楽しげな声が響いた。

眼鏡をかけた男が目の前にかがみ、羊毛に手を伸ばした。

「ふわふわしてきれいだね。なんでこんなに色がいっぱいあるの？」

「えっ、あの……」

目の前にかがんだ太一の友人を美緒は見つめる。声も表情も優しげな人だ。

「こらこら、何、二人で熱く見つめ合ってんだ。どさくさにまぎれて、うちのコに手を出すな」

太一が友人の両脇に手を入れ、強引に立ち上がらせた。

「答えはな、この色、全部合わせると紺になんの。わかった？」

「わかったわかった、抜け駆けしないから紹介して」

「太一さん……あの」

お茶を出そうと思い、美緒は立ち上がる。その瞬間、「わあお！」と華やかな女子が声を上げた。

「太一さんって呼ばれてるんだ。あまーい。砂糖吐きそう」

「変なモン吐くな。はよ、帰れ」

太一が追い払うように手を振った。

女子が笑いながら玄関に歩いていき、ぞろぞろと男子が続いた。

「またね、イッちゃん。じゃあ、いつものところで」

「お先に行ってます」

おお、と太一がぞんざいに答えて手を振る。全員が出ていくと、ネクタイをゆるめながら、台所に歩いていった。

「ああ、苦しい。こんなの毎日締めるなんてイヤすぎる」

冷蔵庫を開ける音がして、続いて水を使う音がした。

その音を聞きながら、女子の言葉を思い出した。

太一の付き合いが最近悪いと彼女は言っていた。その理由は祖父の染めの指導に立ち会っているからだ。

祖父が染めを教えるのは見習いの仕事が休みの月曜と水曜の夕方、そして土曜日の午後だ。

太一はいつもその時間に合わせて食料や日用品を車で運んできて、祖父の実技指導を動画におさめ、ときには重要なところを解説してくれる。祖父の説明だけではわかりづらいところも、太一が解説してくれると、羊毛に色が入るように頭にしみこんでいく。

毎回、指導に立ち会ってくれるのは、動画と連動させたマニュアルを作るためだと太一は言っている。しかし、それは表向きの理由で、祖父の健康状態と腕力がない生徒の自分を心配してのことだというのは明らかだ。

染めと織りの勉強を続けてみたい。

しかし祖父や太一に特別扱いされているこの状態が、母の言う「女を武器にして」ということなのだろうか。

その言葉を思い出すと、どう動けばいいのかわからなくなる。

「おーい、一服しよう」

台所でジャケットを脱いだのか、白いシャツ姿の太一が出てきた。

手にした盆にはコーヒーのサーバーとカップ、ホールサイズのチーズケーキが載っている。

「お菓子があるよ、小岩井農場の詰め合わせ。食うだろ？」

「ありがとうございます……。裕子先生とおじいちゃんは？」

「先に食べてろだって」

コーヒーのふくよかな香りに美緒は立ち上がり、座卓を出す。

台所に戻っていった太一がミルクや砂糖、取り皿などを持ってきた。

「ごめんな、さっきはびっくりしただろ」

「大学の人？」

「サークルの同期と後輩」

かしこまって話さなくてもいいと太一が言ったので、最近は敬語をあまり使わないようにしている。でも、どこまで言葉を崩していいのか、わからない。敬語を使っていたほうが実は楽だ。

太一がコーヒーをカップに注いでいる。

「さっきの女子が、フェイスブックの翻訳を監修してくれてる子」

「英語、得意なんだ」

「中学まで海外で育った子だから」

袖からちらりとのぞく手首に、黒い文字盤の時計がはまっている。がっしりとした手首に無骨《ぶこつ》な時計は合うが、見知らぬ人のようだ。

「ほれ、コーヒーだよ。羊ッコ」

「美緒です。羊って呼ばないでください」

太一がくすっと笑うと、カップを目の前に置いた。

「はい、美緒ちゃん、コーヒー」

自分で望んだくせに、太一にそう呼ばれると、急に落ち着かなくなった。

「あの、やっぱり……羊でいいです」

「面倒臭いなあ、ほれ、ヒーコ、ヒーちゃん、コーヒー飲め」

「面倒臭いって……」

太一が笑うと、ショウルームの奥の座敷に目をやった。

「それにしても珍しいな。先生、明日から東京だって？　あそこの納品はいつも配送
……ああ、そうか」

太一がまじまじと見ると、うなずいた。

「そうだよな。一旦、東京の家に帰るわけだ」

黙ってうなずき、コーヒーに角砂糖とミルクを入れる。この町に来て、コーヒーのおいしさを知ったが、ミルクは多めに入れるのが好きだ。

「何、暗い顔してんだ。ほれ、大きいのをやる」

太一がホールのチーズケーキを切り分け、一番大きなものを皿に載せた。

ポケットから羊のマスコットを出し、美緒は皿のふちに置く。

「おっ、メイさんタイムね。『今日のメイさん』はこれ？　コメント書いたら送って」

ピンクの羊とチーズケーキの写真を撮り、美緒はすぐにコメントを付ける。

「太一さん、送りました」

「早っ」

太一がスマホを出してコメントを確認した。

「えーっと、『今日のおやつはご近所の小岩井農場のチーズケーキ』ね。うーん、あそこは雫石《しずくいし》だけど、まあ、近所って言えば近所か。『小岩井農場、北海道だと思ってました……』。こら、岩手だよ、隣の町だよ。そりゃご近所だ」

「この間気付いた」

「もっと早くに気付いてやって！」

太一が英文に翻訳して、フェイスブックに投稿した。すぐに父から「いいね！」が付いた。

「父が『いいね』って」

「広志さんはちゃんと仕事してんのかな」

最近は「今日のメイさん」の投稿が近況報告になっており、父は頻繁に山崎工藝舎のフェイスブックを見ている。母も見ていると父は言っていたが、何の痕跡も残さない。

明日は家に帰り、母と顔を合わせなければいけない。沈んだ気持ちでレアチーズケーキを食べる。クリーミーなチーズの味が、甘い淡雪のようにふわりと口のなかで溶けていった。

太一がフェイスブックの過去の投稿を見ている。

「コチニールのあの布をクッションにした写真は反響がいいね。色がいいのか、クッションがいいのか、デザインなのか」

たぶん全部だと思いながら、美緒はコーヒーを飲む。

カーテン用に織ったピンクの布は、クッションのカバーにすることにした。その布だけでカバーを作るつもりだったが、太一に相談すると、オンラインショップで一緒に活動している友人とデザイン画を描いてくれた。濃いピンクの布に、黒地の花柄の布をあしらったクッションカバーだ。

可愛らしいピンクに少量の黒をアクセントに加えると、大人っぽくなった。しかも太一から渡されたサンプルの布は、黒地に水色の葉や白い小花、朱色の釣鐘草《つりがねそう》などが描き込まれた神秘的な模様だ。ウィリアム・モリスの「ブラックソーン」という柄らしい。カーテン用に織った布からは、このデザインのクッションが大小合わせて七個取れるという。デザイナーに一個、縫製者に一個、布代として一個を太一に譲れば、製作料は無料と聞き、喜んで依頼した。

一週間後、できあがったクッションの四隅には、デザイン画にはなかったピンクの房がついていた。タッセルと呼ばれるその房があることで、全体の印象がさらに洗練されている。

初めて作った布が、想像したこともない優美なクッションカバーになり、うっとりした。うれしくて、時間ができると眺めたり、なでたりしている。

太一も出来上がりに満足しており、フェイスブックに上げたその写真は、背景やメイさん六号の配置を二人で工夫しながら、ショウルームで撮影したものだ。

太一が感心したような顔でスマホを操作している。

「やっぱ、いいな。初めてつくったものが記念に残るって。ちなみにこのクッションのデザインは、さっきの眼鏡の奴の兄ちゃんな」

「太一さんの初めての布は、ソファカバーにしたんでしたっけ」

スマホから顔を上げると、太一が首をかしげた。

「あれか……今はどうなってるかな？　もうないだろうな。昔、つきあってたコにあげたから」

「その人は今……」

「大阪に引っ越したよ。遠恋って続かないね」

「返してもらえばよかったのに」

何も言わずに太一が笑う。子どもだな、と思っている顔だ。

かすかな苛立ちを感じながら、二杯目のコーヒーをカップに注ぐ。

二つ目のケーキを取ろうとすると、柱にもたれた太一が面白そうに眺めてきた。

「おっ、ブラックで飲むんだ、大人じゃん。でも、ケーキはガッツリ行くんだね。……『もう、うるさいなあ、太一さん』って？」

思っていたことを一語一句たがわず言い当てられ、手が止まった。

腕を組んだ太一が、背を丸めるようにして笑った。

「ついでに言うと、敬語を話してたほうが実は楽だろ？　俺もうっかりしてた。かしこまって話さなくていいって言われると、逆にどう話していいかわからなくなるよね」

心のなかをのぞかれたようで、太一の顔をまじまじと見た。

「どうして……」

「わかるのかって？」

太一が腕をほどくと、見つめ返してきた。

「人の視線が気に掛かるタイプだろ。怖いんだよね、人が。だから相手の顔色うかがう。で、がんばる。まわりにきらわれたくなくて。親を失望させたくないし」

かすかに震える手を握り、美緒は膝に置く。太一の大きな目に見透かされているようで怖い。

太一が目を伏せ、言葉を続けた。

「共感する力が強くて、相手のちょっとした表情から、自分へのネガティブな気持ちをすぐ拾う。で、また、がんばる。その場の空気を下げないために。積もり積もってパンクする。俺も子どもの頃、外に出られなくなった時期があって。自分がそうだったから、似てるんじゃないかと思うよ」

「でも、今は……」

「大丈夫だよ」

「どうして?」

「身体鍛えた。柔道やったよ」

太一が小声で言うと、コーヒーを少しだけ飲んだ。

「嫌われようが何されようが、知るか。いざとなったら締め落とす。そう思えるようになったら、人の顔色がそれほど気にならなくなった」

あまり参考にならないね、と太一が笑った。

太一にそんな時期があったのが意外で、その顔をじっと見つめる。

「嘘じゃないよ。そんなに見ないで、穴開きそう」

「……すみません」

「いや、いいけど。悪い気分じゃないし。鼻毛でも出てんじゃないかと、心配になっただけ」

太一が再び笑った。力のある大きな目がなごむのを見て、身体の緊張がゆるんできた。

ほっとして顔を上げると、天井にある窓から光が差していた。ガラスを通して見た青空に、真っ白な雲がにじんで見える。

水底から空を見上げているみたいだ。

クラムボンはかぷかぷわらったよ――

教科書で読んだ「やまなし」の一節が心に浮かんだ。

太一が不審そうに天井を見上げた。

「何？　ネズミでもいる？」

「雲がにじんで見えて。川底にいるみたい」

「昔のガラスだからさ。手吹きガラスは厚みが均等じゃないから」

天井を見上げる太一の顔にも柔らかな光が降り注いでいる。

光の源を追い、美緒も再び天井を見上げる。

「『クラムボンはかぷかぷわらったよ』って思い出しました」

「俺たち、二匹の蟹の子か」

天井を見ていた太一が首を元に戻した。

「盛岡には喫茶店がいっぱいあるけど、紘治郎先生は仕事のことを考えるときは本町通の『機屋《はたや》』。一人になりたいときは紺屋町の『クラムボン』に行くんだ。そのときは、見かけてもそっとしておく」

「太一さんもそんなお店があるの？」

「俺？　あるよ。ちなみに裕子先生は大通の『チロル』な。喧嘩したあとプイッと消えたら、たいていそこでチーズケーキを爆食いしてる」

太一が一人になる店はどこだろう。

裕子のおつかいの帰りに、櫻山神社の近くで太一を見かけたことがある。じゃじゃ麺の白龍がある道の、一本手前の路地に入っていったのでのぞいてみたが、太一の姿は幻のように消えていた。

「ところでさ、ケーキで釣るわけじゃないんだけど、相談があって」

太一がテーブルの上に赤いホームスパンの小袋を置いた。

「これ、新作。スマホを入れるポーチ。裏地が凝っててリバーシブル」

太一が袋を裏返すと、花模様の布が現れた。

濃紺の地に、向かい合う二羽の鳥と赤いイチゴ、複雑な葉の模様が繰り返し描かれている。クッションに使われていた「ブラックソーン」と、柄の雰囲気が似ている布だ。

「冬の間はホームスパン、春夏はコットンの裏地を表にして使うんだけど、これ、いくらなら買う？」

太一に赤い袋を差し出され、美緒は手にとって眺める。きれいだが、価格のことはわからない。そもそもスマホを入れる袋を使わない。

「わかんない。いくらなんですか」

「税込み価格で四千八百円」

「わあ、高っ！」

太一がうなだれた。

「あ、そう……かもね。でも、手間がかかってるし、縫製も凝ってるし、可愛くない？」

「うーん、でもやっぱ高い。せめて千二百円」

「千二百円？　刻んできたなあ。しかし高いって言われると切ないよ」

「何が切ないんだ？」

祖父が奥の座敷から常居に出てきた。そのあとに裕子も続いている。

「これの値付けに悩んでるところ」

太一が試作品の赤い袋を二人に振って見せた。

「スマホを入れる袋なんだけど四千八百円。やっぱり高い？　若い女子向けに作ったんだけど」

「美緒、これをしまっておいてくれ」

太一から試作品を受け取った祖父が、小脇に抱えた封筒を差し出した。

受け取った封筒を、美緒は階段簞笥《だんす》の引き出しにしまう。二階へ続く階段を利用したこの簞笥は、この工房の重要な書類を入れる場所だ。

祖父が試作品の裏地を眺めている。

「モリスの『いちご泥棒』か。これは美緒の世代より、もう少し上の世代のご婦人方に合いそうだ」

祖父が裕子に袋を渡す。裕子が縫い目を確認している。

「ものは悪くないけど、微妙な値段ではあるね。若い子向けならお手頃価格のファブリックのほうがいいんじゃないの？」

「モリスのデザイン、好きなんだよね」

祖父の隣に座り、美緒も「いちご泥棒」と呼ばれた柄を見る。

色調などが似ているこの柄は、やはりクッションに使われた布と同じメーカーのものなのだ。

難しい、とつぶやきながら、太一が裕子から試作品の袋を受け取った。

「単価があがると思ったけど、きれいなものを作りたくて。そのくせ、値段をつけるときモジモジするんだよな。こんな価格で、誰が買ってくれるんだろうかって。そんなに儲けをのせてるわけじゃない。ギリギリのところだけど。……でもホームスパンも似たようなところあるよね。どうしてシルクでもカシミヤでもない、ウールの布にその値段って」

まあな、と祖父が苦笑いをした。

「良いものを作れば売れるという時代ではないからな」

「じゃあ、どうしたらいい？」

「それを考えるのが、お前たちの世代の課題だ」

「丸投げしないでよ、俺たちに。ねえ、裕子先生」

「あんたこそ、こっちに投げてこないで。先生、お茶淹れてくる」

「私が……」

台所へ立とうとすると、先に立った裕子がひらひらと手を振った。

「いいの、いいの。現役女子高生の意見を太一に聞かせてやって」

現役の女子高生と言われて、気持ちが沈んだ。自分は今、高校生と言えるのだろうか。

再び腰を下ろしたが、祖父と太一の間の空気が重い。

座卓に置かれた試作品の袋に手を伸ばし、布地に触れてみる。

使われているホームスパンは、マフラーやショールの生地より、力強くてコシがある。

これは服地の端切れだ。

半分裏返して、今度はモリスの「いちご泥棒」を見る。

その名を聞いてから模様を見ると、モチーフになった草花や実、鳥たちの間に絵本のようなストーリーがあるように思えてしまう。「ブラックソーン」と同じく、どこか謎めいた色柄に惹かれ、美緒はじっと見つめる。

染め、紡ぎ、織り、色、そして模様の世界。

一枚の布のなかには、たくさんの世界が息づいている。

「ねえ、おじいちゃん……紘治郎先生」

染め場にいるときは「先生」と自然に呼べるが、ショウルームにいるときに祖父を先生と呼ぶのは照れてしまう。

なんだ？　と答えた祖父の声もぎこちない。

「美緒、染め場以外では先生と呼ばなくてもいい。お前の先生は裕子先生だ」

「じゃあ、おじいちゃん。モリスって人は、こういう柄を染めた人？」

「ウィリアム・モリスは英国の詩人だ。それから思想家、デザイナーでもある。壁紙、布、本、さまざまなデザインを残しているよ。うちに本がたくさんあるから読むといい」

「おすすめ教えて」

「心得た」

「先生、アーツ&クラフツ運動のことは？」

「説明してみろ」

太一が考えこんだ。

台所でぼやを出したとき、祖父はうずくまって「もう駄目だ」とつぶやいていた。あれから二ヶ月が過ぎたが、祖父は出会ったときと変わりなく、むしろ、前より威厳がある。

アーツ&クラフツ運動とは、と太一が話し始めた。

「そのモリスが提唱した運動で、一言で言うと、毎日使うものには美しいものを使おうぜってこと。そういうわけでスマホに美を、ってことでこの新作だよ」

「そうなんだ……」

太一の凜々《りり》しい眉毛が困ったように下がった。

「あれ？　なんかテンション下がってない？　それなら社会科教師の卵として、あふれる情熱と知識をさらに披露するけど」

「もういい、かな」

「そう言わずに聞いてやれ」

祖父が面白そうに笑っている。つられたように太一が笑い、空気がなごやかになった。

「イギリスのアーツ＆クラフツ運動の影響を受けて、日本でも大正時代に柳宗悦《やなぎむねよし》の民藝っていう運動がおきたわけだよ。岩手のホームスパンは、その民藝運動の人たちの指導で盛んになったという流れ」

「その民藝運動を短く説明するとどうなるんだ、太一先生や」

えっ？　と太一が困った声を上げた。

「難しいな……職人の手仕事の、自然で素朴な作品に美を見いだした運動？　どう？」

「まあそんなところだ」

自然で素朴な作品という言葉に、首に巻いたネックウォーマーに美緒は触れる。

風が冷たくなった日、室内でも身体を冷やしてはいけないと、祖父はこのネックウォーマーとピンク色の腹巻きをくれた。淡い水色は藍、ピンクは紅花で染めたものだという。

「ねえ、おじいちゃん。自然な手仕事だと、化学染料より植物で染めたほうがよくない？」

コーヒーを飲んでいた太一があわてた様子でカップを戻した。

「いや、うちの布は化学染料じゃないと、狙った色が染められないからさ」

「でも羊毛は自然のものでしょ、それを手仕事で布にするんだったら、染料も自然のもののほうがよくない？」

答えようとした祖父が言葉を止め、目を閉じた。

祖父にちらりと目をやった裕子が代わりに答えた。

「自然の染料は安定しないから……ねえ、先生」

祖父が軽く首を振ると、ゆっくりと立ち上がった。

「どうしたの、おじいちゃん？」

「明日の土産をもう少し買い足してくる」

「今から？　私が行くよ」

「遠いからいい」

先生、と裕子が祖父を引き留めた。

「それならあとで私か太一が車で行ってくるから」

「いいんだ、ほかにも寄るところがある」

祖父が足早に玄関に向かうと、靴を履いて出ていった。

引き戸が閉まったのを見てから、「ああ」と太一がつぶやいた。

「まずいな、ヒーちゃん、羊ッコ。今のは地雷を踏んだ」

「地雷？　おじいちゃんは怒ってたの？」

怒ってはいないよ、と裕子がとりなすように言う。

「だけど気まずい話題ではあるね。美緒ちゃん、夏じゅう使ってた麻のショールがあるでしょ。それから、そのネックウォーマーもカヨノヌノじゃない？」

「カヨノヌノって？」

タグを見てごらん、と言われて、ネックウォーマーをはずす。布のふちに縫いつけられたタグには「香葉の布」と書かれていた。

この名前はずっと「コウヨウ」と読むのだと思っていた。

「そのブランドは紘治郎先生と袂《たもと》を分かった香代先生が起ち上げたもの。別れた理由は美緒ちゃんがさっき言ったのと同じ。植物染料を使うか、化学染料を使うかの大喧嘩。香代先生はそれで工房を飛び出して、亡くなったから」

太一が裕子の服の袖を引いた。

「裕子先生、話を端折《はしょ》りすぎだよ。順を追って話さないと」

「何があったんですか？　おじいちゃんたち、そんなに仲が悪かったの」

裕子がため息をついた。

「うまく説明できないな。あの二人のことは」

祖母の話をすると、誰もが言葉をにごす。

水色のネックウォーマーを美緒は再び首に付ける。

祖母がつくった「香葉の布」は、ホームスパンのショールと同じ、やさしい付け心地がした。


祖父が出かけた三十分後、太一は出かけていった。それから一時間ほど経過したが、祖父は戻ってこない。ＬＩＮＥで祖父に連絡すると、紺屋町のクラムボンで休んでいるところだという。

心配した裕子と一緒に店へ迎えにいくと、祖父は入口に背を向け、四人掛けの席に座っていた。

「うわ、これは大変だ」

店をのぞいた裕子が急ぎ足で、向かいのパーキングに停めた車へ戻っていった。

「裕子先生、待って待って！」

「美緒ちゃん、ひとまず撤退。紘治郎先生、すごくどんよりしてるから」

裕子が運転席に乗り込んだ。店を振り返りながら、美緒も助手席に座る。

「置いてっていいんでしょうか。なんか寂しそう」

「紘治郎先生、ああなると面倒臭いのよ。煙草ぷかぷか吸うし、やたら落ち込むし」

「私のせいかな。私が変なこと聞いたから」

裕子が首をのばし、店の方角を見た。

「というより、今、やってる仕事で先生は引退するのね。だから心に来るものがあるんだと思う。今回東京へ行くのもそのご挨拶回りと、友だちのお墓参りが目的だし」

「自家焙煎《ばいせん》コーヒー屋」と書かれた店の看板を美緒は眺める。

焙煎の煙を逃すためだろうか。二階の屋根の上まで長く伸びた銀色のダクトが、秋の日を浴びて静かに光っている。

「でも、せっかく来たし。私、声をかけてきます」

「あの様子じゃ、まだ帰らないと思うな。でも、たしかに一人にしておくのも不安だね。よし、じゃあ行ってきて」

まかせた！　と裕子に力強く言われ、美緒は車を降りる。

店に入ると、豊かなコーヒー豆の香りに包まれた。その香りをゆったりと吸ってから、祖父に声をかける。

振り向いた祖父が怪訝な顔をした。

「おじいちゃん、裕子先生と迎えにきた。先生が車で待ってる」

「帰りたくなったら好きに帰る。放っておいてくれ」

「おじいちゃん、まだ寄るところ、あるの？」

黙って立ち上がると、祖父は会計を頼んだ。

その間に外へ出て、祖父はまだ用事があるようだとＬＩＮＥで裕子に伝える。

パーキングから裕子の軽自動車が出てきた。店の前に停まると、運転席の窓が開いた。

「美緒ちゃん、それなら私も近くでお茶してる。帰るとき電話して。滝沢の家まで送るから」

「私、まだやりかけの作業が……」

「急ぎじゃないからいいよ。まずは先生のことよろしく」

「えっ、でも……」

まかせた！　と再び言うと、裕子は車を走らせていった。

背後から祖父の声がした。

「裕子は行ったのか」

「帰るときに電話してって。おじいちゃんはどこに行くの？」

「いい秋空だ」

空を見上げた祖父が、ゆっくりと歩き始めた。

「川べりをぶらぶら歩いてくる」

一緒に行ってもいいのだろうか。

迷っていると、菊の司酒造の土蔵の前で、祖父が振り返った。

「一緒に行くか？」

「行ってもいいの？」

祖父がうなずいた。なぜかうれしくなって、祖父の隣に小走りで並ぶ。

「おじいちゃんのお気に入りは、いい香りがするね」

お気に入り？　と祖父が聞き返した。

「一人になるお店。裕子先生のお店はチロルで、太一さんもそんなお店があるって」

「身内だけで仕事をしていると、プライベートも仕事も常に一緒だからな。たまに一人で息抜きしたくなるんだ」

紺屋町番屋の赤い屋根の火の見櫓と、白沢せんべい店が見えてきた。

ショウルームがある鉈屋町の番屋は渋みのある古武士のような佇《たたず》まいだが、紺屋町の番屋は洋館風で、おしゃれなお嬢様のようだ。淡い水色にも白にも灰色にも見える壁に、ロマンチックな白い木枠の窓と赤い屋根がついている。

火の見櫓の突端にある半鐘《はんしょう》を祖父が見上げた。

「美緒のお父さんもこの街に好きな店を持っていたぞ。広志もコーヒーが好きでな。盛岡の高校に通い始めると、ときおり機屋に来ていた」

「高校生なのに？」

「私があの店にいると、広志の分の会計もするからな」

「お父さん、ちゃっかりしてる」

「でも、なかなかいいものだった。いっぱしの男みたいな顔をして、コーヒーを飲んでいる息子を見るのは」

祖父が小さく笑うと、番屋の角を曲がって道を渡り、与の字橋に向かった。

昼過ぎに自転車で通った道だが、歩いていると景色がゆっくりと流れていく。

橋を渡り始めた祖父が、対岸にある茶色のタイル貼りの建物を指差した。

「美緒にもひとつ、その『お気に入り』の候補をやろう。あの県民会館のあたりに美緒が好きそうな店がある。『ばら色のリンゴジュース』という飲みものがあるぞ」

「どんな色のジュース？　飲んでみたい」

「そう言うと思った。店の名前のヒントはポルトガル語のカードだ」

「カーディングの？」

「美緒もすっかりうちの子だな。梳くほうではなく、手紙のほうだ」

与の字橋の中央で、祖父が足を止めた。

「美緒、悪いが煙草を吸いたくなってきた。少し離れていなさい」

祖父から少し離れた風上に立ち、橋の欄干に美緒は手を置く。

ポケットから煙草を出し、大きな背を丸めて、祖父が火を付けた。

琥珀《こはく》のループタイに日差しが当たり、まろやかな紅茶色の光が揺れている。

織物や工芸品といった、さまざまなコレクションを祖父は人に譲ったが、鉱物だけは手元に置いていた。尊敬する先輩から譲られたものに、祖父が買い足していったという、宮沢賢治の作品に出てくる鉱物のコレクションだ。

祖父が集めたもののなかで、自分もそのコレクションが一番好きだ。

「水仙月の四日」を読み直していたとき、宮沢賢治は雪の斜面のことを「まばゆい雪花《せっか》石膏《せっこう》の板」にたとえていた。

その文を見て、雪花石膏という鉱物が気になった。

どんな石かと祖父にたずねると、すぐに白い石を見せてくれた。鉱物なのに、生物のような温もりを感じさせる、つややかな白い色だ。

それ以来、祖父の家にある宮沢賢治の作品を読むたびに、登場する鉱物の色をコレクションで確かめた。

心躍る紅宝玉《ルビー》の赤、青宝玉《サファイア》の神秘的な青。黄玉《トパーズ》の光。

名前からも色は想像できるが、実際に鉱物を見ると、描かれた風景にどれほど美しい色と光が満ちているか、よくわかる。

その鉱物の色の秘密を、祖父は金属元素の話を出して教えてくれた。しかし高校では化学を選択していなかったので、理解できるまでにずいぶん時間がかかった。鉱物の話だけではなく、薬品を用いての染めの作業は化学の実験に近い。理系の科目をあまり勉強していないせいで、ここでも祖父の言っていることが時折わからない。あとで教えてもらうが、ノートに書いてもすぐに忘れてしまう。

初めてきちんと勉強をしたくなった。

しかし、今の学校には戻りたくない。

澄んだ空気のなかに、ガラムという名の祖父の煙草が甘く香った。

「ねえ、おじいちゃん」

離れたところから「なんだ？」という声がした。

「学校のこと、どう思う？」

そうだな、と言って、祖父が煙を吐いた。

「どんな形でも、高校は卒業しておいたほうがいい」

「……そうだよね」

「高校を出ておけば、染織に興味があるのなら、その関連の大学で学ぶこともできる」

そんな大学があるとは知らなかった。

どこにあるのか聞こうとしたが、暗い顔で煙草を吸っている祖父が少し怖い。

「じゃあ、学校をやめるのやっぱり良くない……よね」

良くも悪くもない、と祖父の声がした。

「ただ、腹をくくるだけ。選んだ道でこの先何があろうとも、引き受ける覚悟を決めるだけ」

「それができなくて……困ってる。腹をくくる？　どうやって？　そんな勇気があったら悩まないよ」

「何を言っているのか」

祖父の苛立たしげな声を聞き、欄干に置いた手がわずかに震えた。

「おじいちゃん、怒ってる？」

怒ってない、と祖父が大きく煙草の煙を吐いた。

「私がぼやをだしたとき、あんなに度胸が据わっていたのに。勇気があるから、美緒は今、ここでこうしているんだ」

川面に目を落とすと、四匹の鮭が上流に頭を向けていた。

少しでも動きを休めたら、彼らはあっけなく川下に流されてしまう。強い水流に耐え、魚たちは渾身《こんしん》の力で川を上がっていく。

「でも、私、逃げてばっかだ。流されてばかり。留年だって、自分で決めたわけじゃない、時間切れでそうなったんだ。私……」

川岸に目をやる。昼過ぎに見た鮭の死骸がよどみに沈んでいた。

「あの鮭みたいだ。みんな、ちゃんと川を上っていくのに」

ポケットから革製の携帯灰皿を出すと、祖父が煙草を消した。

「あの鮭は流されたんじゃない。為すべきことを為して力尽きたんだ」

「じゃあ私と違うね」

祖父の声がいつになく冷ややかに感じられ、美緒は奥歯をかみしめる。

「私、力尽きるほど、為すべきことをしてない。染めたり織ったり、毎日夢中になってやってるけど、もしかしたら、学校のことから目をそらしたくて夢中になってたのかもしれない。……でも、だから……覚悟が決まらないのかな。駄目だ、明日、お母さんに会って、なんて言ったらいいんだろう」

「落ち着け。少し歩くか」

橋の中央から引き返すと、祖父は中津川に沿った小道に入っていった。黙って、あとに続く。

東北電力の建物を越えると、柳の木の陰から雑貨屋「ござ九《く》」の瓦屋根《かわらやね》と白い土塀が現れた。

長く続く土塀に沿って、柳の木が数本植えられている。

最初の柳の下で、祖父が立ち止まった。ポケットから藍色の薄い布を出し、首に巻いている。

「おじいちゃんのそれも『香葉の布』？」

ささやくような声で「そうだ」と祖父が答えた。

「さっき、ショウルームで私が言ったこと怒ってる？」

「怒ってはいない。植物染料も化学染料もそれぞれの良さがある。ただ……」

祖父が川に目をやった。午後の日差しを反射して、水面が金色にきらめいている。

「植物染料は色止めをしても色が褪せていく。特に直射日光に弱い。私たちが作るものは上着やコートといった、外で着るものだ。日差しで色が褪せては困る。だから化学染料を用いるんだ」

風が吹いてきた。手が冷えてきたのでポケットに入れると、羊のマスコットに指先が触れた。

羊の毛からつくるホームスパンは育っていく布だ。年を重ねるごとに糸から余分なものが抜け落ち、服にすれば、年々、着心地の良さが増していく。子どもや孫にも譲れるほど丈夫な布は、たしかに色のもちも大事だ。

「さっきは思いつきでフワッと言った。ごめんなさい」

「誰もが一度は思うことだ。美緒のお祖母ちゃんもそう思ったから、家を出ていったんだ」

「だからって……出ていかなくても。そんなに、そんなに許せないもの？」

「見解の違いの差は、なかなか埋められないものだ」

中の橋が近づいてきた。この橋には花が盛り込まれたハンギングバスケットが手すりからいくつも吊り下げられている。

橋に飾られた花に祖父が目を向けた。

「自然が生み出すものには命という力がある。人間がつくるものには命がない。だからこそ職人は、自分がつくるものに命を吹き込むことを夢見る。私にとってそれは、つくった布が、着る人の身体を彩り、温め、守ること。いつまでも飽きられることなく、人とともに在り続けること」

祖父が首に巻いた藍色の布に触れた。

「しかし、香代は命を吹き込むのではなく、植物の命を布に写し取りたいのだと言った。命なきものに命を吹き込もうとする私の気持ち、つまり科学技術とは不遜《ふそん》な技だという。どちらもまったく譲らずに別れ、香代は一人で郷里に帰って工房を持った。納屋みたいな古家を借りて」

精神的にずいぶん参っていたらしい、と祖父がつぶやいた。

「でも私も同じだ。喪失感《そうしつ》が大きかった。それからしばらくして美緒が生まれた。あのショールを作るのをきっかけに、再び二人で話をしたり、食事をしたりするようになったんだ」

「糸みたいだね」

祖父を見上げると、不思議そうな顔をしている。

「初めて糸を紡いだとき太一さんに教えてもらった。『切れたって、つながる』」

柳が風に揺れている。肩に触れたしなやかな枝を、美緒は左右の手でそっとつかむ。

「右と左の糸を握手させて、よりをかければ必ずつながるって」

柳の枝を胸の前でつないでみせると、祖父が笑った。

「たしかにそう教えてきたな。私たちの糸によりをかけたのは、美緒の存在だったわけだ」

柳の向こうに、太一と訪れた「喫茶ふかくさ」が現れた。

夏の間は涼やかな緑の葉に包まれていたが、紅葉の季節を迎え、建物のまわりの草木はさまざまな秋の色に変わっている。

肩に落ちてきた黄色い葉を祖父がつまんだ。

「この分だと岩手公園もきれいだろうな。盛岡城の跡に行ったことはあるか?」

ない、と答えると、「それはいけない」と祖父が歩き出した。

「盛岡に来たら一度は行かなくては。特に十代の若者は」

「どうして？　二十代になったらだめなの？」

行けばわかる、と祖父は笑った。


盛岡城の跡地の公園には建物はないが、豪壮な石垣がたくさん残っていた。

迫力ある石の壁を背景に、赤や黄色に色づいた木々がどこまでも続いている。

城の二の丸へ続く坂の上から、美緒は来た道を振り返る。

「こんなに真っ赤な紅葉、初めて見た。黄色いのはよく見るけど」

「東京は銀杏《いちょう》の木が多いからな。ただ、黄色にしても赤にしても、紅葉は寒い場所のほうがきれいだ。冷たい空気が色を研ぎ澄ませるんだ」

「じゃあ、北海道とか東北で見るといいんだね」

「すなわち、ここだ」

ゆるやかな坂を右に曲がると、広場があった。色づいた木々の向こうに石碑が建っている。

祖父が石碑の前に立った。

「学校で習っただろう。石川啄木の『不来方《こずかた》のお城の草に寝ころびて』の、不来方のお城はここだ。これがその歌碑。『空に吸はれし十五の心』。美緒ぐらいの年の頃に啄木もここに来たわけだ」

「私より年下だね」

「二つや三つの差など、私から見ればたいして変わらないよ」

草に寝転ぶかわりに木の下に行き、空を見上げた。

鮮烈な赤い葉が空を埋め尽くしている。あと数日で枝から落ちる葉が、空に向かって叫んでいるかのようだ。

その色のなかにいると、植物の命を布に写し取りたいと願った祖母の気持ちがわかる。

その一方で、科学の力でどんな色も作り出せる祖父の技にも憧れる。

隣に並んだ祖父が、木の幹に手を触れた。

「美緒のお祖母ちゃん……香代は独立してから、麻や絹も織るようになったんだ。紅花、茜、藍、枇杷、よもぎ。薬効のある植物の色を布に染めて、肌着から上着、子どもからお年寄りまで、佳《よ》い布で人を包みたいと考えていた」

「だから、肌触りがいいんだ」

祖父からもらったネックウォーマーに手をやり、布の感触を美緒は確かめる。

きっと、祖母は何度もこうして布に触れ、糸や織りの具合を考えたに違いない。

祖父が自分の首に巻いた香葉の布をはずし、隅に縫い付けられたタグを見た。

「でも、売れなかった。志高く、佳いものをつくってもほとんど売れない。それでは、生活していけない。心もくじける。それなのに誰にも助けを求めず、一人で悩んで絶望して。……私は知らなかった。香代は微塵《みじん》もそんな気配を私に見せなかったから」

祖父が藍色の布を丁寧に畳み、ポケットに入れた。

「香代が死んだあと、知り合いに連絡を取るために業務日誌を見たんだ。それを見て知った。販路や資金繰りに悩んで、ひどく追い詰められていたことを」

ゆっくりと、祖父が歩き始めた。足元からひそやかに、落ちた葉を踏む音がする。

「戻ってくればよかったんだ。どうして助けを求めなかった。一言、相談してくれれば」

そうじゃない、と祖父がうなだれた。

「私が、戻ってこいと言えばよかったんだ」

一人ごとのように、祖父は言葉を続ける。

「香代が死んだ二ヶ月後、花巻の工房を片付けていると、人が来た。『香葉の布』を扱いたいが、連絡がつかないので直接来たという。その二週間後に大口の購入の申し込みがあった。肌の疾患に悩む子どもを持つ親御さんたちのグループからだ。大量にあった在庫はそれで、ほとんどが捌《は》けた」

「これはおじいちゃんが取っておいたもの？」

ネックウォーマーを指差すと、祖父はうなずいた。

「前例のない道を進むとき、不安はつきものだ。空《くう》に手を伸ばすようで、手応えのなさに絶望することもある。でも、誠実な仕事をしていけば、応えてくれる人は必ずいる」

道を曲がると、赤い欄干の橋が延びていた。本丸と呼ばれる、城の天守閣が建っていた場所へ続く道だ。

向かいの豪壮な石垣へ渡されたその橋を通り、階段を上る。

視界が一気に開けた。

まっすぐに伸びた道の両脇に、真紅の木々が立ち並んでいる。落葉が一面に広がり、空も地も、澄んだ紅に染まっていた。

「おじいちゃん、おばあちゃんは何で亡くなったの？」

「山で死んだんだ。染料の植物を採りにいった先で。自殺だという人もいるが、それは違う」

祖父が地面に落ちている葉を一枚拾った。

「帰ってきたら、私と食事をする約束をしていた。染料と一緒に山菜も採ってくるから、天ぷらをご馳走すると笑っていたよ。崖の下で遺体が見つかったんだが……手にタラの芽を握っていて」

私の好物だ、と祖父がつぶやく。

「タラの芽を見つけて、きっと、夢中になって手を伸ばしたんだ。……時々夢に見る」

「どんな夢？」

「森のなかを香代が歩いている。かごには染料の植物がいっぱい入っているのに、山菜探しに夢中だ。タラの芽を見つけて走っていく姿に、私は必死で叫ぶ。その先は崖だ、行くな、帰ってこい。香代の耳には届かない」

祖父が大きく息を吐いた。

「美緒のお祖母ちゃんはすべてを捨てて、独立の道を選んだ。思うようにはならなかったが、何度繰り返しても同じ選択をするだろう。私もそうだ。だけど、もう少し……お互い、ほんの少しでも歩み寄っていたら。明日は美緒と三人で、上京していたかもしれない」

紅葉の向こうに岩手山が見えた。

山の頂上にはうっすらと白い雪が積もっている。

「あとから考えれば、いくらでも賢明な方法は浮かぶ。しかしいざ、それに直面しているときは、何も思い浮かばないものなんだ」

「おじいちゃんでも？」

祖父が軽く目を閉じ、うなずく。

「身内だからこそ許せない、感情がもつれる。だけどそのままにしていたら、美緒……ずっとこじれたままだ。少しでもいいから、互いに歩み寄らなければ」

帰ってこい、と夢のなかで祖父は祖母に呼びかける。

東京にいる父や母も、そんな夢を見るときがあるのだろうか――。

東京へ出発する朝、十一時過ぎに太一が車で迎えに来た。

なだらかな山道を下りながら、昼食はどうするのかと太一が聞くと、祖父は「取らなくていい」と答えた。

心配そうに太一が助手席の祖父に目をやる。

「どうしたの？　食欲ない？　駅弁でも買ってく？」

「グランクラスなんだ」

「おお、すごい！」

信号で停車すると、太一が振り返った。

「よかったな、ヒーコ、ヒーちゃん、羊丸」

「羊丸って……」

「船に乗るわけじゃないぞ」

祖父の言葉に太一が笑い、それからサッカーの青山選手の話を始めた。

欧州にいる青山選手は開幕から大活躍で、メディアにもたびたび登場している。太一と祖父の話が弾んだので、グランクラスとは何かを聞きそびれてしまった。

しかし、新幹線のホームにあがると、すぐに車両の名前だとわかった。

金色の六角形のマークが描かれた扉が開くと、赤い絨毯が目に入ってきた。淡い金色の照明のなか、ゆったりとしたクリーム色のシートが右の窓際に二席、通路をはさんで左に一席置かれている。

この車両にはこの三席が六列、全部で十八席しかなかった。

「おじいちゃん、何これ！　すっごい豪華な新幹線」

革のような手触りの大きなシートに美緒は身を預ける。身体が包み込まれるような座り心地だ。

「すっごく座り心地いい、おじいちゃん！」

「話には聞いていたが、たしかに飛行機みたいだな」

座席上部の物入れに荷物を置いた祖父が隣に座った。温かいおしぼりを運んできたアテンダントに、ブランケットとアイマスクを頼んでいる。

「私が乗った飛行機、こんな椅子じゃなかったよ」

座席に置かれていたメニューを美緒は手に取る。飲み物と軽食のメニューだった。

「おじいちゃん見て。軽食が出るんだって。あっ、おやつもある。おじいちゃん、これ、飲みものは何を頼んでもいいの？」

「そんなに喜んでもらえたら奮発した甲斐があった」

祖父がアテンダントからブランケットを受け取った。

「好きなものを頼みなさい。私は寝るよ」

「えっ、寝ちゃうの？　もったいない」

「少し疲れた。私の分の軽食を食べてもいいぞ」

「そこまで食い意地張ってないもん」

「そんなふうには思ってないが」

微笑みながらアイマスクを付け、祖父がシートを倒した。

軽食は一人分を頼んだが、お菓子は祖父の分もたいらげ、ゆったりとした気分で美緒はコーヒーと紅茶を一杯ずつ飲む。シートに身を預けてしばらく外を眺めていたのだが、気が付くと祖父に起こされていた。

新幹線は上野を通過したところだった。

東京駅の改札を出ると、父が一人で迎えに来ていた。

予定では祖父の希望で、東京駅で両親と待ち合わせて、神田の中華料理店で食事をするはずだった。

母はどうしたのかと聞くと、今日の昼過ぎに横浜の祖母から連絡が来たそうだ。知人から最高ランクの牛肉をもらったので今から持っていく。よかったら、みんなですき焼きをしないかと言っているらしい。岩手の祖父とはしばらく会っていないので、祖母も挨拶をしたいそうだ。

急な変更をいやがるかと思ったが、祖父は「いいな」と答えた。

「東京にいる間に一度、お前の住まいを見たいと思っていた。ただ、お前の家は稲城《いなぎ》のほうだろう。帰りが遅いと、美緒も私も疲れてしまうな」

「宿は上野でしたっけ。ちゃんと車で送るよ。美緒も泊まるの？」

「うん、あの……」

父の声が怒っているようで、言葉に詰まった。

東京に滞在中、ホテルに二部屋を取ってあると祖父は言っていた。家にいづらかったら、そこに泊まってもいいという。仮に美緒が使わなくても、使い道はそれなりにあるそうだ。

「連日、朝が早いのでな。一応、美緒の分も部屋は取ってある」

祖父が代わりに答えると、歩き出した。

「広志、車は地下か。行くぞ」

「お父さん、そんなに急がなくても」

キャリーケースを引きながら、父が祖父の隣に並ぶ。

「美緒もホテルに泊まるんじゃ、お母さんががっかりするな。美緒が帰ってくるのが嬉しくて、昨日から家をあちこち磨いてたのに」

母が台所のシンクや廊下を磨くのは不機嫌なときだ。

娘が帰ってくるのを喜んで磨いていたと思う父は、何もわかっていない。

スカートのポケットに手を突っ込み、羊のマスコットを握りしめる。

握った指を羊毛がやさしく押し戻した。その感触に、苛立ちが少しずつ溶けていった。

東京駅から車で四十分近くかけて着いた家は、大きく様変わりしていた。

古びたカラーボックスや小物、本や食材を入れたダンボール箱などが姿を消している。

物置だった小部屋は母の部屋になり、両親が使っていた寝室は父の書斎になっていた。

母に頼まれ、手伝いに立った台所はもっと大きく変わっていた。食器棚に雑然とあったノベルティの皿やグラス類は一掃され、これまでは客用だった食器が普段使いのものになっていた。台所の引き出しは細かく仕切られ、調理用具が整然とおさめられている。

シンプルできれいだが、見知らぬ家に来たようだ。

祖母も同じように思ったようだ。

祖父と並んで食卓に着くと、向かいの席に座った祖母と母はその話を始めた。

どうして模様替えをしたのかという祖母の質問に、「いらないものを捨てただけ」と素っ気なく母が答えている。

「いらないものって言ってもね、ごめんなさいね……」

祖母が祖父に向かって軽く頭を下げた。

「真紀、あなた、言葉が足りない。そんな言い方したら、あなたたち、今までガラクタのなかで暮らしてたみたいじゃない」

「そうかもね、すっきりした」

さめた口調で母が言い放つ。その口調が怖くて、美緒は目を伏せる。

小鉢に卵を割り入れながら、そっと父の様子をうかがう。

テーブルの短い辺に座った父は、グリル鍋に黙々と割り下を入れ、肉を煮ていた。

祖母が部屋を見回した。

「でもね、タイミングってものがあるでしょう。こんなに変わっていたら、可哀想に、美緒ちゃんも家に帰った気がしないでしょうよ。お祖母ちゃんだって、びっくりしたんだから。ねえ、広志さん」

肉を裏返していた父が顔を上げた。

「突然ではないんですよ。ここ数ヶ月、少しずつ真紀が片付けて、こうなったんです」

「あら、そうなの？　私も長いこと、こちらにお邪魔してないから」

父が祖母の小鉢に手を伸ばした。

「煮えましたよ。お義母さん、肉を取りましょうか」

「お祖父ちゃまからどうぞ」

「じゃあ、お父さん、取るよ」

「自分でやる」

祖父が菜箸とお玉を手にして、肉を小鉢に取った。

祖父から渡された菜箸を受け取り、美緒も小鉢に鍋のものを移す。

肉を口に入れながら、父の背後にある棚に目をやると、「のばらの村のものがたり」の挿絵を描いた皿が飾られていた。

ブラックベリーに縁取られたその皿の中央には、幼いネズミの娘が野バラの藪を探検している様子が描かれている。

「木の実のなるころ」という話の挿絵だ。

祖父がくれた漆のスプーンがきっかけで、最近、きれいなカトラリーや皿に目が行く。

手に取ってみたくなり、美緒は母の顔をそっと見る。

黙々と母は口を動かしていた。しかし目が合うと、ほんの少し口角が上がった。微笑まれた気がしたが、思わず視線をそらす。

どうした？　と祖父の声がした。あわてて「なんでもない」と答え、卵にひたした肉を口に運ぶ。

柔らかな肉なのに、嚙む音がやけに大きく頭に響く。行儀が悪いと叱られそうで、再び母を見る。母はじっと鍋のなかの一点を見つめていた。

静かな食卓に耐えかねたように、祖母が祖父に微笑みかけた。

「ごめんなさいね、私が差し出がましいことをして。中華料理のほうがよかったでしょうか」

いいえ、と穏やかな声で祖父は答えた。

「子どもたちの家で食事ができるのは嬉しいものです。それを嚙みしめていました……。ただ、年だろうか。最近はそれほど量が食べられない」

「私も同じです」

寂しそうに祖母が笑った。

「本当に、あっという間に年を取って。最近はお食事に出かけるのも億劫になりがちで」

「そんな年寄りの食生活に美緒が満足できているかが心配でしたが、女の子というのは男ほど食べないものなんですな。広志も、懇意にしている親戚の男の子も、同じ年の頃はずいぶん食べていたものですが」

「そんなに食べてたっけ？」

疑わしげな顔で、父が口をはさんだ。

「お前が家を出てから、うちは炊飯器を小さいものに買い換えた。とにかく広志は米をよく食べる子で」

「だからそんなにがっしりしてるのね、広志さんは」

祖母が父の腕を軽く叩いた。母が一瞬、顔をしかめたが、父の表情は変わらない。

「ところで美緒ちゃんは朝ごはんとか、どうしてたの？　朝はちゃんと起きられるようになった？」

起きてる、とあわてて言うと、軽くむせた。息を整えて美緒は言い直す。

「ちゃんと起きて、おじいちゃんと食べてるよ」

「何を食べてるんだ？」

しらたきをグリル鍋に入れながら父が聞く。具材の水気がはじけて、軽やかな音をたてた。

「トースト。栃のはちみつを塗って、黒ごまをかけるの。あとはカフェオレ。きれいな漆のカフェオレボウルで飲んでる」

あら、おしゃれ、と祖母が意外そうな顔をしている。

「漆のカフェオレボウルがあるの？」

祖父が箸を置き、代わりに答えた。

「応量器の鉢をアレンジして、友人が試作したものです。粥椀という名を付けてはいるが、スープやサラダを入れても使える。いつの世も伝統工芸の作り手は時代に合わせてさまざまな模索をしています。ホームスパンもまたしかり」

大変でしょうね、と祖母が相槌《あいづち》を打つ。

「伝統工芸のお品って使う人が限られているし、後継者もいないでしょうし」

いないわけじゃない、と母が、祖母の言葉にかぶせるように言った。

「若い人たちもいるよ。山崎工藝舎にもきちんと跡継ぎがいらっしゃるし」

「姪《めい》が継ぎますが、そのあとはどうなるか。実の息子でさえ継がなかったものを、親戚だからといって押しつけるのも」

野菜、煮えたよ、と父がぶっきらぼうに言った。

「みんな、どうぞ。こら、美緒、ねぎを除けるな」

急に話題が自分のことになり、小声で美緒は答える。

「ねぎ、苦手」

「あら、美緒ちゃん、そうなの？　これからの時期のねぎは甘いのに」

「でも苦手で……」

美緒が除けたねぎを集め、祖母が自分の取り皿に入れた。しかし、すぐに祖父に向かって話し始めた。

「仮にですよ、美緒ちゃんがホームスパンの仕事をするとして、将来性みたいなものはあるんですか？」

「ありがたいことに、工房では二年先まで注文が埋まっています。ただ、新しい顧客の開拓は苦戦している。良い物を長く愛でるより、安くて手軽なもので常に新しさを求める暮らしのなかでは、我々の品は『高い』の一言で片付けられてしまう。そこに、どうやって活路を見いだすか。難しいものです」

「それなら、やっぱり学校だけはちゃんと出ておかないとね」

ねえ、と祖母の視線が自分に向けられ、美緒はうつむく。

「夏に、お母さんが美緒ちゃんを叩いたって話を、お祖母ちゃんも聞いた。暴力はいけない。でもね、お母さんの気持ちも汲み取ってあげて。美緒ちゃんも痛かったろうけど、同じぐらいにお母さんの心も痛かったんだよ」

叩かれた痛みと心の痛みは、どちらが痛いのだろう。気持ちを汲み取れと言われても、どう汲めばいいのかわからない。

「美緒ちゃん、黙ってないで、自分の意見はきちんと言わないと。わかってるでしょ？　そうじゃないとうやむやのうちに流されてしまうよ。今回の留年みたいに」

「でも……」

でも？　と祖母がやさしくたずねた。

「お母さん、私のこと、ずっときらいって……」

「それは」と言った母の言葉と「それはね」という祖母の言葉が重なった。

祖母が軽く身を乗り出し、声を強める。

「美緒ちゃんのこういうところがきらいと言っただけでしょう。別に美緒ちゃん自身をきらっているわけじゃない。好きだからこそ、直すべきところを言ったの」

「でも『泣けばすむ』なんて思ってない」

祖母が箸を置いて、母を見た。

「真紀、あなたは娘に何を言ったの」

まるで祖母に告げ口をしているみたいだ。しかし我慢しきれず、言葉が口から飛び出した。

「おじいちゃんやお父さんに、私がいつも女を売りにしてるって言われても、さっぱり意味わかんない」

叩きつけるように母が箸を置き、うつむいた。

「それは……言い過ぎたと思ってる」

肉を裏返していた父が手を止める。ふつふつと鍋が煮える音がした。

祖母がおろおろした様子で父と母を交互に見た。

「言い過ぎたって、あなた。娘に言う言葉じゃないわ。それはね、お父さんやお祖父ちゃんに甘えてるだけでしょ……女を売りにしてるなんて、娘に言う言葉じゃないわ。」

「お母さんにはわからない」

低い声で言うと、母が祖母を見つめ返した。

「私は父に甘えたことなんてない。父だけじゃない、誰にも甘えたことがない。強く生きろ、男に頼らず生きられるようになれ。そう教えたのはお母さんじゃない」

「美緒ちゃんに暴言吐いたのは私のせいなの？」

「やめましょう、そういう話は。お義母さんも真紀も落ち着いて」

父が祖父の小鉢を取ると、勝手に鍋のなかのものを入れた。

「食べながらこういう話はよしましょう。さっきから肉が煮えてる。固くなるから早く取って。ほら、美緒も。お義母さんの分も取ります」

父が祖母の小鉢に手を伸ばした。その手を祖母がやさしく振り払った。

「いいんですよ、広志さん。この際だから、あらいざらい、自分の心境を打ち明けましょうよ。でもね、その前に美緒ちゃんのことをまず考えなければ。こんなふうにあなたたちが先延ばしにしてきたから可哀想に、美緒ちゃんはとうとう留年することになったんじゃないの」

「留学したと思ってる」

母が即座に言い返した。

「夏からずっと考えてきた。美緒はホームスパンを学ぶ留学中なんだって。そう思えば、たかが一年留年したぐらい……。そんなに可哀想にって美緒のことを憐れまないで」

祖母が新しい卵を取り、ゆっくりと小鉢に割り入れた。

「あら、ずいぶん風向きが変わったのね。あれほど留年をいやがってたのに」

「だから、考え直した。私たちも手探りしているところだから、これ以上干渉しないで」

祖母が小鉢に割った卵をかき回した。器に箸が当たり、カチカチとせわしない音をたてている。

「干渉って……。ひどい言い方」

感謝してる、と母がつぶやく。

「だけど、お母さん、押しつけないで。自分の考えを押しつけるのはやめて」

母の口調が急に弱々しくなった。唇をかみしめ、母は目の前の小鉢をじっと見つめている。

「私は私で、考えてるから。どうすればいいのか、美緒も私も、自分の頭で、考えてる最中だから」

祖母がのろのろと肉を口に運んだ。

「ひどいことを言うのね。子どもが小さくて手のかかるうちは頼ってきたのに、大きくなったら今度は自分たちだけで子育てしたような顔をして」

肉をひたしていた溶き卵を、祖父がやや乱暴に白米の上にかけた。

「手のかかるうちは助けて、あとは見守る。それがジジババの役目ではないですか。頼りにされた時期があるだけ幸せだ。さて、行儀の悪い食べ方をさせてもらいますかな」

卵と甘辛い牛肉が混ざった汁気たっぷりの即席の牛丼を、祖父がかきこみ始めた。

表情のない顔で、母は小鉢を見続けている。祖母は顔を伏せ、父は鍋で煮つまった野菜を集め、自分の小鉢に入れた。

自分のせいで、この場の空気を苦々しくしている。そう思うと、逃げ出したくなった。

選べ、そして腹をくくれと祖父は言う。しかしその「選ぶ」がどうしてもできない。

祖父に続き、父が肉をひたした溶き卵をご飯にかけた。

「みんな、箸を動かして。食った気がしないかもしれないけれど、とりあえず腹を満たしましょう。そうじゃないと、よけいに苛立つ」

「思い出したの……」

父の言葉が聞こえなかったかのように、母が小声で言った。

「私にとっての『のばらの村のものがたり』や『ナルニア国ものがたり』が、きっと、美緒にとってのホームスパン。忘れてた……あんなに夢中になったこと。お金をためて、夏じゅうイギリスに滞在したこと。すばらしい夏だった。美緒と同じ」

母が棚の絵皿に目を向けた。

「後先考えずに夢中になるものってあるんだ。それ以外のことは、何も考えられないときが。イギリスで働きたいって夢は到底無理だとあきらめたけど。でも、ときどき思う。

あきらめないで、夢を追いかけてたらどうなってたかって」

「それでもね、とりあえず高校だけは出ておかないと。美緒ちゃんの学校は一応、名門なんだから。誰でも行ける学校じゃないのよ」

祖父がお茶をゆっくりと飲むと、湯呑みをテーブルに置いた。

「口を挟みますが、名門であろうとなかろうと、学校に行けなくなった理由をつくった生徒がいる場所で、美緒が楽しく過ごせますか」

「でもね、真紀の話では冗談が過ぎたと言って、その子たちも反省しているようですよ。お互い心を開いて話してみれば、また仲良くなれるかもしれない」

祖父が軽く笑った。

「人類の歴史は争いの歴史だ。話してもわからない相手がいるから、争いは起きる。そういう相手とは離れるべきだ。どうしても離れられないのなら、つかず離れずの距離を保つしかない。多少強引ではあったが、美緒は友人たちから離れることを選んだ。そんな学校に今さら戻らなくてもいいでしょう」

「でも逃げ癖を付けるのはよくないです」

祖母がテーブルに手を突き、祖父を見据えた。

「毎回、毎回、困難があるたびに逃げてしまったら、人としての成長が止まります。『艱難《かんなん》、汝《なんじ》を玉《たま》にす』」

「『薬も過ぎれば毒』。玉になる前に潰れては元も子もない」

「美緒ちゃんは潰れるような子じゃありません！」

「それを決めるのは本人だ」

「美緒ちゃん、黙ってないで何か言って。美緒ちゃんのことなのよ」

祖父が首を横に振った。

「黙っているからと言って、何も考えていないわけじゃない。広志、そうだろう？」

「そうですけど、二人がわあわあ話しているところに誰が突っ込んでいけますか」

あの、と言いかけると、全員の視線が集まった。

「留年……。仕方ないことだと……思って。でも私、まだ決められなくて。退学するか別の学校に行くか。自分でも……どうしたらいいのか、まだ、わからなくて。選べない……選べなくて」

祖父が軽く背中を二回叩いた。

「そんなに自分を追い詰めるな。『今は選べない』。それも選択のひとつだ」

母が立ち上がり、ポットから急須に湯を注いだ。黙って祖父と祖母の湯呑みにお茶を注ぎ足す。

「美緒は？　ジュース、お代わりする？」

「お茶……」

母が続けて三人分のお茶を淹れ、それぞれの前に置いた。

父がグリル鍋の電源を落とした。

誰も手をつけない肉が、鍋のなかで焦げている。

祖父が湯呑みを置き、祖母を見つめた。

「お互い、落ち着きましょう。少々感情的になりすぎた。……こうして見ると、お二方とも美緒と目がそっくりですね」

祖父の穏やかな声に応じるように、祖母も柔らかく答えた。

「美緒ちゃんにはつむじが二つあるんですけど、そこは真紀の父親と同じなんですよ」

自分のつむじのことなど気に掛けたことがなく、美緒は頭に手をやる。

「見せてあげたかった。真紀が八つのときに離婚して、十歳のときに他界したんですけど」

母方の祖父は母が幼い頃に亡くなったとは聞いていたが、その前に離婚していたとは知らなかった。母は肩を落として、湯呑みを見つめている。

祖父が父を見ながら言った。

「美緒の声は広志の母親に似ているんです。一緒に働いていた工房の仲間たちが驚くほどに」

美緒、と祖父が呼びかけた。

「お前が笑うとき、お前のなかのお祖母ちゃんが笑う。お前が泣くとき、横浜のお祖母ちゃんと同じ目が泣き、お前が学ぶときはお祖父ちゃんと同じつむじの下で頭が働く。お前が幸せなら、みんなが幸せだ。そうでしょう?」

「そうですとも」

祖母が力をこめて答え、母が静かにうなずいた。

だから、いいんだ、と祖父の声が響いた。

「怖がらなくていい。自分の人生は自分で選べ。多少の意見の違いはあっても、みんな、お前の味方だ」

そうでしょう？　と再び祖父が聞くと、祖母がハンカチを目に当てた。

「そうですよ……もちろん」

「真紀さんと広志はどうだ？」

父と母が顔を見合わせ、うなずく。祖父が軽く背を叩いた。

「そういうことだ、美緒。落ち着いて、ショールを織りながら考えろ。一つのことを仕上げると、次の目標が生まれてくる」

場の空気を和やかに変えると、祖父が穏やかに「さて」と言った。顧客と話しているときのような、柔らかな口調だ。

「甘いものでもどうですか。ささやかだが地元の菓子を持ってきた。お口に合えばいいんだが。おそらく真紀さんは好きに違いない」

母がわずかに笑った。その姿が小さく見えて、美緒は戸惑う。

黙ったまま、父はテーブルの上を片付け始めた。

祖父は東京へのお土産に小岩井農場のクッキーを用意していた。そこに昨日、思いついて買い足したお土産はコーヒー豆と「黄精飴《おうせいあめ》」という和菓子だった。

明日の朝が早いという祖母は、クッキーと黄精飴を少し包んでもらうと帰っていった。父は珍しく、車で祖母を最寄り駅まで送っていった。

二人がいない食卓で、ターキッシュ・ディライトが好きなら、黄精飴の食感も好きだろうと祖父が話している。飴という名前が付いているが、このお菓子の食感は求肥に近い。コクのある甘さは黄精という漢方薬が入っているそうだ。

祖父と母の話を聞きながら、美緒は黙って紅茶を飲む。

台所の戸棚にチョコクロワッサンの箱があった。東京にいたとき、好んでよく食べていたパンだ。久しぶりに入った自分の部屋はきれいに掃除され、ベッドの上には新しい水色のパジャマが畳んで置いてあった。

テーブルに目をやると、長年、紅茶を淹れている茶色のポットがある。

四ヶ月前は知らなかったが、ぽってりと丸い形をしたそのポットは、「ナルニア国ものがたり」の挿絵に出てくるポットと同じ形であることを今は知っている。

母が送ってくれた本「イギリスのお話はおいしい。」を毎晩、眺めていたからだ。

紅茶を飲み終えた祖父が手洗いに立った。

母と二人きりになったのが気まずい。

「もう一杯飲む？」

母がポットを手にした。

「ううん、ポットを見てただけ」

母がポットを元の場所に戻した。

「お母さん、それ『ナルニア国ものがたり』に出てるのと同じポットなんだね。ビーバー夫妻の家の挿絵にあった……」

母が意外そうな顔をした。

「あの本、読んでくれたんだ。ケーキはどうだった？」

「えっ、うん……おいしかった」

一口も食べずに捨てたケーキのことを思い出し、美緒は口ごもる。

手洗いから戻ってきた祖父が腕時計を見た。

「さて、広志が戻ってきたら、私もそろそろお暇《いとま》しようか。……ほお」

祖父が感心したような声を上げ、美緒の背後の壁に目を留めた。

「これはまた愛らしい」

祖父の視線の先を追うと、電話の横に飾られた額が目に入った。

淡い水色の台紙に四つ葉のクローバーとピンクの花瓶敷きが入っている。台紙の隅には初めて紡いだ糸がリボン結びになって留められていた。

「えっ、何これ、恥ずかしい……」

「お祖父ちゃんからいただいたから」

初めて織った花瓶敷きは祖父に贈った。その際に糸も少し欲しいと言われて渡したが、この家にあるとは思わなかった。

「おじいちゃん、こんなヘタクソなの渡さないでよ。お母さんも飾らないで。恥ずかしい」

「そんなに下手じゃないぞ。どちらかといえば上手だ」

祖父が真面目な顔で言うと、何かを思いついた顔で母は自分の部屋に入っていった。すぐに出てくると、祖父に額を差し出している。

「よかったら、これ、お義父さんにも。横浜の母にも一つあげたんです」

母が持ってきた額には、花瓶敷きと糸に加えて、四つ葉のクローバーと「メイさん六号」の写真がコラージュされていた。

「配らないでよ、お母さん」

こんな可愛い額を、母が作るとは思わなかった。しかも、山崎工藝舎のフェイスブックもしっかりチェックしている。

四つ葉のクローバーをガラス越しに撫でると、祖父は微笑んだ。

玄関のドアが開く音がして、父が部屋に入ってきた。

「ただいま、あれ、お父さん、もう帰り仕度してるの？」

「悪いが送ってくれ、そろそろ眠くなってきた」

大切そうに小風呂敷で額を包むと、祖父がカバンに入れた。

「美緒はどうする？　一緒に行くか？」

電話の横に飾られた額を、美緒は眺める。どの額にも四つ葉のクローバーを押したものが入っている。

この額に入れるために、母は一人で幸運の四つ葉をいくつも探したのだろうか。

「私……やっぱり……今日は家に」

小脇に抱えた帽子を祖父がかぶった。

「それなら明日の八時、上野駅の改札で待ち合わせよう。公園口のほうだ。来られそうになかったら電話をくれ」

「行くよ、絶対」

「わかった、それなら待ってる」

父と祖父が玄関に向かった。母と二人で駐車場まで見送ろうとすると、祖父が止めた。

「もう遅いから、真紀さんも美緒もここでいい。美緒、ではまた明日な」

行ってくるよ、と父が言い、二人は連れだって出ていった。

ドアが閉まると、母が部屋に戻っていった。

「片付けようか。洗いもの手伝ってくれる？」

うん、と答えながら、美緒は電話の脇に飾られた額を見る。

あらためて見ると、太さがまばらで、たいそう下手な糸だ。それなのに祖父はこの糸を大事にして、母や祖母へとつなげてくれた。

「お母さん……やっぱり、ちょっと、ごめんね」

靴をつっかけ、美緒は家を出る。

祖父と父を乗せたエレベーターは下降を始めていた。あわてて階段を駆け下り、一階へ走る。

屋内駐車場の扉を開けると、車にエンジンをかける音が響いていた。祖父が助手席に乗り込もうとしている。

「おじいちゃん！」

祖父の背に向かって叫ぶと、声が反響した。

「おじいちゃん、待って！」

振り返った祖父の前に美緒は駆け寄る。足を止めた途端、息が切れた。膝に手をつき、肩で息をしながら、美緒は言葉を続ける。

「おじいちゃん……ごめん、なさい。せっかく、お部屋……お部屋、取って、くれたのに」

やさしい声が頭の上から降りてきた。

「走ってきたのか？」

「だって……だって」

祖父の手が頭に置かれた。大きくて温かな手に、なぜか泣きたくなった。

「いいんだよ、美緒。それで」

顔を上げると、祖父は笑っていた。

「それでいいんだ、美緒」


美緒と言葉を交わした父が車に乗りこむと、真紀が駐車場に入ってきた。

バックミラーのなかに真紀と美緒が並んでいる。

ただそれだけなのに、なぜかほっとした。

車が通りに入ると、父が煙草に火を付けた。

「お父さん、シート倒して楽にしてよ。疲れただろう?」

「思ったほど疲れてはいない。今回は奮発して良い席で来たんだ。美緒が喜んでな」

「そりゃ喜ぶよ。だから『やまびこ』で来たんだ」

「せっかくだから少し長く乗ろうと思ってな」

東北新幹線の「はやぶさ」に乗れば、東京、盛岡間は二時間二十分だ。それなのに父は三時間以上かけて「やまびこ」に乗ってきた。せっかちな父にしては珍しいことだ。

それと郷愁だな、と父がつぶやいた。

「今でこそ新幹線の名前だが『やまびこ』は昔、盛岡と上野を結ぶ在来線特急の名前だったんだ。上京するのはおそらく今回で最後だ。そう思うと、妙に『やまびこ』に乗りたくなった」

寂しいことを言わないでほしい。そう言おうとして、広志は黙る。

東京駅で見た父は夏よりも痩せ、歩調もゆっくりだった。

「身体の具合は、どうなの？」

「用心して暮らしている。とにかく、美緒のこれからが決まるまで、頭だけはしっかりしておかないと」

ため息のように、父が煙草の煙を吐いた。

「あちらのお義母さんはお元気そうだな」

「気を遣わせてごめん。悪い人じゃないんだけど、押しが強いんだ」

「でも、聡明なお人だ。言いたいことはたくさんあっただろうに、私の意図を汲んで、さっとあの場を丸く収めた。もっと別のことで議論を戦わせてみたかったな」

「お父さんたちの世代は議論好きだね」

低く響く声で笑い、父は煙草を消した。

稲城大橋に差し掛かると、車の量が増えてきた。橋の上は明るいが、川に目をやると、どこまでも暗がりが広がっている。

窓を閉めながら「離婚の話はどうなった」と父がたずねた。

「進展はないよ。この間、電話で言ったよね。美緒が進路を決めるまでは、結論を出さない」

「あちらのお義母さんは知ってるのか？」

「どうだろう、わからないな」

「参考になるかどうかはわからないが……」

ためらいがちに言い、父はわずかにシートを倒した。

「女性が本気で別れを決めたときは、気付かれないように着々と身辺整理をしていって、めどがついたところで最後通牒を出すものだ。離婚届を突き付けられずに別れ話が出たときは、相手も情が残っている。まだやり直せるぞ」

その最後通牒は、自分から出してしまった。

あの日以来、真紀との他愛のない会話は消えた。扉を開け、部屋に招いてくれることもない。インターネットで検索すると、赤いバラの花言葉は「あなたを愛している」。バラを一輪贈る意味は「あなたしかいない」だった。やりなおそうという思いを託すなら、最高の花だ。それなのに自分が一緒に渡したのは離婚届だった。

「お父さん……」

「なんだ？」

「俺……」

僕と言うつもりが、俺と言ってしまったとたん、弱音がこぼれ出た。

「……駄目な奴だな」

しばらく黙っていた父が、きっぱりと言った。

「たった一人で東京に出てきて、家を持ち、娘を育てて。

「お前はよくやっている」

鼻の奥にツンとしたものがこみあげてきた。

「でも、お父さん。人生の半ばを過ぎて、ときどき呆然とする。自分の人生は家のローンと、子どもに教育をつけるだけで終わるのかと。なのに、それすらもうまくいってない……。頑張ってきたけど、家庭も仕事も結局、何もかもばらばらだ」

「それでもお前は立派だ。駄目な奴であるものか」

車の窓が少し開けられ、車内が一瞬明るくなった。

暗がりのなかで、父が煙草を吸っている。

父に、初めてほめられた気がする。涙腺がゆるみそうになった。

つとめて明るい声を出し、広志は弱気と感傷を吹き飛ばす。

「美緒……美緒の声って、そんなにお母さんに似てますかね」

しばらく煙草を吸っていた父が「似てる」と言った。

「初めて来たとき驚いた。声だけ聞くと、香代そっくりだ。話し方も、若い頃の香代にどこか似ている。でも声よりもっと似てるのは、腕の良さだ」

「職人に向いているのかな」

「お前より、はるかに向いている」

子どもの頃、工房で一通りの仕事を手伝ってみた。しかし何度やっても上達しない。工房を継がなかったというより、とても継げそうになかったというのが本当のところだ。

「糸紡ぎがうまくいかなくて、美緒が落ち込んでいるとき、お前が紡いだ糸を見せてやろうかと思った」

「あるんですか？　僕が紡いだの」

ある、と父が小さく笑った。

「子どもが作ったものは捨てられん」

「絶対見せないでくださいよ。恥ずかしいから」

父が再び笑うと、煙草を消した。

永福の料金所を過ぎ、車は都心に入っていった。高架沿いに立ち並ぶビルを父が眺めている。

「お父さん、明日の予定は？」

長い付き合いのテーラーの名前を父が挙げた。そこへ服地を納めにいくのだという。

「それにしては、妙に荷物が重かったね」

「石が入ってるんだ。私のコレクションも譲るんだよ。宮沢賢治の作品に出てくる鉱物を集めたもの」

「前から思ってたんだけど、賢治が好きだから石が好きなの？　石が好きだから賢治が好きなの？」

「両方に決まってるだろう」

岩手県は琥珀や水晶をはじめとした数々の鉱物の産地だ。父は鉱物を眺めるだけではなく、採取に行くことも好きで、幼い頃、何度か山歩きに連れていかれたことがある。

我々には必要なんだ、と照れくさそうに父が言った。

「羊毛や布地は柔らかい。そういうものに日々触れていると、相反するものに触りたくなる。冷たくて固いもの、つまり石だ。指先の感覚が研ぎ澄まされるという話をしたら、テーラーの店主も鉱物の蒐集にはまってしまって」

「言い訳だね。昔、すごく高いルビーの原石を買ったでしょう。お母さんが嘆いてた。原石じゃなくて指輪だったらよかったのにって」

「何を言う。指輪のほうがずっと高いぞ」

仕方がないな、と父が笑った。

「それならとっておきの秘蔵の石をお前にやろう。さる方から受け継いだ最高の石だ。これだけは手放せなかった。鉈屋町の物入れにしまってある」

「いや、原石はいいって。指先の感覚を養うなら美緒にあげてよ」

「それは人によるんだ。私は石だが、裕子はガラス、お前のお母さんはフェルトの手鞠《てまり》だった。美緒は何だろうな。漆が好きだから、漆器かもしれないな」

漆黒の闇に、まばゆいほどの光をまとった高層ビル群が見えてきた。

星がかすむほどの光が、東京では地上に広がっている。

きれいなものだ、と父がつぶやいた。

「トパーズが輝く、水晶の砂を敷き詰めた河原か」

「『銀河鉄道の夜』っぽいね」

幼い頃、寝る前に少しずつ、母は本を読み聞かせてくれた。花巻出身のせいか、選ぶ本は宮沢賢治が多く、「銀河鉄道の夜」と「水仙月の四日」が好きだった。

「『けれどもほんとうのさいわいは一体何だろう』」

「銀河鉄道の夜」の一節を暗唱しながら、父はシートのリクライニングをさらに深く倒した。

「その台詞は覚えてる。あと『どこまでも一緒に行こう』っていうのもあったよね」

「お前はまだまだだな」

面白そうに父が笑った。

「『どこまでもどこまでも一緒に行こう』だ。あれは主人公の決意表明の場面だからな。二度繰り返す分、思いが深いんだ」

「覚えてないよ、そんなところまで」

首都高速から降りてしばらく走ると、上野が近づいてきた。

父が駅前の通りを指差した。

「広志、あのあたりでいいぞ」

「ホテルまで送るよ」

「ぶらぶら歩いていきたい。フロントに荷物を預けておいてくれ」

父がシートベルトをはずし、足元に置いたカバンをつかんだ。

「お前が車じゃなかったら、ガード下のいい店を教えてやるんだが」

「しばらくこっちにいるんでしょう。帰る前に飲もうよ」

「それはいいな。さっそくまだやっているか偵察してこよう」

顔を崩すようにして笑うと、父は車から降りた。

「じゃあな、広志。元気でな」

「また会うでしょう」

そうだな、と笑って軽く手を挙げ、父は人の群れに入っていった。

小さく手を振り返し、広志は車を走らせる。

父がいない席から淡く、甘い丁字の匂いがした。

翌朝、美緒は七時前に家を出て、上野に出かけていった。

その二時間後、父と待ち合わせていたはずの美緒から電話があった。

今、救急車のなかにいるという――。

第六章　十一月　みんなの幸《さいわい》

病院の一角にある喫茶コーナーから、美緒は外を眺める。

東京の銀杏が黄色く染まり始めた。盛岡の紅葉はそろそろ終わるそうだ。

しかし、紅葉も花も散り際が一番きれいだと言ったあと、隣の席の裕子が首を横に振った。

「ごめん。こういう席で言う言葉じゃないね」

向かいに座っている父が「まあ、よく言われる言葉だ」と答えた。

「果物も熟れて腐る寸前が一番うまい」

父の隣にいる母がわずかに顔をしかめた。

四人掛けのテーブルには、秋の日差しが当たっている。土曜のせいか、普段は閑散としている喫茶コーナーに今日は人が多い。

祖父が上野の宿で倒れて、三週間がたつ。

あの日は上野駅の公園口の改札で祖父と待ち合わせをした。ところが二十分を過ぎても現れず、電話をかけても出ない。別の改札も探してみたが、祖父の姿はなかった。

三十分が経過したところで不安になり、祖父が泊まっているホテルに行った。フロントにたずねると、祖父はまだ鍵を預けていなかった。建物のなかにいるようだが、部屋の電話にも出ない。合鍵を持ったスタッフと一緒に部屋に行くと、外出の支度を調えた姿で倒れていた。

祖父はすぐに救急車で搬送され、一命を取り留めたが、身体の右側が麻痺《まひ》して、言語に障害が残った。心臓でできた血の塊が剝がれて、脳の血管を詰まらせたのだという。

それ以来、東京にとどまり、昼間は祖父の病室にいる。鉈屋町のショウルームにやりかけのままで残した作業が気になるが、裕子に連絡すると、今は紘治郎先生のそばにいるのがいちばん大事な仕事だと言われた。

その裕子は土曜日になると、祖父の見舞いに通ってくる。

先週は太一も来たのだが、夕方だったので美緒とは時間が合わず、父とだけ話をして帰った。

二人がたびたび上京するのは、祖父を盛岡の病院施設に移さないかという話のためだ。

裕子が施設のパンフレットを父と母に見せている。

「どうかな、ヒロ……広志君。ここならショウルームからも近いし、私も太一も顔を出せるし」

「それは先週、太一君からも聞いたけど……」

歯切れの悪い父の言葉をさえぎるようにして、裕子が言葉を続けた。

「紘治郎先生、言葉が出ないだけで、こちらの話していることはわかるんでしょ。盛岡なら知り合いがたくさんいるから寂しくないよ。だいたいヒロチャたちは忙しくて先生のお見舞い、そんなに来られないでしょう」

わかるんだけど、と父が嚙みしめるように言った。

「最後ぐらい息子らしいことをしたい」

病院のパンフレットを読んでいた母が顔を上げた。

「転院以前にお義父さん、盛岡まで移動するのはつらくないでしょうか」

「それはそうだけど……」

裕子がジャケットの衿もとに手をやり、スカーフの乱れを整えた。

レンガ色のホームスパンがよく似合い、顔色が明るく見える。肌の色を引き立てる布をまとっているからだ。

ポケットに手を突っ込み、美緒は羊のマスコットを握りしめる。

あの日、祖父もよく似合うホームスパンを着て、倒れていた。

「勝色《かちいろ》の上着」と呼んでいた、黒に近い紺のジャケットだ。

同じホテルに泊まっていたら、もっと早く発見できたはず。その思いがずっと頭から離れない。

「それにね、こんなこと言いづらいんだけど、ヒロチャの勤め先、大変なんでしょ」

しばらく黙っていたが、ためらいがちに裕子が切り出した。

「新聞で読んだよ。東日本の工場や研究所を閉鎖するとか。そうしたらヒロチャ、東京にいられないじゃない。そもそもヒロチャのところ……」

美緒、と父が決まり悪そうに名前を呼んだ。

「お祖父ちゃんの様子、見てきてくれるか」

わかった、と答えて、美緒は席を立つ。

裕子が遠回しに聞こうとしているのは、おそらく両親の不仲のことだ。

東京の家で皆とすきやきを食べたとき、両親がそれぞれの部屋を持っていることに戸惑った。祖父が倒れたことで滝沢の家に帰れず、必然的に東京で暮らしているうちに、戸惑いは驚きに変わっていった。

食事は基本的に母が用意したものを父は食べるが、二人はトレイに食事を載せ、それぞれの部屋へ運んで食べていた。それ以外の掃除や洗濯は各自で行っている。二人とも音楽をかけたり、アロマオイルを香らせたりしてくつろいでいるが、その様子は家族というより、テレビで見たシェアハウスの住人のようだ。

それでも夕方、見舞いから帰って米を炊き、祖父から教わった簡単なおかずをつくって両親を待つと、昔のように三人で食卓を囲むようになった。

最近では、父が祖父のみやげのコーヒー豆を食卓で挽きだすと、呼ばれるようにして母が部屋から出てくる。そして自分も食卓に座り、父が淹れたコーヒーを三人で飲んでいる。

たいして会話もないが、そのときは家を出る前よりも親密な空気が流れるのは不思議だ。

両親が離婚しても、もう、それほど驚かない。しかし、祖父はどうなるのか、自分はどこに行ったらいいのか。祖父のベッドの脇に座ってよく考える。

祖父の病室がある階に上がると、自動販売機を集めた軽食コーナーの前に背の高い男が立っていた。小脇にダウンジャケットを抱え、大きな紙袋を下げている。

太一だった。「おお」と言って、手を挙げている。

「ちょうどよかった。今来たところ。それにしても関東平野の乾燥って、半端ないな。唇は荒れるし、のどは渇くし。裕子先生は広志さんと一緒？」

「一階のカフェで話し合ってます。おじいちゃんのこと」

そうか、と言いながら、太一が自販機にコインを入れた。

「裕子先生が心配で追いかけてきたけど、どっちの気持ちもわかるから困るな。俺たちにとって紘治郎先生は親代わりだけど、先生にしてみれば、実の子の広志さんのそばにいたいかもしれない」

ミネラルウォーターを買った太一が、「おっ」と小さな声を上げた。

「そうだ、先に渡しとく。これ持ってきたんだ」

自販機の脇にあるソファに荷物を置くと、太一が紙袋から赤いショールを取りだした。

「大事なものだろ」

頭の上からふわりとショールをかけられ、美緒は布の端をつかむ。

やわらかな手触りに安心したのか、肩の力が抜けてきた。

「勝手に部屋に入っちゃ悪いと思ったけど、先生の家、留守が長くなるからあちこち、点検しなくちゃいけなくて。そんで、これ見つけて」

「ありがとう、太一さん」

よかった、と太一がほっとした顔をした。

「勝手に部屋に入って、キモイ奴って引かれたらどうしようって、かなり迷った」

「引いてないです、全然」

心配そうに太一が顔をのぞきこんだ。

「ところで、なんか痩せた？ 広志さんが心配してた。あんまりメシ食わないし、ずっとぼんやりしてるって。まあ、でも、それはショックでぼんやりもするよな」

思ってもいない言葉に太一の顔を見た。力のある大きな目がやさしく見つめている。

「驚いただろ、おじいちゃんが倒れてるのを見て。でも、しっかり対応して偉かったな。おかげで先生は命を取り留めた」

「でも……」

涙がこぼれそうになり、美緒は赤いショールを深くかぶる。

「もっと早く見つけてたら……。おじいちゃんが取ってくれた部屋に私が泊まってたら。もっと早く探しに行けて……。おじいちゃんは後遺症が残らなかったかも」

「先生は最初からこういうことを覚悟してたよ。一人暮らしだろ。風呂やトイレで倒れることもある。何日もたってから見つかることだって……。見つけた人はつらいから、何かあったら裕子先生じゃなく、俺に確認してほしいってずっと頼まれてた。だから、そのつもりでいたのに」

ごめんな、とつぶやく声がした。

「俺が見つけてやれればよかったのに」

首を横に振ると、はずみで泣きそうになった。全身に力をこめ、美緒は涙を必死で食い止める。赤いショールの上から、頼もしい声が響いてきた。

「大丈夫だ。なんとかなるって。あんまり落ち込んでると、毛ぇ刈るぞ」

「やだ」

「じゃあ先生のところに行こう。目が覚めたときに俺たちがいたら安心するよ」

幼い子どもをあやすように、太一が軽く背中を叩いた。

太一にすがりつきたくなる思いがこみあげ、美緒は両手で布の端をつかむ。

ショールを掻き寄せ、自分の身を抱きしめる。

軽やかな羊毛の布は繭《まゆ》のように、身体を包み込んでいった。

喫茶コーナーでの話を終えた父は、太一と裕子を車で上野駅まで送っていった。転院の話は結論が出なかったようだ。裕子も父母も疲れた顔をしていた。病院の玄関で父の車を見送ったあと、母は相談があると言い、事務室に向かった。祖父の病室に戻ると、ベッドの脇に置いた椅子の上に羊のマスコットがあった。薄緑のボディにピンクの耳と手脚。メイさん六号と逆の配色の羊だ。

「あれ、いつの間に。おじい……」

祖父に話しかけようとして、美緒は口をつぐむ。祖父は眠っていた。

その顔が寂しそうで、ショールを手に取る。

起こさないように気を付けながら、祖父の布団に掛けてみた。

活気のある赤がベッドいっぱいに広がった。その上にピンクと薄緑の羊を並べてみる。

椅子に座り、美緒はショールに頰を寄せた。

寄り添うピンクと薄緑の羊を見ながら思う。

祖母は、きっと帰りたかったのだ、祖父のもとへ。

選んだ道に後悔はなくても、できることなら祖父のもとに帰りたい。

そう願ったから祖母は、祖父が好きなタラの芽に思いきり手を伸ばしたのだ。

「おじいちゃんは、どこに帰りたい？」

二匹の羊に、美緒は手を伸ばす。指先に感じるふわふわとした羊毛と、頰に触れるシヨールのやさしさに目を閉じる。

「盛岡に帰りたい？　お父さんがいれば東京でもいい？」

頭に何かが触れた。こわごわ触れると祖父の手だった。

おぼつかない手つきで、祖父が頭をなでている。

「おじいちゃん……」

顔を上げると、奮い立つような鮮烈な赤の向こうから、祖父が見つめていた。

微笑もうとしているのか、唇が震えている。

節くれ立った祖父の手を、美緒は両手でしっかりと握りしめる。

美しい糸、美しい命。強くて、澄んだ赤。

この色に託して願うこと――。

「おじいちゃん。私は、おじいちゃんの仕事が大好きだ」

ホームスパンの職人の修業をする。そのために盛岡の通信制の高校に編入したい。

夕食後にそう伝えると、父は腕を組み、母の顔は強ばった。

「だから、おじいちゃんと一緒に盛岡に行きたいです。お父さんたちの分もお見舞いに行く。必ず高校も卒業する。約束するから」

「どこで暮らすの」

つぶやくように母が聞いた。

「裕子先生に相談するけど、冬の間におじいちゃんが暮らしていた場所がショウルームにあるから。そこでおじいちゃんと約束したショールをまず織りあげて……。それからもっと覚えたい、染めや織りのこと」

生活費は？　と母が畳みかけた。

「アルバイトをしてでも、美緒は修業を続ける覚悟はあるの？」

「ある。どこで働けるかわからないけど、アルバイトもする」

何も言わずに父は目を閉じた。これ以上、話を聞きたくないという雰囲気だ。

弱気になり、美緒は目を伏せる。機に掛けられた赤い経糸が心に浮かんだ。

あの機に、一筋ひとすじ緯糸を掛け渡したい――。

「お父さん。私、ホームスパンの仕事をしたい。人を温める布をつくりたい。……なんで黙ってるの？」

父の様子を気遣うように何度も見ながら、母が言った。

「そんなに簡単な話じゃないのよ、美緒。施設のことや費用のこと、お祖父ちゃんの体力のこと。検討することが多くて、お父さんだって悩んでいるの」

「わかってるけど……どうして何も答えてくれないの？　お父さん」

苛立ちを覚えて、美緒は席を立つ。

「もう、いいです」

「もういいって、どういう意味。美緒、待って」

母の声を背にして、美緒は部屋に駆け戻る。キャリーケースに着替えを詰め始めると、父が部屋に入ってきた。

「何してるんだ、美緒」

「病院に行く。今日からおじいちゃんの病室に泊めてもらう」

わかった、と父が答えて、隣にかがんだ。

「落ち着け、美緒、黙ってたわけじゃない。考えがまとまらなかっただけだ。……美緒が帰ってきて、お父さんは嬉しかったんだよ。お母さんと美緒と三人で、またずっと、一緒に暮らしていきたかったんだ」

「でも、私……行くよ」

わかってる、と再び父が言った。

「お祖父ちゃんのことはお父さんがちゃんとする。だから、今はせぐな。せがなくていい」

その言葉に、荷物を詰める手が止まった。

「せぐなって言われても、意味わからないよな」

「わかる」

泣くのをこらえ、小声で美緒は答える。

「わかってるよ、お父さん」

せがなくていい。そう言った父の声には、祖父と同じぬくもりがあった。

盛岡の病院施設のナースステーションを出ようとしたとき、カウンターに飾られた小さなクリスマスツリーが目に入ってきた。

父が倒れてから、瞬く間に日々が過ぎていく。

昨日、患者搬送を専門にする会社の助けを得て、父を郷里へ連れ帰った。

東京は晴れていたが盛岡につくと空は暗く、雪がちらついていた。

一夜明けた今日も、空は曇ったままだ。

病室に入ると、美緒がベッドの脇に座っていた。父のベッドには、美緒のものだった赤いショールが上掛けにかかっている。

「美緒、来てたのか」

唇に指を当て、美緒はベッドの父を見る。

穏やかな寝息をたてて、父は眠っていた。

「おじいちゃん、ついさっきまで起きてたんだけど」

十月の終わりに父が倒れて以来、東京で過ごしていた美緒は、先週、盛岡に住まいを移した。

引っ越し先は山崎工藝舎の社員寮だったアパートで、隣の部屋は裕子の個人的なアトリエだ。

美緒の隣に座ると、膝の上に絵本が二冊あった。

「その本、どうした？」

これ？　と美緒が一冊をよこした。

漆黒の地に青白く輝くビーズと糸で、機関車や星々が描かれている。

「銀河鉄道の夜」の絵本だった。絵は「清川あさみ」とある。

「本屋さんで見て、おじいちゃん、好きかもって思って。きれいなんだよ、これ、刺繍で描かれてるの。糸ってこんなこともできるんだね」

続いて、膝の上のもう一冊の絵本を美緒はよこした。

「こっちは『水仙月の四日』。これはおじいちゃんのお気に入り。持ってきてほしいって言われたから」

絵本の表紙には、少女のようにも見える美しい雪童子《ゆきわらす》が描かれていた。二匹の雪狼《ゆきおいの》を従え、黄金の実がついた宿り木の枝を一本持っている。

ページをめくると、赤い毛布をかぶった子どもが吹雪のなかで膝をついていた。

「この子の赤毛布はホームスパンって説はお祖父ちゃんから聞いた？」

美緒は何度もうなずいた。

「お母さんの手紡ぎ、手織りに違いないって」

「美緒のお祖父ちゃんはお酒を飲むたび、そう力説するんだけど、その隣で曾お祖父ちゃんはクールに『やあ、紘治郎、あれはただの赤毛布だ』って言うから、お祖父ちゃんは毎回、へこんでた」

口に手を当て、美緒が小さく笑っている。

「たしかにおじいちゃん、その話のとき、すっごく力入ってた」

「それは力も入るよ。お祖父ちゃんは曾お祖父ちゃんに、まったく頭が上がらなかったんだ」

「お父さんだし、染めの先生だし。頭が上がるスペース、どこ探してもないよ」

美緒の表現がおかしくて思わず笑った。笑いながら考えた。

美緒にとって父親とは、そんなに偉いものなのか。

父親の貫禄という点では、自分は父にも祖父にもかなわない。二人に比べれば威厳もなく、存在感も薄い。

それでも以前より、美緒が話しかけてくるようになった。

怖がられたり疎《うと》まれたりせず、他愛のない会話が娘と続くのはうれしい。

父のベッドにかけた赤いホームスパンに美緒が触れた。

「私はホームスパン説、おじいちゃん派だな。あの子の家にはきっとお母さんがいないと思う。だって、最後に探しにくるのはお父さん一人だけだもん。あの赤い布は、お母さんの祈りがこもった布なんだ……だから雪童子の心をとらえた。あっ、でも」

美緒が「水仙月の四日」の絵本を見た。

静かな笑みをたたえ、美しい童子は雪のかなたを見つめている。

「もしかしたら童子が、あの子のお母さん的な存在とか。雪の妖精ってきれいな女の人っぽい。ぼくって言ってたけど、自分のこと『ぼく』っていう女の子かもしれないとか」

急に美緒が恥ずかしそうな顔をして、布から手を離した。

「……またバーッと話しちゃった。おかしなこと」

膝に手を置き、美緒がうつむいている。

「別におかしくはないよ。そういう読み方もあるんだって思った。お父さんは曾お祖父ちゃん派だったんだ。よかったね、美緒が味方だ」

父に話しかけたが、目を閉じたままだ。

時計を見ると、裕子と会う約束をしている時間だった。

「美緒、お父さんはそろそろ行くよ。裕子先生に挨拶して、滝沢の家を閉めたら、今日はそのまま帰る。年末にまた来るから」

美緒が椅子から腰を浮かせた。

「おじいちゃん、起こそうか」

「起こさなくていいよ。ようやく眠れたんだから」

「お父さん、それならこれ」

美緒が小さな袋をおずおずと差し出した。

「おみやげっていうか……新幹線で食べて」

袋のなかにはコッペパンが入っていた。チョコとピーナッツバターのシールが貼ってある。

「わざわざ買ってきてくれたのか」

「ちょうど、通りかかったから……仕送りのこと、ありがとう。お母さんにもこの間、言ったけど」

真紀と話し合い、美緒がこれから盛岡で暮らすにあたり、一人立ちできるまで支援をすることにした。本人には成人するまでと伝えているが、大学の卒業年に該当する二十二歳までは支えるつもりだ。

「いいよ。アルバイトする暇があったら、その分、修業したほうがいい。頑張るんだろう？」

力強くうなずき、美緒は立ち上がった。

娘と二人で並び、横たわる父を見つめる。

盛岡へ父と移動する間、「銀河鉄道の夜」を読み返した。

「どこまでもどこまでも一緒に行こう」という台詞を、父は主人公の決意表明の場面で登場すると言っていた。

その言葉が決意なのだと思っていた。ところが読み返すと、台詞には続きがあった。

己《おのれ》の身を燃やして夜の闇を照らす、さそりの真っ赤な火の話になぞらえ、主人公は言う。

〝みんなの幸《さいわい》のためならば僕のからだなんか百ぺん灼《や》いてもかまわない〟

あとに控えたこの言葉こそが、主人公の決意だったのだ。

「お父さん、また来るよ」

燃え上がるような赤いショールに包まれ、父は眠り続けている。

銃屋町のショウルームに行くと、裕子は一人で服地を織っていた。

織る手を休め「なつかしい？」と裕子がたずねた。

「少しはね」

「なんだ、少しだけか」

音が……と言いながら、広志は軽く右耳に触れる。

羊毛の糸を織る音は穏やかだ。雪の日に母が機を織る音を、うとうとしながら聴いていたことを思い出した。

「機の音が、すごくなつかしい」

「よそでは聞けない音だもんね」

裕子が機から降り、台所に歩いていった。すぐにお茶を淹れて戻ってくると、階段箪笥の引き出しからノートを一冊取り出した。

「だいたいこれの指示通り片付いたよ。残ってたコレクションもすべて、手紙を添えて送った」

「太一君からも聞いた。本当にありがとう」

「コレクションを譲られたお友だちが、お礼かたがた盛岡に来るって。先生もリハビリに精が出るね」

東京の病院で容態が安定すると、父はおぼつかない言葉で、懸命に何かを訴えようとした。

家、机、引き出し、と言っているので、その引き出しを太一に開けてもらうと、コレクションの譲渡先や家財道具の処分などについて書かれたノートが出てきた。

滝沢の家を畳み、施設に移ろうとしていた父が準備していたものだ。

裕子がノートのページをめくった。

「あとはヒロチャたちがいらないなら、この人たちに譲ってほしいって品物が一階にまとめてある」

「全部譲ってくれていいよ。価値がわかる人に持っててもらうのが一番」

「そう言うと思った。でもそこは真紀さんや美緒ちゃんの意見も聞きなよ。残りは冬を越してからでいいから。あとは納屋と倉庫のものだね。あれはヒロチャに決めてもらわないと。これ、渡しとく」

ノートを差し出すと、裕子が機を指差した。

「美緒ちゃん、ショールを織りだしたんだよ。見る？」

美緒の機の前に行くと、たしかに三十センチほど赤い布が織り上がっている。

「へえ、サマになってるな」

「指導がいいからね。座ってみなよ。これ、香代先生の機だよ」

母が見ていた光景が見たくなり、機の前に座ってみた。

ピンと張り詰めた赤い経糸が隙間なく、整然と並んでいる。勢いがある色のせいだろうか。機には迫力と生気が満ちていた。

これほどに力が漲《みなぎ》る機を、内気なあの美緒が操るのが不思議だ。

裕子が機のそばに立ち、赤い糸の様子を眺めた。

「どうだった？ 紘治郎先生の様子」

「安心したのかな。よく寝てる。でも、置き去りにするみたいだ」

口に出したとたんに自覚した。

自分は再び、故郷に父を置き去りにするのだ。

裕子が軽く首を横に振った。

「そんなことはないって」

「でも、事実だ」

十八で家を出てから、この町にはほとんど帰っていない。美緒のことがなければ、おそらく今も父とは疎遠のままでいた。

気持ちを変えたくなり、布に目を移した。

「どれぐらいで出来上がりそう?」

「織るのは早いけど、そのあとがたぶん長びく」

機から下ろした布は、湯で洗って繊維を密にする。「縮絨《しゅくじゅう》」と呼ばれるこの作業を経たあと、プレスをすれば完成だ。

ただ、湯で洗う前に織り目を点検して整え、糸が切れている箇所などを修復しなければいけない。初心者の美緒はその修復の箇所が多そうだ。

「考えただけで気が遠くなってきた」

「でも、きっちりやってもらうよ。『丁寧な仕事』&『暮らしに役立つモノづくり』。それがうちのモットーだから」

美緒の曾祖父の口癖でもあった、この工房の信条は就職する際の面接でも話した。分野は違えど、自分もその信条を心に持って働いていきたいと——。

その会社はもうなく、現在の勤務先も売却が進んでいる。かつて自転車で移動するほど広かった研究所と工場群の敷地も、それぞれ柵が設けられ、自由に行き来できなくなった。

「ところで美緒ちゃんの引っ越しのときには真紀さんも来てたけど。今回はヒロチャが一人で来たんだね」

「真紀も来るつもりはあったけど、今週は土曜も授業があるから」

そっか、と答えると、裕子が自分の機に戻っていった。

「先生はなかなか学校を休めないもんね。学校って言えば……引っ越しのときに真紀さんと話をしてたら、美緒ちゃんが高校の卒業資格を取ったら、通信制でもいいから染織や服飾関係の大学に進学してほしいって」

「学校がすべてじゃないと思うんだけどな」

「でも、私もそれがいいと思う。長く職人をやるためにも、自分の引き出しをたくさん持っておくのはいいこと。これからの職人はものを作っていればいいって時代じゃない。お金とここと」

裕子が力こぶをつくる仕草をして、腕を叩いた。

「それから知識と人脈はいくらあっても邪魔にならないよ。だから、美緒ちゃんが進学を望むなら、私も応援するつもり。大丈夫、まだまだ頑張れるよ」

「裕子ねえちゃは偉いな……」

何言ってるの、と裕子が笑った。

「ヒロチャは私よりまだ若いのに。でもよかった。真紀さん、顔が明るくなった。ヒロチャのところも落ち着いてきたんだね」

「どうだろう。それはわからない」

緯糸が巻かれた杼《ひ》に手を伸ばし、広志は赤い糸を眺める。

自分たち家族の間には常に糸を張ったような緊張感がある。夏にくらべれば落ち着いてきたが、注意して見ると、ときどきはっきりとわかるほど、美緒は真紀に怯《おび》えている。

そんな娘の反応に真紀は傷つき、母親が傷ついていることに勘づいた美緒はさらに気を遣う。

「母と娘って、もっと仲がいいものかと思ってた」

「相性あるよね、親子にも。女同士、男同士のほうが遠慮がなくて、かえってこじれるときがあるよ。ヒロチャだって、香代先生のほうが話しやすかったでしょ」

「それは母親だから。父親より身近だし」

再び、裕子が布を織り始めた。呼吸のように、規則正しい音がする。

「ヒロチャは小さすぎて覚えていないだろうけど、私、三つ上に姉がいたのね。姉妹だとよくわかる。母親の愛情って決して均等じゃない」

「お姉さんがいたことは聞いてるけど」

「母は姉をすごく可愛がっていて……。早くに死んだから、良いところしか覚えていないわけ。だから、可愛げのない次女の私とは、ぶつかってばかり」

裕子が織る手を止め、布の織り目を確認している。

「親子で仲良くってのは一番だけど、やっぱり相性ってある。右手が利き手の人なら、右手のほうが使いやすいじゃない？　左手ではご飯も食べにくいし、歯も磨きづらい。それはイライラするよ」

「お姉さんが右手で、裕子ねえちゃが左手の子ってこと？」

「そういうこと。でもね」

裕子が杼を手にして、再び織り始めた。

「左手も右手と同じぐらい大事。かけがえがないことには違いない。今はそう思ってる」

銑屋町のショウルームを出たあと、滝沢の家へレンタカーを走らせながら考えた。

自分は父にとって、どちらの手の子どもだったのだろう。

社交的で人当たりが良かったが、父は息子に関心を持たなかった。進学や就職を決めたときも「しっかりやれ」と言っただけだ。

高速道路を降り、父の家に着くと雪が降り始めた。

雪が積もる前に、納屋と倉庫の様子を確認しようと、広志は裏手に急ぐ。

水路の側にある納屋の戸を開けると、二槽式の洗濯機が目に入ってきた。湿気とともに、こもった空気の臭いがする。

あかりをつけると、ほこりをかぶった炊飯器やオーブンが棚に置かれていた。足元にあった掃除機のほこりを何気なく手で払う。

電機メーカーのロゴが現れた。自社の製品だった。あわてて他の製品のほこりを拭う。すべて同じロゴだ。

その先にある冷蔵庫は見なくてもわかる。自分が関わった製品だ。

奥へ進むと、合併される前の会社の製品が現れた。

冷蔵庫と洗濯機が二台。奥の棚にはテレビとビデオデッキが並んでいる。

その最奥にひときわ古びた洗濯機があった。

入社して初めて関わった製品だ。社員割引で買って、母に贈った。

ほこりをかぶった洗濯機の前に立つ。

子どもがつくったものは捨てられん。そう言った父の声がよみがえる。

馬鹿だな、と声が漏れた。

「捨ててよかったのに、お父さん」

見回すと、小さな納屋にあふれるほどの電化製品が並んでいた。

「お父さん」

洗濯機のロゴマークに左手で触れる。たまらなくなり、右手をそのロゴに添え、顔を伏せた。

「お父さん……ごめん」

第七章　三月　その手につかむもの

年末年始の休みを使って仕上げたショールは、恥ずかしくなるほど出来が悪かった。祖母の作品はきれいな長方形だが、自分が織った布のふちは波打ち、全体の形がいびつにゆがんでいる。

三月の半ば、裕子が運転するワゴン車のなかで、美緒は自分がつくった布について考える。

年が明け、祖父にショールを見せにいくと、動く方の手でずっと布を撫でていた。持ち帰ろうとしたが、祖父は手から離さない。そして、ベッドに掛けている祖母のショールの代わりに掛けてほしいと、途切れ途切れに言った。

二メートル近い布をベッドに広げると、腕の未熟さが否応なく目に入ってくる。恥ずかしいし、こんな布が山崎工藝舎のホームスパンと思われたら困ると祖父に言ったが、譲らない。

電話で裕子に相談すると「仕方ないわね、あきらめな」と言われた。そして「早く上手になって、掛け替えのショールを作らなきゃね」と励まされた。

一月の連休に祖父の見舞いに来た両親は、ベッドに広がる稚拙な布に驚いていた。父は腕組みをして眺め、隣に座った母はショールのふちの凹凸をしきりと撫でている。

不出来な箇所を指摘されているようで、いたたまれなかった。

みじめな思いで顔を伏せると、母の手が止まった。その手が伸びてきて、膝の上に置いた自分の手に重なった。

隣を見ると、母は声を立てずに泣いていた。

「よく頑張ったね、美緒……こんな大きな布を」

母の手のぬくもりに、氷が溶けるように自分も泣いていた。

介護用ベッドの背を上げて、起き上がっていた祖父が小さくうめいた。

「どうした、お父さん」

父が祖父に近寄ると、「だあ」と声がした。

再び、祖父が「だあ」と言い、母に視線を向ける。

「い、じ……」

母が身を乗り出し、祖父を見つめた。

「だいじ？」

「ずぃ、ぶ」

祖父の発した声を美緒は復唱する。

「だいずぃ、ぶ……大丈夫かな？　あってる？　おじいちゃん？」

祖父がうなずく。

「ふ、ま……」

祖父の言葉を聞き漏らさぬように、美緒は祖父の口元に顔を寄せた。

「ふ、ま、く……な、る」

うまくなる？　と父がたずねた。

「うまくなるんだって、美緒はこれから」

「ありがとう、おじいちゃん」

祖父の隣にかがみ、同じ目線で美緒はショールを見下ろす。

ゆがんだ形、でこぼこの布のふち。織り目が粗いから、祖母の作品のように、にじみでるような艶がない。

これが今の自分の精一杯。

だけど、これからうまくなる。千回の染めと織りを体験するまで、自分はどこまで腕を上げていけるだろうか。

ショールに触れた。燃え上がるような赤い色に心が高ぶる。

「今はまだこれだけど……私、いつか越えるよ、おじいちゃんたち」

口をついて出た自分の言葉に驚いた。父も驚いたのか、目を丸くしている。

微笑んだ祖父が目を閉じる。涙が一筋落ちていった。

その八日後の一月の終わり、赤いホームスパンに包まれ、眠るように祖父は旅立っていった。


雪のなかを走っていた裕子の車が墓地の駐車場に入った。

先頭を走っていた太一の車から、僧侶と黒いコート姿の父母が降りている。

隣の席でずっと黙っていた横浜の祖母が、裕子に礼を言って車を降りた。

祖父の骨箱を抱え、美緒も続いて外に出る。

四十九日の法要のあと、寺から離れた墓所で納骨が行われることになった。今日はこのあと親族と、銙屋町のショウルームで会食だ。

僧侶と父母が墓地への坂道を歩いていく。

背後から裕子の声がした。

「美緒ちゃん、ショールを巻いていきな。まだ寒いから」

裕子が車から赤いショールを取りだし、肩にかけてくれた。

「えっ、先生、でも……」

裕子先生、と心配そうに祖母が声をかけた。

「いいのかしら。こういうお席で赤いショールって……」

「大丈夫、みんな礼服の上にいろいろ着ますよ。だって寒いもん」

駐車場に次々と停まった車から、親戚たちが降りている。礼服の上に着た防寒着の色は、たしかに黒ばかりではなかった。

年配の親戚が近寄ってきて、軽く肩を叩いた。

「巻いていきなよ。ホームスパンだもの」

「見せてあげな。紘治郎もご先祖様も喜ぶよ」

そうですね、と祖母がハンカチを目に当てた。

「孫の美緒ちゃんが、一生懸命織った布だもんね」

「ごめん、これ、おばあちゃんが織ったほう……」

「黙ってりゃわかんないって！　めんこいなぁ」

中年の女性の声に小さな笑いがおき、太一が手招いた。

「早く、広志さんたちが待ってる」

墓地へ向かうと、道は除雪されているが、あたりは一面に雪が積もっていた。今日はまだ雪が降るらしく、空は曇っている。

「寒くないよね、おじいちゃん」

赤いショールで、美緒は骨箱を包み込む。

短い読経のあと、式はすぐに終わった。真っ白な雪のなか、人々は静かに来た道を戻っていく。

裕子と話しながら、祖母も駐車場への坂道を下っていった。父と母だけは墓前から動かず、二人で並んで立ったままだ。

赤いショールを羽織り、少し離れた場所で美緒は待つ。

灰色の空から雪が降ってきた。

父母の黒いコートの背に、白い雪が落ちては消えている。

「美緒が待ってる、私たちを」

隣に佇む真紀の声に、広志は振り返る。親戚たちが駐車場へ戻るなか、美緒だけが一人、墓地の入口で立っていた。

肩からすっぽりと赤いショールを羽織っている。真っ白な風景のなかで、そこだけ赤いインクを落としたように鮮やかだ。

美緒の進路は決まったが、今後の話を夫婦でしようとした矢先に、父が他界した。それ以来、互いに別れ話には触れず、この法事の仕度をしてきた。

それも今日でひとまず落ち着く。

きれいね、と真紀がつぶやいた。

「気のせいかな。色が澄んで見える」

「空気が澄んでいるからね」

「それになぜかな……」

真紀の声がわずかにふるえた。

「美緒がずいぶんひどく、遠くに感じられる」

それは、子どもが巣立っていったということなのだ。

自分もまた、夏には東京の家を出ていく。一時は配置転換を示唆《しさ》されていたが、その上長が先月、会社を辞めた。代わりに異動してきた上長からは関西の研究所に移らないかと言われている。迷走しているのは、自分だけではない。

時期を同じくして、手頃な価格でオリジナルの家電を作っている会社から誘いを受けた。声をかけてくれたのは、先にその社に移ったかつての同僚だ。その社の拠点も地方にあるので、どちらを選んでも生活は大きく変わる。

「俺も東京を離れるよ。職場はまだ決まってないけど」

「いつごろ決まるの？」

「五月か六月には」

そうなの、と、つぶやきながら真紀が美緒を再び見た。

黒い礼服を着た太一が、美緒に傘を差し掛けている。目が合うと、会釈をしたあと、こちらに背を向けた。

黒ネクタイが見えないと、礼装姿の青年は婚礼に招かれたゲストのようだ。

まぶしそうに真紀が二人を見た。

「いいな、子どもたちには未来があって。望めば何にでもなれる」

「望んでも得られぬものがあるとわかるのが、大人になるってことだよ」

「夢のないこと言うのね」

真紀がかすかに笑った。

「そっちこそ。未来なら大人にだってある、たぶん」

雪空が割れ、わずかに光が差しこんだ。風に吹かれて、小さなちぎれ雲が流れてくる。

灰色の毛の羊のようなその雲を見上げた。

「夢や希望って雲みたいだな。子どもの頃、毎日羊毛を見ていると、雲も簡単につかめる気がした。でもいくら手を伸ばしても届かない」

「羊毛なら手でつかめるのにね」

「だから、きらいじゃなかったんだ、親たちの仕事」

真紀が空を見上げ、ちぎれ雲を眺めた。

「先に行ってるね」

もう少し一緒にいたくて、真紀に手を伸ばす。でも届かなかった。

去っていく姿に、葬儀の日を思い出した。

火葬場で父を見送るとき、真紀の手の甲に一瞬、自分の手が触れた。

偶然だったが、振り払われて驚いた。しかし次の瞬間、しっかりと手を握り直され、さらに驚いた。

その手のぬくもりが忘れられない。

凍《い》てついた空気のなかで手を広げ、広志は見つめる。

遠く、雲のように儚くても、それでも人は手を伸ばして、つかもうとする、夢や希望を――。

手のひらに落ちた白雪が、吸い込まれるようにして消えていった。

小さな足音が近づいてくる。

「お父さん」

赤いショールを羽織った美緒が、傘を差し掛けてきた。

「雪、結構降ってきたよ……そろそろ行こう」

「離れがたくてね」

隣に並んだ美緒が、墓石に薄く積もった雪を払った。

「ありがとう、美緒。傘、持ってきてくれたんだ」

「お母さんが持っていってあげてって。そうだ……」

美緒が礼服のポケットに手を突っ込むと、水色の小さな巾着袋を差し出した。

「ご飯のときに渡そうと思ったんだけど……。この間、おじいちゃんの『大事な物入れ』を裕子先生と開けたら、こんなの出てきた」

この袋には覚えがある。ずいぶん昔、小学校の家庭科の授業でつくったものだ。

「私もこんな袋、小学校でつくったよ。だから、これ、お父さんがつくったのかなと思って」

「そうだよ。お手伝い券を入れて、昔、母の日にあげた」

やっぱり、と美緒が軽くうなずいた。

「それと一緒に色彩設計書も出てきた。お父さんとお母さんと私の服地の。おじいちゃんからの宿題みたいだ」

「挑戦状かもしれない」

「そうかな？　がんばるよ。でも、まだ、とても服地はつくれない。いつかつくったら着てくれる？」

こみあげる思いを言葉にできず、黙ってうなずいた。

「よかった。おじいちゃん、お父さんが着てくれるって」

やさしく墓に語りかけると、美緒がショールを頭にかぶり、傘から出た。

「美緒、濡れるよ。お父さんも、もう行くから。一緒に行こう」

「大丈夫、小降りになってきた」

純白の雪のなか、赤いウエディングベールのようにショールを付けた美緒が立っている。

「先に行くよ、お父さん」

赤いショールを揺らして、美緒は走っていった。

一抹の寂しさを覚えながら、娘の背中を見送る。

古びた巾着袋をポケットに入れると、固いものが指先に触れた。袋を開けてみた。親指ほどの大きさの水晶が入っている。

ああ、と声が漏れた。

幼い頃、区界《くざかい》高原の野外活動で水晶を拾った。両錘《りょうすい》のきれいな結晶だったから、父に贈った。

「そうか。さる方から受け継いだ最高の石って……」

父が笑っている気がして、広志は墓の雪を手で払う。

次に会ったら今度は飲もう、お父さん――。

鉈屋町のショウルームでの会食を終えると、義母は新幹線で函館《はこだて》に向かった。北海道を旅行中の友人と函館で落ち合うのだという。

義母を駅まで送ったあと、真紀とともに再びショウルームに戻った。

仕出しの膳はすでに業者が持ち帰り、美緒と太一は部屋の外に出していた備品を元に戻していた。週末は休みだが、今日は海外からの客が夕方から来るのだという。

法事の片付けを終えると、三時を過ぎていた。

駅まで見送ると美緒は言ったが、客の来訪の時間が近い。

春になったらまた来ると言って、真紀と二人でタクシーに乗った。手を振る美緒の姿が見えなくなったとき、スマホの着信音が鳴った。

母からだ、とつぶやき、真紀が液晶画面を見る。

「……あと少しで本州の最北端だって。もうそこまで行ってるんだ」

「一緒に行かなくてよかったのか？　誘われてただろう」

いいの、と真紀が答え、スマホをバッグに入れた。

「親には親の旅が、子どもには子どもの旅がある。ようやくそれに気付いたの。私は東京に戻る」

車が盛岡駅に近づくと、開運橋という橋はこの近くかと真紀は聞いた。

「すぐそこだよ。橋がどうかした？」

「美緒たちのフェイスブックで岩手山？　橋からの山の景色がきれいだったから」

新幹線の時間まで、まだ余裕がある。

開運橋の手前でタクシーを降り、ゆっくりと二人で橋に向かった。この橋からの眺めは北上川の向こうに山が広がり、たしかに美しい。

雪は止んだが、雲がかかっていて岩手山は見えなかった。

橋の中央で、真紀は足を止めた。

風が強く吹いている。別れを切り出される予感がしたが、黙って隣に立つ。

真紀がバッグから封筒を出した。

市役所の封筒に書類が入っている。確認するまでもなく、離婚届だ。

「そうか……わかった」

封筒を受け取ると、真紀の声が耳を打った。

「私にこれを渡したのは、介護とリストラの可能性が理由？」

「それが大きい。というよりそれ以上の理由はない。だから、情けないけど……名前が書けなかった」

「見くびらないでよ」

鋭い声で真紀が言った。

「リストラ？　私だって働いてるのよ。家計を支えられるわ。介護？　それはお互い様。喜び二倍で、重荷は半分。いろいろあっても夫婦でいる最後の理由って、結局、そういうことじゃないかな。私はそう思った。だから別れたいなら、あなたが書いて渡して。私からは書かない」

「書けないよ。書けるはずないだろ」

離婚届を広げると、白紙のままだった。

なんで？　と小声で聞き、真紀を見つめる。真紀の唇がわずかにふるえた。

「ベッドの組み立て、ありがとう。オーディオの配線も……何も言わないのに直してくれて。あなたはいつも見えないところで、そっと気遣ってくれる。忘れてたの、そういうところが好きだったの」

「でも、もう一緒には暮らせない。職場が東京を離れるから。腹を括《くく》った。ものづくりができる場所へ、どこまでも行く」

「いいの、別にそれで。単身赴任なんてよく聞く話。新しい暮らし方を始めればいい」

風のなかに雪がまじった。風は橋で吹き上がり、山へ流れていく。

川下を振り返った真紀が、ショウルームがある鉈屋町の方角を見た。

「私たち、また二人きりになったね。一緒に……年を取っていこう」

「そうだな、どこまでも」

こみあげる思いに、同じ言葉を繰り返した。

「どこまでも一緒に行こう」

〝ほんとうのさいわいは一体何だろう〟

「銀河鉄道の夜」の登場人物は問いかける。

わからない。だけど、自分は生涯、この人の手を離さない。

乱れる髪を押さえ、真紀が微笑んだ。

「お義父さんが好きだった絵本を美緒に見せてもらったの」

「水仙月の四日？」

真紀がうなずき、風に舞う雪を見た。

「雪童子って、お義父さんみたいだと思った」

赤い毛布をかぶった子どもを守った雪童子は、捜索に来た親にその子の居場所を知らせると、朝の光のなかに消えていく。

お父さんが来たよ、眼をおさまし、と言って。

開運橋から駅を見ると、赤いショールを抱えて、父と待ち合わせた日を思い出した。

雪童子は、自分にとっては母のようだ。

遠く故郷を離れた地で、妻子とともに遭難していた自分に、あの日、きっと童子はささやいたのだ。

お父さんが来るよ、だから、安心していいのだと。

風に雪が舞い、川の上流に向かっていく。無垢な童子に戻った父と母が、空を駆けていくかのようだ。

あの山のふもとに、父母と暮らした家があった。

手を伸ばして、広志は真紀の肩を抱く。

「帰ろう、真紀。俺たちの家に」

エピローグ　ホームスパン

東京の冬は乾いているけれど、盛岡の冬には潤いがある。

曇っているときはさらりとした雪が降り、晴れると積もった雪がわずかに溶ける。

春が訪れるとその雪は澄んだ水になり、日差しを受けて軒先からしたたり落ちる。

その水音は好きだが、足元がぬかるむのは苦手だ。

ＯＧの家からマフラーの糸を受け取って帰ると、裕子が海外からの客を送り出しているところだった。

きれいな赤い髪の女性と栗色の髪の女性の二人連れだ。

今年に入ってから、山崎工藝舎の英語版のサイトに海外からの問い合わせが増えてきた。サッカーの青山選手の活躍のおかげだ。

去年の年末、ホームスパンを着た青山夫妻が、クリスマス・マーケットでホットワインを飲んでいる写真をインスタグラムに上げた。

夫妻が祖父譲りのコートの話と山崎工藝舎のことを、英語とスペイン語で紹介してくれたことから、一躍、日本のホームスパンのことが話題になった。

着る人を引き立てるために色を設計し、手仕事で丁寧につくりあげるオーダーメイドの布は、世界でも珍しいようだ。

玄関で話をしていた裕子が手招きをした。

「美緒ちゃん、こちらの方、『今日のメイさん』のファンだって」

赤い髪の女性がゆっくりとした英語で、「インスタグラムとフェイスブックを楽しく読んでいる」という意味のことを言った。

「えっと……サンキュー。ヒア　イズ、メイさん……アンド　フレンド」

ポケットから、「メイさん六号」と緑色の「七号」のマスコットを出すと、華やいだ声が上がった。

二匹の小さな羊と記念撮影をすると、二人は太一の「盛岡いいところマップ」を広げ、どこに行こうかと相談を始めた。

フェイスブックに上げたスマホの写真を見せ、裕子に助けられながらカタコトの英語で説明を試みる。祖父が教えてくれたカフェのリンゴジュースと、蔵を改装した喫茶店のあんみつに二人は興味を持った。

楽しそうに自転車で去っていく二人を見送り、美緒は微笑む。

祖父が教えてくれたカフェに、仕事中の息抜きに出かける余裕はまだない。しかし、日曜の昼下がりにその店に行き、本を読む時間がたまらなく好きだ。

母や祖母が盛岡に来たら、今度案内しようと思う。

見送りを終えてショウルームに戻ると、二階から太一が降りてきた。灰色とベージュの二枚のショールを手にしている。

「あれ、お客さん、もう帰ったの？」

「ご機嫌でね。これからカフェに行くんだって。ばっちり対応したわよ、美緒ちゃんと私で」

ごめん、と言いながら、太一がショールを差し出した。

「でも、ちょうどよかった、裕子先生にも相談できて。最近、人気のショールをいくつか取り寄せたんだけど……」

太一がショールを広げると、灰色のショールにはポケットがついていた。

「あっ、ポケットがついてる。かわいい」

へえ、と言いながら、裕子が布の感触を手で確かめている。

「なるほど。便利だね。これなら財布とスマホぐらいなら余裕で入りそう」

「こっちはショールの端にボタンが付いてる。羽織ってみて」

太一に渡されたショールの端にボタンを留めると、両手が自由に使えた。ポケットに手を入れると温かく、ショールが肩から落ちてこない。

「これ、コート代わりになるかも、です」

だろ？　と太一がうなずいた。

「薄手のダウンの上にひょいっと羽織ったら、軽いし可愛いし。電車やバスで座るときは膝掛けにしてもいい」

「車で移動する人ならこれ一枚でいいかもね」

「で、ボタンなんだけど、もし、うちの布に付けるならこれはどうかな。端切れでボタンをつくってみた」

太一がポケットからビニール袋を出した。なかには色とりどりのホームスパンのくるみボタンが入っている。

「かわいい、そのボタン！」

だろ、と再び太一が得意気に言ったが、裕子が人差し指を立てて軽く振った。

「まだまだだね、太一。たしかにかわいいけど、うちの布ならこっちがいいよ」

階段箪笥の引き出しから、裕子が透明なファイルケースをいくつも出してきた。なかにはパールやガラスビーズがはめ込まれたボタンがたくさん入っている。

「カシミヤのセーターには真珠が合うでしょ。毛織物はゴージャスなビジュー系のアクセサリーやボタンとすごく相性がいい。たとえば」

裕子が灰色のホームスパンの端切れを手に取り、パールのボタンと太一のくるみボタンを置いた。くるみボタンは素朴で愛らしいが、パールのボタンを置いたほうが布があたたかく、洗練されて見える。

真剣な表情で、ダイヤモンドをちりばめたようなボタンを太一が一つ選び、端切れの上に置いた。

それもいいね、と裕子がうなずいた。

「私のコレクション、ここに置いてあるからいつ見てもいいよ」

裕子がファイルケースを階段簞笥に戻し、財布を手に取った。肩を回しながら土間に降りていく。

「さて、一服してくるかな。そこのフラフで豆を買ってくる。美緒ちゃんもきりのいいところでお昼にして」

「じゃあ、羊毛を取り込んでから」

「OK、まかせた」

ショウルームの近くにある、コーヒーの生豆を好みの焙煎に仕上げてくれる店に裕子が出かけていった。

くるみボタンを見ながら、太一が苦笑している。

「そっか、宝石のようなボタンね。いい線行ってると思ったけど、まだまだだな」

ビジュー系のボタンとはそういう意味なのか。意味がわかったとたん胸がときめいた。

あたたかいホームスパンのショールに宝石のようなボタン。わくわくする組み合わせだ。

「太一さん、もしかしてそのショール……」

「これから研究してみようかと。この工房らしいものを。相談にのってくれる？」

もちろん、と答えると、「よし」と太一が勢いよく言った。

「打ち合わせしよう。ばら色のリンゴジュースおごるよ。カルタに行く？」

好きな店の名前にうなずき、美緒はふと考える。太一が大事にしている店が知りたくなってきた。

「ところで、太一さんのお気に入りはどこですか」

「櫻山神社の近く……」

一瞬、間を置いてから、太一がたずねた。

「そこにする？　いいところだよ。城の外濠が見えるんだ」

車の鍵を取ってくると言い、太一は二階に戻っていった。

ザルを持ち、美緒は外へ駆け出す。

「太一さん、ちょっと待っててね。羊毛、取り込んでくる」

物干し場に出ると、空は晴れていた。

心地良い水音が耳に響く。屋根の雪が溶け、清らかな水がしぶきを上げて地に注いでいた。

空気はまだ冷たいが、次の季節の準備は整っている。

顔を上げると、吸い込まれそうな青空が広がっていた。

雪をかぶった岩手山が、今日はくっきりと姿を見せている。

真っ白な羊毛を空にかざし、美緒は微笑む。

雲を紡ぐ。光を染めて、風を織る。そうして生まれた布は人の命をあたたかく包んで未来へ運ぶ。

イーハトーブの町で見つけたものは、美しい糸の道。

光と風の布とともに、私はこれから生きていく。

スピンオフ短編　風切羽の色

「美緒ちゃん、よく頑張ったね。紘治郎先生もきっと喜んでるよ」

ホームスパン工房「山崎工藝舎」主宰、川北裕子が言った。

四月初めの盛岡市鉈屋町、十七時半。玄関の板間に積まれた羊毛の袋を美緒は撫でる。

「裕子先生が手伝ってくれたおかげです……」

ホームスパンとは羊毛からつくる手紡ぎ、手織りの布だ。昔から芸術家や文化人たちに愛されてきたこの布を、祖父の山崎紘治郎は工房の二代目としてつくってきた。

その祖父が他界したのが一月の終わり。遺品を整理していた矢先、作業途中の大量の羊毛と色彩設計書が寝室から見つかった。羊毛はすべて染められ、繊維の方向を揃えるカーディングという工程の前で止まっている。

祖父の心残りの品のようで、それから時間を見つけては、美緒は毛をほぐし、カーディングの下準備を整えてきた。一連の作業が終わって次の段階、糸紡ぎに進める状態になったのが昨晩。今日は終業後に裕子に手伝ってもらい、アパートまで運んできた。

積まれた袋から薄桃色の羊毛を出し、裕子が指先でひねっている。

魔法のようにその指先から、ひとすじの糸が現れた。

「ああ、いい色。私はたいしたことをしてないよ。全部、美緒ちゃんの頑張りだ。やり残した仕事を孫が継いでくれるなんて、紘治郎先生はこれを染めたときには想像もしなかっただろうね」

「服地になるまで何年かかるか、わからないけど」

「うちの染めは色褪せないから。美緒ちゃんの腕があがるのを待っててくれるよ。……さて、帰ろっかな」

裕子が窓の外を見た。春の日差しに雪が溶け、屋根から水がしたたり落ちている。

「悪いけど美緒ちゃん、明日はよろしくね。太一ったら、人手は足りてるし、お昼は適当に買って配るからいいって言うんだけど。……親としては何もしないではいられなくてね」

「三十分前にアトリエに行きます」

「明日は時間通りでいいよ。手のかかるお兄ちゃんだと思って、助けてやって」

じゃあね、と朗《ほが》らかに言い、裕子が玄関のドアを開けた。駐車場まで裕子を見送ったあと、美緒は部屋に戻る。

銘屋町のショウルームから歩いて五分。山崎工藝舎の社員寮だったこのアパートには、裕子のアトリエもある。

こたつの上に置いたスマホにメッセージが入っていた。

「今、時間ある?」と、数分前に話題に出たばかりの裕子の息子、太一が聞いている。「あります」と送ると、「この前、言ってた本をまとめた」と返答があった。続いて、「部屋に届けるよ」とメッセージが届いた。

「えっ、片付けなきゃ!」

玄関に置いた羊毛を、美緒はあわてて台所の続きの六畳間に運ぶ。

このアパートは台所の奥に続きの六畳間と四畳半がある。手前の六畳に織機や糸車などの染織の道具を置き、奥の四畳半は寝室だ。

八袋の羊毛を機の隣に運び終えたとき、呼び鈴が鳴った。

ドアを開けると、段ボール箱を抱えた太一が立っている。

寒いね、と言った太一の息が白い。

「こういうのを寒の戻りっていうのかな。はい、これ。この間話してた資料。陶芸も、染織関係も全部入ってるよ」

「こんなにもらっていいんですか?」

「俺の引っ越し先、荷物を置くとこなくてさ。貴重な資料だから、持っててくれると嬉しいよ」

「ありがとう……でも、それなら引っ越さなくていいのに」

「就活で英語が必要になってさ、しっかり勉強したいんだ。持てる? 重いよ」

受け取った段ボール箱は見かけ以上に重かった。思わずよろめくと太一が軽々と箱を持ってくれた。

「わかった、運ぶ。どこへ運べばいい？」

「じゃあ奥に」

太一が部屋に上がってきた。父方の親戚はみんなそうなのか、祖父や父と同じく、彼も肩幅が広くて大柄だ。そばにいると奇妙な圧迫感があり、初めて会った頃は緊張した。しかし、今はそれほど怖くはない。工房は継がないようだが、彼は幼い頃から祖父の染めと裕子の織りを手伝ってきた。裕子と並んで、染織の大事な先生だ。

その太一は大学三年生になるこの春、留学生たちとルームシェアをすることを決めた。明日の朝、美緒の住まいの向かいにある、山崎工藝舎の独身寮だった木造アパートを出ていく。引っ越しの手伝いを申し出ると、荷物の搬出に来る友人に母が昼食を出すので、そちらを手伝ってほしいと言われた。

そこで明日は隣室の裕子のアトリエで、カレーパンを揚げる手伝いをする予定だ。

機がある六畳間に入ると、「おお」と太一が声を上げた。視線の先に羊毛の袋がある。

「これか。先生がやり残した仕事ってのは。見ていい？」

太一が機の脇に本の箱を置き、羊毛に手を伸ばした。母の裕子と同じく、慣れた手つきで羊毛をひねり、糸にしている。

「これはいい色だなあ。薄紅？　桃色？　桜色？　どれもしっくりこないな。明るくてシックで上品なピンク……うーん」

太一が畳に座りこみ、持ってきた箱から「日本の伝統色」と書かれた単語カードのようなものを出した。

さまざまな色調の短冊がリングで綴《と》じられたそれは、「カラーチャート」や「色見本帳」と呼ばれている。色合いの方向性を考えたり、名前を調べたりするときによく使う。工房にあるのを見て、自分用にも欲しかったのだが、高価なので「いつかそのうち」と思っていた。

「太一さん、それも私に貸してくれるの？」

「貸すというより、あげるよ。どんどん使え」

ピンク系の短冊を扇のように広げ、太一が糸と色を突き合わせている。彼の隣に座り、美緒は手元をのぞきこんだ。

桃花色の次の色の短冊を太一が指差した。

「あっ、これだ。鴇《とき》色、ほら」

「ときいろ……鴇って何だろう？」

「朱色の鷺《さぎ》って書く、新潟にいるきれいな鳥だよ。学名はニッポニア・ニッポン」

「日本づくしだ」

「日本の国鳥は雉《きじ》だけど、鶴や朱鷺《とき》にも国鳥のイメージあるよね」

太一がスマホを操作して、写真を見せた。白いペリカンのような鳥が写っている。羽を畳んでいると白いが、大きく広げると、内側に淡いピンク系の色の羽が現れる。

空を飛ぶときにだけ現れるその色に、思わず見入ってしまった。

太一が見本帳を箱に戻している。

「鴇色ってのは朱鷺のカザキリバネの色なんだな」

「カザキリ、バネ。羽？　何の羽？」

「風を切る羽って書く。揚力《ようりょく》や推進力をつくるんだ。この羽で朱鷺は大空に舞い上がる。優しい色だけど勇ましくもあるな」

手にした鴇色の糸を太一が差し出した。その糸をつまみ、美緒は眺める。

「おじいちゃんは、どうしてこれを途中でやめたんだろう？　色の設計も染めも、ずいぶん昔……私が生まれる前の年にして、そこからずっと中断してたんです」

太一が色彩設計書の日付を見た。

「ほんとだ。たぶん、色から見て、女性に贈るつもりだったんだな。奥さん？　あるいは彼女とか」

設計書を読みながら、太一が、ちらちらとこちらを見た。

「でも、俺は彼女じゃないと思う。どっちにせよ、服地の練習用に孫にプレゼントできたんだから、先生も本望だろ。自分のコートにするといいよ。ピンク、嫌いだろうけど」

淡い鴇色の糸を美緒は袋に戻した。いつまでも眺めていたい色だ。

「嫌いじゃないけど……。こんなきれいな色は似合わない」

「そんなことない」

いつになく太一が強い口調で言った。

「絶対似合う。白髪になっても似合う。羊ッコがばあちゃんになっても似合うよ」

「どうしてそう思うんですか？　どこを見ればわかるの？」

鴇色の羊毛の袋に触れ、太一は微笑んでいる。

祖父と同じく、彼にも色に対する独特のセンスがあった。そうした感覚はどうしたら身につくのだろう？

「……ところで、本はここに置いとけばいいのか？」

「あっ、奥にお願いします」

「だよな、ここに置いたら、足の踏み場もなくなる」

太一が本の箱を持ち上げた。

ふすまを開け、美緒は奥の部屋に太一を招く。この部屋にはこたつと本箱があるだけなので、いつも片付いている。

鴨居にぶつからないように頭を下げ、太一が入ってきた。

「お邪魔します。女の子の部屋って緊張する……あれ？」

入ってきた太一があたりを見回した。

「なんだろうこの既視感。……紘治郎先生の資料部屋みたい」

「おじいちゃんの家からいっぱい本、もらってきたから」

太一が視線をそらして、笑い出した。

「俺、女の子の部屋って、もうちょっと……ぬいぐるみとか、花とかあるのかと思った」

「ぬいぐるみは興味ないし。花は外に咲いてるし」

「そうか。うん。まあ、そうだな。機と糸車があればいいんだな。ここに置いとく」

太一が本を床に置き、小さな子どもにするように軽く頭を叩いた。

「早く一人前になれよ、羊ッコ」


翌日、午前十時に集まった太一の友人たちは八人。手慣れた様子で、軽トラックに次々と荷物を積みこんでいった。

十一時半に作業が終わったので、美緒は裕子と一緒に昼食を太一の友人たちに配った。

裕子が自宅で仕込み、アトリエで揚げたカレーパンには、ゆで玉子が一個入っていた。こんがりと揚がったパンを割ると、なかからトロリと半熟の黄身が流れ出し、スパイスが効いたキーマカレーと絡み合う。あまりのおいしさに、皆がもっと食べたがったので、裕子は予備に持ってきた分も揚げている。

とりあえず六個が揚がったので、美緒は皿に盛り、再び太一の部屋へ運んだ。

荷物を出した室内で、太一の友人たちが輪になって座っている。

眼鏡をかけた青年がほれぼれとした表情で言った。

「イチさん、玉子とカレーって合うなあ」

揚げたてのカレーパンが載った皿を、美緒は太一に渡した。友人たちの輪の中央に、太一がその皿を置く。

「だろ？　うちの母親、カレーパンとホームスパンをつくるのは上手なんだよ」

朱赤の口紅を塗った女子が笑った。

「でも、イッちゃん家《ち》って、本当にお母さんのアトリエが目と鼻の先にあったんだね」

「ここじゃ彼女も呼べないだろ」

まず無理、と太一が笑っている。

「だから、イチさんは東京で就職するんだ」

「それが理由じゃないよ。ほら、冷めるぞ、早く食え」

なぜか、わずかに手がふるえた。

太一には、好きな人がいる。そして、東京で就職する予定なのだ。

握りしめた手に力がこもった。

本当？　太一にそう聞いてみたい。それなのに心の奥にある、その一言が言えない。

「太一さん……あの、カレーパン、あと四個揚がってきます。ほかにあの……お手伝いできること、ありますか」

太一が腕時計を見て、材木町のほうに行くかとたずねた。

「この間、材木町のばあちゃんが、土曜になると美緒ちゃんがマフラーの糸を取りに来るって、楽しみにしてたけど」

「四時に行ってきます」

「それなら帰りに光原社《こうげんしゃ》でくるみのクッキーの十個入りを一箱。それから、えーっと、五個入り三袋を買っといてくれると助かる」

東京へおみやげ？　と誰かが聞き、太一がうなずいている。

「太一さん……東京に行くんですか？」

「明日からね。ちょっと早いけど、就活の相談したくて。明日の夜は広志さん、羊……美緒ちゃんのお父さんにも会うよ」

「太一さんは、学校の先生になるんだと思ってました」

「やりたいことができたんだ」

それは何？　聞いたら教えてくれる？

質問は、雪のように心に積もっていった。

材木町でマフラー用に紡いだ糸を受け取ると、美緒は同じ町にある光原社に向かった。

この店は、日本と海外の上質な暮らしの器や手仕事の品を集めた店だ。道をへだてて白壁の店が向かいあわせに建っており、一軒は漢字で「光原社」、向かいの店はアルファベットで書かれた社名に、「モーリオ」という名前が添えられている。

頼まれたクッキーをモーリオで買ったあと、道を渡り、美緒は向かいの本店に入った。

気持ちが沈んだり、仕事がうまくいかなかったりすると、いつもここに来ている。

この店の奥の壁は全面がガラス張りだ。ガラスの壁の前には木造の階段があり、豊かに差し込む光のなかを通って二階へ上がる。それだけで気持ちが上向いてくる。

二階に上がると、売場の奥へ進んだ。

水色のホームスパンのショールが壁に飾られている。その下に置かれた紺色の服地は山崎工藝舎の製品だ。

世界中の美しい品々を集めた店に、盛岡のホームスパンがある。

いつかこの手で、ここに置かれるような布をつくってみたい。

階段を上がってくる足音が聞こえ、誰かが近づいてきた。振り返ると、黒味を帯びた紺色のホームスパンのコートを着た青年が歩いてくる。

祖父が勝色《かちいろ》と呼び、もっとも好んだ色だ。

「太一さん……」

挨拶代わりに手を挙げ、太一が隣に並んだ。

「やっぱ、ここにいたんだ。モーリオから出てきたのを見たから、声をかけようとしたんだけど……間に合わなくて。先に駐車場に車を停めてきた」

「お引っ越しは？」

「終わった。羊ッコの自転車がアパートにあったから、迎えに来たよ。……電話したのに」

　バッグからスマホを出すと、たしかに何件も着信が来ている。

「全然気付かなかった」

「ぼーっとしてたもんな。どうした？」

　壁に飾られたホームスパンを美緒は見上げる。

「道は遠いなって思って。なんとか糸は紡げるようになったけど、まだ服地までは
……」

「でも上達、早いよ。勢いがあるっていうか。初めての糸紡ぎで、あんなに大量に糸を
つくったのには、びっくりしたけど」

　ため息がもれた。その糸は使い道が見つからず、押し入れにしまったままだ。

「あの糸はどうしたらいいのかな。おじいちゃんは毛糸にすればいいって言ったけど、
方法を教えてくれなかった」

「俺、知ってる。毛糸にしたいの？　何編むんだ？」

「マ、マフラー？　とか？」

　太一が紙袋を指差した。そこには受け取ったばかりのマフラー用の糸がある。

「毎日織ってるのに？」

「じゃあ敷物。敷物、編みます。花瓶敷き」

「花瓶、ないのに？」

「買います！　かわいいのを」

「わかった、わかった」

太一が笑い、なだめるような手振りをした。

「怒るな。コーヒー、おごるよ。そこの可否館《こーひーかん》でお茶でも飲もう。くるみのクッキーもうまいけど、アイスクリームもいいよ。熱いブラックコーヒーをソースみたいにかけて食うの。食べたことある？」

「ないです。どんな味だろう？」

「大人の味だよ。……そうだ、それから言っておくけど、この間、俺のことをサクッと部屋に入れたけど、簡単に人を部屋に入れちゃだめだよ。特に男は」

「入れません！　太一さんだけです」

「なら、いいけど。なんか心配だな。俺が東京に行ったら、うちの工房は裕子先生と、羊ッコと、ばあちゃんたちしかいないから」

「それならずっとここにいて」

太一の太い眉が下がり、困ったような表情になった。しかし、すぐに背を向けると、ゆっくりと歩き始めた。

「そういうわけにはいかないよ。でも、嬉しいことを言うなあ。妹って、こんな感じかな」

夕暮れの光のなか、勝色の広い背中が遠ざかっていく。

「妹じゃないもん……」

階段のなかばで太一が足を止めた。しかし振り返らずに、そのまま下りていった。


その夜、コンビニに行って戻ってくると、太一の部屋のドアが開いていた。

おそるおそるのぞくと、裕子が玄関に立ち、がらんとした部屋を眺めている。

「裕子先生……」

振り返った裕子が照れくさそうに笑った。

「美緒ちゃんか。……太一に鍵を返してもらったんでね。ちゃんと掃除をしていったか、見に来た」

カーテンがない窓から街灯の光が差し込んでいる。今朝まで人が暮らしていた部屋は、荷物が消えてもほのかに暖かい。

寂しいな、と裕子がつぶやいた。

「でも太一が一人暮らしをするって言い出したときほど、寂しくはないけど」

「寂しい……ですか。やっぱり……」

まあね、と裕子が答えた。その言い方が太一とそっくりだ。

「でも少しずつ親離れをしてくれたおかげで、東京へ飛んでいこうが、どこに行こうが、もう気持ちはできてる。私に何かあったって、もう一人で生きていけるんだと思うと、寂しいけど、ほっとする。親の務めの一部は果たせた気がして」

ふと、東京にいる両親のことを思い出した。

自分が盛岡に行くと決めたとき、父と母もそう感じたのだろうか。

小さく鼻をすすったあと、裕子が照れくさそうに、笑ってみせた。

「やだやだ、年取ると涙もろくなって。明日からまた元気に働くよ。今日はありがとね」

「カレーパン、すっごくおいしかったです」

「あれは太一の大好物。気に入ってくれたならよかった。今度、レシピを教えてあげる。……桜が咲いたらうちに遊びに来ない？　カレーパンでもつくってお花見に行こう」

「桜はそろそろ咲くのかな」

「もう少し先。四月の中旬ぐらいかな。美緒ちゃんは、石割桜が咲いているのを見るの初めてだよね。よし、まずはそこから行こうか」

はい、と答えたあとで気が付いた。

桜の次はバラ。そのあとは紫陽花。

花の彩り豊かなこの街に紫陽花が咲いたら、盛岡暮らしも二年生だ。

久しぶりに東京の家に電話をしたあと、美緒は初めて紡いだ糸を眺めた。

その糸は笑ってしまうほど、つたない。

祖父が遺した羊毛を、ほんの少し糸に紡いでみる。

初めての糸とはまったく違う、均一な太さの糸ができた。二本の糸を並べると、自分がこれまで積み上げてきたものが、はっきりと形になって見えた。

糸紡ぎが上達したように、織りの修業も続ければ、いつかこの糸で服地が織れる。言えずに心に積もっていく言葉も、伝えられる日が来るかもしれない。

羊毛を手に取り、美緒は糸車を回し始めた。

淡い桃色の羊毛から、ひとすじの光の糸が現れる。美しい鳥の風切羽の色は、空高く舞い上がる勇気をあらわす、優しくも気高い色だ。

曇っても晴れても、寂しくても楽しくても、毎日紡ぐ、織る、学ぶ。

鴇色の雲のような羊毛に囲まれ、美緒は一心に糸を紡ぐ。

指先から生まれるこの糸は、未来へつながっている。

謝辞

本作の執筆にあたりまして
蟻川工房　蟻川喜久子様　伊藤聖子様
中村工房　中村博行様　中村都子様　中村和正様
大磯の中村文様をはじめ、多くの方々からお力添えを賜りました。
この場を借りて、心よりお礼を申し上げます。

（著者）

◇主な参考資料（五十音順）

『イギリスのお話はおいしい。すてきなティータイム』（MOE編集部／白泉社）
『イメージの魔術師　エロール・ル・カイン』（エロール・ル・カイン／ほるぷ出版）
『ウィリアム・モリス　クラシカルで美しいパターンとデザイン』（解説・監修／海野弘／パイインターナショナル）
『おどる12人のおひめさま（新版）』（文／グリム童話より　訳／矢川澄子　絵／エロール・ル・カイン／ほるぷ出版）
『新編　銀河鉄道の夜』（宮沢賢治／新潮文庫）
『銀河鉄道の夜』（作／宮沢賢治　絵／清川あさみ／リトルモア）
『賢治と鉱物　文系のための鉱物学入門』（加藤碵一　青木正博／工作舎）
『十二人の踊る姫君』（編／アーサー・クィラ・クーチ　訳／岸田理生　絵／カイ・ニールセン／新書館）
『ジル・バークレムの世界　のばらの村をたずねて』（監／ジル・バークレム　編／渋谷出版企画／講談社）
『水仙月の四日〔ミキハウスの絵本〕』（作／宮沢賢治　絵／黒井健／三起商行）

『てくり21　街角の老舗。』（編／まちの編集室／まちの編集室）
『てくり24　マメなはなし。または、珈琲豆と枝豆と。』（編／まちの編集室／まちの編集室）
『てくり booklet. 5　盛岡の喫茶店　おかわり《２０１４改訂版》』（企画／まちの編集室／まちの編集室）
『てくり別冊　岩手のホームスパン』（企画／まちの編集室／まちの編集室）
『愛蔵版　のばらの村のものがたり　全8話』（作／ジル・バークレム　訳／岸田衿子／講談社）
『はじめての糸紡ぎ　スピナッツの本棚・2』（編／スピナッツ出版／スピンハウスポンタ）
『宮澤賢治　宝石の図誌』（板谷栄城／平凡社）
『優美と幻想のイラストレーター　ジョルジュ・バルビエ』（解説・監修／海野弘／パイ　インターナショナル）
『ライオンと魔女』（作／C・S・ルイス　訳／瀬田貞二　絵／ポーリン・ベインズ／岩波書店）
The Complete BRAMBLY HEDGE (JILL BARKLEM/HarperCollins Children's Books)

解説

北上次郎

本書『雲を紡ぐ』の真ん中から少しあとに、すごくいい場面がある。盛岡で染織工房を営む祖父紘治郎のもとに母真紀が訪ねてくるくだりだ。祖父紘治郎、母真紀、そして美緒の三人が、水路の近くにある木の陰に折り畳みのテーブルと椅子を設置し、水路で冷やしていたサイダーを引き上げて飲むシーンである。

会話が弾んでいる祖父と母を背にして、美緒がサイダーの瓶を持って席を立ったのは、この瓶に水を汲んで、今度は水だけを母に飲んでもらおうと思ったからだ。そこから数行を引く。


この畑で一番きれいでおいしいものは、岩手山が磨いたこの水だ。

サイダーの瓶に水を満たして立ち上がると、清々《すがすが》しい風が吹いてきた。

髪を押さえ、風の方角に顔を向ける。トウモロコシと高さを競いあうようにして伸びたヒマワリが目に入ってきた。

赤い実をつけた茨の藪と地続きなのに、ヒマワリの根がこの土の養分を吸うと、太陽に似た黄色い花が現れる。

藪の実の赤と黒、紫。ヒマワリの黄色。そして川原の小道に咲いていた淡いピンクや黄色の花々。

さまざまな色を生む土が気になり、美緒は爪先で地面を軽く掘ってみる。

きれいなシーンだ。風がそよそよと吹いて、色とりどりの草花が咲き乱れている。しかも東京にいるときはいつも怒っている母が穏やかな表情で祖父と話し込んでいる。つまりこの風景が美しいのは、美緒の心の平穏を映しているからだ。

しかし本書を読み終えた私たちは、このシーンにもう一つのシーンが続くことを知っている。同じ場面を母真紀はどう見ていたか。

そのしばらくあとで、母真紀はこう言うのだ。

「どうしてあなたはいつも女を売りにするの。さっきだってそう。自分が話の中心になれなくなったらプイッと席を立って、拗《す》ねて土なんか蹴って」

まさか母がそんなことを思っていたなんて、と美緒は驚く。母に水をあげたかっただけなのに。そのことを説明したい。でも言葉が出てこない――というシーンが、さきほどの美しい場面に続くことに留意。母と娘の和解は、まだ遠いというくだりである。

気持ちのいい風が吹いて、色とりどりの草花が咲き乱れて――という美しい場面が事態を根本的に解決してくれるならこれほどいいことはないが、そんなことはないのだ。美しい光景は束の間の至福なのだ。そういう現実をきっちりと描いているからこそ、その場面がよりいっそう印象的に光り輝いている。

さらにもう一つ。このとき美緒はなぜ喋らないのかという問題がある。祖父紘治郎の言う「言《い》はで思《おも》ふぞ、言《い》ふにまされる」について、父広志が次のように説明することも続けてここに並べておく。

「言えないでいる相手を思う気持ちは、口に出して言うより強い」

そういう意味だと広志は言う。岩手県の県名の由来には諸説あるが、これもそのひとつだと本書にある。祖父紘治郎は言う。

「美緒について言えば、相手を従わせようとして黙っているわけではない。気持ちをうまく言葉にできず……。あるいは人に言うのがつらくて、何も言えないでいる。ただ、それだけだ。せき立てずにゆっくり見守ってやれば、あの子の言葉は自然にあふれてくる」

なるほどと納得するくだりだが、母真紀に言わせれば、黙っているのは美緒だけではない。祖父紘治郎も父広志も、みんな口が重く、美緒はその血を濃く継いでいる。

問題はそういう無口の一族と、物事をはっきりさせていきたい真紀のような人間が、一緒に暮らしていくにはどうしたらいいのか、ということだ。高校でいじめにあって不登校になった娘に対して、逃げてはダメと母真紀は叱咤激励し、何も言わない父広志とそのうちに夫婦仲がおかしくなる。教師である真紀はSNSで叩かれて焦燥しているし、会社員の広志は仕事上の問題があって家庭のことまで頭がまわらない。二人ともにそういう問題をかかえているのだが、これでは耐えられなくなった美緒が盛岡の祖父のもとに行くのも止むを得ない。そして祖父の営む染織工房には、ふわふわの羊毛がある。それに触れたときの美緒の新鮮な驚きを引いておく。


ザルのなかには、純白の羊毛がこんもりと入っていた。朝見たときは、濡れてぺったりとしていたのに、太陽の熱をたっぷりと含み、綿菓子のように盛りあがっている。

手にのせると、そのやわらかさに思わず右頰に当てていた。

ああ、と思わず声がもれた。真っ白なホイップクリームのような毛の感触に、頰がとろけそうになる。


こんな素晴らしい感触を知ってしまったら、東京に帰る気はしなくなる。美緒の驚きがあまりに新鮮なので、まるで自分が触っているかのように錯覚してしまう。こういう読みどころに本書はあふれている。

たとえば、「子どもといっしょに暮らした日々は案外、短かったな」という紘治郎の述懐にも立ち止まる。家業を嫌って東京に出た息子が帰省したときの紘治郎の述懐だが、それは私たちのような年配者に共通する感慨でもある。もう一つ、家出した娘の美緒を迎えにいった父親の広志が盛岡じゃじゃ麺発祥の店「白龍《パイロン》」で「ちいたん」を頼むシーンがある。「ちいたん」とは、鶏蛋湯《チータンタン》の略で、つまりは鶏の卵のスープということだ。麺を少し残した皿に生卵を割り入れ、そこに新たな味噌とネギ、熱いスープを足すものだ。盛岡には何度も行っているのに知らなかった。とにかく美味しそうだ。ようするに、この小説のあちこちで立ち止まるのである。これはそういう小説だ。

作者の伊吹有喜は、第3回のポプラ社小説大賞の特別賞を受賞した『夏の終わりのトラヴィアータ』を『風待ちのひと』と改題し、2009年にデビューした。この第3回のポプラ社小説大賞はすごい。大賞はなしの年であったが、優秀賞が小野寺史宜『ロッカー』で、特別賞が伊吹有喜の前記の作品ともう一作、真藤順丈『RANK』で、候補作には千早茜の名もあるから、のちの才能が集結した伝説の回といっていい。

それから13年、伊吹有喜は快調に作品を発表しているが、いい機会なので私がいちばん気になっていることを最後に書いておきたい。「なでし子物語」だ。ここまで書かれたのは次の3作だ。

『なでし子物語』2012年11月
『地の星　なでし子物語』2017年9月
『天の花　なでし子物語』2018年2月

ヒロインは、静岡県の山間部で山林業と養蚕業を営む遠藤家で育った耀子。その10歳の日々を描くのが第一部で、『地の星』では28歳、『天の花』では18歳。壮大なヒロイン大河小説である。読みごたえ抜群の書だ。お断りしておくが、「なでし子物語」はこの3作で十分に堪能できる。しかし個人的な願望にすぎないのだが、このシリーズをあと2作、書いてほしいとずっと熱望していた。

38歳の耀子と、48歳の耀子を、描いてほしいと切に思っていたのである。新しい事業を起こした『地の星』のラストでこのシリーズはとりあえず終わっているが、その先の展開を読みたいのだ。龍治の庇護から離れ、自立していく姿を描いてこそ、このヒロイン大河小説の結末にふさわしいのではないか。

そう考えていたら、続編がすでに連載されていたことを教えられた。気がつかずにすみません。その第四部は、『常夏の光　なでし子物語』と題して年内には刊行される予定というから愉しみだ。なんと38歳の耀子が描かれるという。おお、素晴らしい。まだその第四部を読んでもいないのに気が早いことだが、出来れば48歳の耀子を描く第五部も書いてほしい。そのときまで元気でいたい。それがただいまの私の目標である。

（書評家）

初出　別冊文藝春秋　三二五号から三三五号
単行本　二〇二〇年一月　文藝春秋刊
（スピンオフ短編「風切羽の色」は「いわてダ・ヴィンチ２０２１」に掲載されたものに加筆し、文庫化にあたり収録しました。）

文春文庫

雲《くも》を紡《つむ》ぐ

定価はカバーに
表示してあります

2022年 9 月10日　第 1 刷

著　者　伊《い》吹《ぶき》有《ゆ》喜《き》
発行者　大沼貴之
発行所　株式会社 文藝春秋

東京都千代田区紀尾井町 3-23　〒 102-8008
T E L　03・3265・1211 ㈹
文藝春秋ホームページ　http://www.bunshun.co.jp

落丁、乱丁本は、お手数ですが小社製作部宛お送り下さい。送料小社負担でお取替致します。

印刷・萩原印刷　製本・加藤製本
Printed in Japan
ISBN978-4-16-791932-0